U0124730

一珠一玉
一诗一词

许丽虹　梁　慧／著

·桂林·

图书在版编目（CIP）数据

一珠一玉，一诗一词 / 许丽虹，梁慧著. --桂林：广西师范大学出版社，2022.1
（雅活）
ISBN 978-7-5598-4339-5

Ⅰ. ①一… Ⅱ. ①许… ②梁… Ⅲ. ①古典诗歌－诗歌研究－中国 Ⅳ. ①I207.22

中国版本图书馆 CIP 数据核字（2021）第 203881 号

广西师范大学出版社出版发行
（广西桂林市五里店路 9 号　邮政编码：541004
网址：http://www.bbtpress.com）
出版人：黄轩庄
全国新华书店经销
广西广大印务有限责任公司印刷
（桂林市临桂区秧塘工业园西城大道北侧广西师范大学出版社集团有限公司创意产业园内　邮政编码：541199）
开本：787 mm ×1 092 mm　1/32
印张：12.25　　字数：300 千
2022 年 1 月第 1 版　　2022 年 1 月第 1 次印刷
定价：88.00 元

总 序

周华诚

“雅活书系”陆陆续续出来了，受到不少读者的欢迎，编辑约我写一篇总序，我遂想起当初策划此书系的缘由。入夜，又细细翻阅书架上“雅活书系”已出的20余种书，梳理并列出将出的近10种书的书名，不由心潮起伏，感慨系之，于是记下我的片断感受。

“雅活”这个概念，并非现在才有，中国实古已有之。举凡衣食住行、生活起居、谈琴说艺、访亲会友、花鸟虫鱼、劳作娱乐，这日常生活里的一切，古人都可以悠然有致地去完成。譬如，我们翻阅古书，可见到古人有“九雅”：曰焚香，曰品茗，曰听雨，曰赏雪，曰候月，曰酌酒，曰莳花，曰寻幽，曰抚琴；又见古人有“四艺”：品香、斗茶、挂画、插花。想想看，“雅活”的因子，覆盖了日常生活的方方面面；也可以说，“审美”这个东西，已渗入中国人的精神血液里头。

明人陈继儒在《幽远集》中说：

香令人幽，酒令人远，石令人隽，琴令人寂，茶令人爽，竹令人冷，月令人孤，棋令人闲，杖令人轻，水令人空，雪令人旷，剑令人悲，蒲团令人枯，美人令人怜，僧令人淡，花令人韵，金石鼎彝令人古。

这样一些生活的风致，似乎已离时下的我们十分遥远。随着社会节奏的加快，人们匆促前行，常常忽略了那些诗意、美好而无用的东西。

美的东西，往往是“无用”的。

然而，它真的“无用”吗？

几年前，我离开从事多年的媒体工作，回到家乡，与父亲一起耕种三亩水稻田，这一过程让我获益良多。那时我已强烈地感受到，城市里很多人每日都在奔波，少有人能把脚步慢下来，去感受一下日常生活之美，去想一想生活究竟应当是什么样子。

山静似太古，日长如小年。

余花犹可醉，好鸟不妨眠。

世味门常掩，时光簟已便。

梦中频得句，拈笔又忘筌。

当我重新回到乡村，回到稻田中间，开始一种晴耕雨读的生活时，我真切地体会到内心的许多变化。我也开始体悟到唐庚这首《醉眠》中的“缓慢”意味。我在春天里插秧，在秋天里收割，与草木昆虫在一起，这使我的生活节奏逐渐地慢了下来。城市里的朋友们带着孩子，来和我一起下田劳作，插秧或收获，我们得到了许多快乐，同时也获得了内心的宁静。

我们很多人，每天生活在喧嚣的世界里，忙碌地生活和工作，停不下奔忙的脚步。而其实，生活是应该有些许闲情逸致的。那些闲情雅致或诗意美好，正是文艺的功用。

钱穆先生说：“一个名厨，烹调了一味菜，不至于使你不能尝。一幅名画，一支名曲，却有时能使人莫名其妙地欣赏不到它的好处。它可以另有一天地，另有一境界，鼓舞你的精神，诱导你的心灵，愈走愈深入，愈升愈超卓，你的心神不能领会到这里，这是你生命之一种缺憾。”

他继而说道：“人类在谋生之上应该有一种爱美的生活，

否则只算是他生命之夭折。”

这，或许可以算是“雅活书系”最初的由来吧。

“雅活书系”，是一套试图将生活与文艺相融合的丛书。它有一句口号：“有生活的文艺，有文艺的生活。”在我们看来，文艺只是生活方式的一种。文艺与生活，本密不可分。若仅有文艺没有生活，那个文艺是死的；而若仅有生活，没有文艺，那个生活是枯的。

“雅活书系”便是这样，希望文艺与生活相结合，并且通过一点一滴、身体力行，来把生活的美学传达给更多人。

钱穆先生所说的“爱美的生活”，即是“文艺的生活”。下雪了，张岱穿着毛皮衣，带着火炉，坐船去湖心亭看雪。一夜大雪，窗外莹白，住在绍兴的王子猷想起了远方的老友戴逵，就连夜乘船去看他；快天亮时，终于要到戴家了，王子猷却突然返程，说：“我本乘兴而行，兴尽而返，何必见戴！”同样，还是下雪天，《红楼梦》里的妙玉把梅花瓣上的白雪收集起来，储在一个坛子里，埋入地下三年，再拿出来泡茶喝。也有人把梅花的花骨朵摘下，用盐渍好，到了夏天，再拿出来泡水，梅花会在沸水作用下缓缓开放。

——这都是多么美好的事！

生活之美到底是什么？从这套“雅活书系”里，每一位读者或许能找到一点答案。当然，这并不是“雅活”的标准答案，生活本无标准可言——每个人的实践，都只是对生活本身的探寻。而当下的生活，如此丰富，如此精彩，自然也蕴含着无比深沉的美好。“雅活书系”或许是一束微弱的光，是一个提示，提示各位打开心灵感受器，去认识、发现、创造各自生活中的美好。

很荣幸，“雅活书系”能得到读者们的喜欢，也获得了业内不少奖项。我愿更多的人，能发现“雅活”，喜欢“雅活”；能在“雅活”的阅读里，为生活增一分诗意，让内心多一丝宁静。

写完此稿搁笔时，立夏已至，山野之间，鸟鸣渐起。

2019年5月6日

序

陈继昌

这是许丽虹、梁慧的第三本书。

写《古珠之美》时，她俩只是想将收集古珠的乐趣与大家分享，没想到要写系列。但书出来后，受到很多读者的喜欢，短短两个月书就加印了。受到鼓励，她俩又写了第二本《吉光片羽：〈红楼梦〉中的珠玉之美》。这本是精装本，图文精美雅致，不但得到众多“红楼迷”的喜爱，还吸引了很多从未读过《红楼梦》的人去接触传统经典。不少家长，以此书的美图美物为切入口，引导孩子进入《红楼梦》。

读者纷纷反馈，由于历史的波折，珠玉中沉淀的文化因子很多已被淹没，而作者能追索脉络、打捞诗意、联结传承，具有现实意义，希望她们继续下去。同时，她俩也体会到，书像精神的触角，向四面八方延伸出去，这是仅凭几张嘴巴的传播所不能达到的。她俩去浙江常山的一个深山，居然发现民宿里有自己的书，那一刻真有“何愁前路无知己”的感慨。

于是，我鼓励她俩：整顿身心，再度出发吧。

这一次，用她俩的话来说，主题不是寻找到的，而是蹦到她俩面前的。为何题目？答曰:《一珠一玉，一诗一词》。

一听题目，我深感欣慰。记得第一本书《古珠之美》的新书发布会上，许丽虹说到书中的“大秦珠”，说如果没看到过大秦珠有多么美丽，就无法体会诗句的美丽，那么，读诗所得到的享受是大打折扣的。当时她回头跟梁慧打趣道：“要不以后咱俩写一个‘古诗词中的珠玉’吧?”梁慧笑着点头，我也在一旁点头。

看来，那时种下的种子，终于发芽了。

古诗词，是中华民族传统文化里的精粹。这些年，各方人士都在呼唤优秀传统文化的回归，中央电视台《中国诗词大会》的热播也说明了这个问题。

有人会问：读古诗词到底有什么用?掌握一门外语很有用，考个驾照有用，会乐器也有用。读古诗词，实用性在哪里呢?

我想，古诗词就是一个情绪的排遣通道。一句诗就是一幅画，一句词就表达一段情；一句诗就让你醍醐灌顶，一句词就让你泪流满面……然后，喜怒哀乐不能自已的你，就好了。

抬头见到某个景象，心里惊道：好美！然后呢，没有了。

快节奏的生活，一切像快播。那个美，原本有90个感动点，我们匆匆一眼，领略了5个便过去了。而古诗词，就是前人替我们总结出的丰富的感动点。几千年的岁月里，产生的诗词之作数不胜数，能流传下来的，都是打擂台的获胜者，是千年岁月里凝结的最精华的部分。

小时候背古诗词时，并不懂其中的含义。但是，长大后，经历过复杂的生命体验和丰厚的情感波动，遇到了某个风景、某种心情，忽然接通了心里的古诗词，那种感动是无以言表的。在记忆力旺盛的阶段多读古诗词，将会一生受益。但凡诗词能力强的人，在人际交往、表达能力、待人处事等方面，都会表现出过人之处。

从小就将情绪排遣通道留在那里，就像装修房子，所有的线路与开关都已经预埋好。这叫父母的前瞻性。

眼下，我们沉迷于网络用语和表情包，但你是否感受过，表情包和古诗词的能量是不一样的——自己内心的排遣度、外界的反应度都不一样。古诗词是空间感更大的一种东西，腹有诗书气自华。

而《一珠一玉，一诗一词》，着力于将读古诗词的感受再推进一步。

“于物不得其真，则对之不亲。”古诗词的“古”，一方面体现其精华所在，体现其百年、千年的擂主地位，但另一方面，正因为“古”，里面的一些东西我们读不懂、想不明白。或者说，字眼还是那个字眼，但其中含义完全变了。比如，在《诗经·木瓜》中：“投我以木瓜，报之以琼琚……投我以木桃，报之以琼瑶……投我以木李，报之以琼玖。”通常将“琼琚、琼瑶、琼玖”统统译为“一种美玉”。那么，为何别人送我水果而我要回赠以美玉？三者究竟有何区别？在汉诗《四愁诗》中：“美人赠我金错刀，何以报之英琼瑶。”金错刀是不是网上所解释的刀币？

两位作者通过她们孜孜不倦的探索，让人体会到名词背后存在的美妙与深意，这是她们心力所拓展的空间：从步摇的演变，看出统治者的权力巩固方式；从一根仙人拐杖，追溯到东西方文化的分野；从白居易的“瑟瑟”，统揽丝绸之路的贸易流变；从一抹香，进入宋人的书房意境……

读书是为了与好东西见面。两位作者，将古诗词中提到的珠玉，结合文献、考古以及她俩经手过的实物，对“名词”加以还原，对名词所含深意加以阐述，并提供大量图片加以说明。她俩将其中的美好层层托出水面，呈现在大家面前。

她们的笔触，写的是珠玉，道的却是人情。无论历史怎样发展，科技如何进步，人的情感都还是一样的。珠玉在故事里到底起了什么作用？人为何要借珠玉来安顿自己？珠玉为何能轻易卷起历史风云？自古以来，珠玉作为社会权力、风尚和情感的浓缩，被赋予极为重要的象征意义。东西方皆然，古今同例。

这本书与前两本不同的是，两位作者潜心钻研，不求快，只求挖掘得更深。她俩一篇篇讨论，某个细节，梁慧会翻找多种珠子，比较给许丽虹看；某个器物，许丽虹会找出非常偏僻的资料，与梁慧争论。看着她俩忙来忙去，一会儿凝神，一会儿恍悟，一会儿陶醉，真像两个在田野里疯玩的丫头。可以想象，她们越是钻进去，就越是看到大千世界的无垠、壮阔、瑰丽和神奇。

这本书的写作过程，亦是她俩沉迷、沉醉的过程，我也不催她们，慢慢等。终于，2021年初夏时节，她俩递上来这本书稿，一如往昔，让我替她俩作序。

现在正是台湾玉兰花盛开的季节。清晨，我泡上一壶茶，摊开纸笔，于树叶花影中写这篇序。好茶、好文、好图，我不禁醺醺然。

这本用真心喜欢写成的书，希望大家也喜欢。

2021年夏于台北思素堂

目录

※ 辑一　琼瑰玉佩

男人的琼瑰玉佩　〇〇三

《诗经》里最美的婚礼装　〇一四

琼琚、琼瑶、琼玖有何区别?　〇三〇

天子戎装到底有多威武?　〇四〇

君子如玉　〇五一

※ 辑二　青玉案

美人赠我金错刀　〇六三

“青玉案”到底是啥东东?　〇七一

炫富利器　　〇七八

汉代金色马车　　〇八八

“木难”是那个令我们两眼发光的宝物吗？　　〇九九

美男子家的酒杯　　一〇九

※辑三　金步摇

“金步摇”是如何摇到男人头上的？　　一二三

万国衣冠拜冕旒　　一四二

菩萨蛮　　一六〇

黄金白璧买歌笑　　一七四

权杖的神威何在？　　一九八

无端嫁得金龟婿　　二一八

戒指上刻酒杯是何意？　　二三四

大唐最自信的女人　　二五〇

要命的翡翠　二六三

白居易的“瑟瑟”体　二八一

朝廷大臣的腰带　二九六

玫瑰是一种神秘宝石　三〇六

沧海月明珠有泪　三一七

真水晶的穿透力　三二九

※ 辑四　钗头凤

钗头凤　三四七

李清照的香香世界　三五七

辑一

琼瑰玉佩

男人的琼瑰玉佩

《诗经·秦风》中，有一首《渭阳》。诗曰：

> 我送舅氏，曰至渭阳。何以赠之？路车乘黄。
> 我送舅氏，悠悠我思。何以赠之？琼瑰玉佩。

翻译过来是说：我送别舅舅，转眼来到渭河之阳。拿什么礼物送给他？一辆豪华的黄马大车。我送别舅舅，思绪悠悠。拿什么礼物送给他？美玉饰品表我心。

一首简单的送别诗，有什么可说的吗？

当然！

要读懂这八句诗，先得弄明白以下几个问题：

1. 外甥送舅舅，稀松平常，为何以诗记之？这对甥舅到底是什么人？

2. 送别舅舅，“悠悠我思”，似乎有无限感慨。到底感慨些啥?

3. 送别舅舅，为何要送车马？难道舅舅来时没车马吗？又为何要送美玉？难道男人也喜欢佩戴美玉吗？

我们先来看这对甥舅到底是什么人。

春秋时期，中华大地上有大名鼎鼎的“春秋五霸”。这对甥舅，牵扯到其中两霸。

外甥是秦穆公的太子嬴罃（yīng，即后来的秦康公）。秦穆公是春秋五霸之一。而舅舅，是晋国公子重耳，也即后来的晋文公。晋文公也是春秋五霸之一。

有个成语现在还常用：秦晋之好。如果两家联姻，我们称其结为秦晋之好。这个成语怎么来的？就是从秦穆公向晋国求姻开始的。

电视剧《芈月传》里，秦国是向楚国求姻。嘿，年代不要搞混了。芈月的夫君秦惠文王，是秦穆公的后代。但距离有点远，要迟近300年。秦国有个特点，哪国强盛，就向哪国求姻，这也是有历史背景的。秦人世代为周王室养马，地位不高。一直到公元前770年，西周末期，周王室内乱，周幽王为博得美人褒姒一笑，“烽火戏诸侯”。当西北游牧部落真的入侵时，各诸侯国因被“烽火”一再戏弄，不再前去救急，溃败的周王室一路东逃，极其狼狈，保命都成问题。

此时，秦人出手。秦襄公派兵护送周平王东迁洛阳。

因护送有功，秦襄公被封为诸侯，赐封岐山以西之地，秦国正式成为周朝的诸侯国。

秦王室地处偏僻，自然不被其他诸侯国重视。几任国君谨慎经营，夹缝中求生存。到了秦穆公，重用贤才，国力得到很大发展，称霸西戎。这段时间是秦国由边远小国跃升为诸侯大国的转折点。

秦穆公野心勃勃，企图向东发展，争霸中原。秦国往东走第一个碰到的就是晋国，秦穆公敢于开口向晋国求姻，实在也是实力在握，心里有底气了。为何？晋国，那可是周王室宗亲，老牌贵族。

有个成语叫“桐叶封弟”。说周朝开国君主周武王去世后，他儿子继位，即周成王。成王那时还小，由叔叔代理朝政。唐国发生叛乱，叔叔带兵加以平叛。灭唐之后，小小的成王与弟弟叔虞在院子里玩，成王将桐叶剪成“圭”的样子，说：“唐这块地方就封给你吧。”一旁的史官就将这件事记下了，并请示哪天正式册封。成王说：“我与弟弟闹着玩的呀。”史官说，天子无戏言。于是，正式将唐这块地方封给了叔虞。

叔虞死后，他的儿子燮继位。因为唐国境内有晋水，改国号为“晋”，这就是晋国的来历。

晋国延续到这个时候，国君为晋献公，对，就是那个满身故事的晋献公。“并国十七，服国三十八”，很有作为。老贵族晋国在他手上重新走向强大。

秦穆公向晋献公求姻，求的这个女子，是晋献公的亲闺女。这个闺女谁生的呢？齐姜。

注意哦，史书上有很多个齐姜。凡是齐国嫁过来的女子都叫齐姜，“齐姜”其实是一种背景身份符号，并非人名。齐国的来源是姜子牙周初受封于齐，于是齐国的子孙都姓姜。

这一个齐姜，可了不得，她是春秋五霸之首齐桓公的女儿。齐姜初嫁晋献公的父亲晋武公，晋武公年老，齐姜遂与太子私通。太子继位即为晋献公。晋献公倒也念旧情，把庶母齐姜娶为夫人。齐姜生了一儿一女，儿子申生立为太子，女儿嘛，晋献公同意秦穆公的求姻，嫁给了秦穆公。于是大家称她“穆姬”。即秦穆公的夫人。所以“穆姬”也是一种身份符号，并非人名。

这便是“秦晋之好”的开端。

秦穆公与穆姬，生了嬴罃，嬴罃被立为秦太子。他就是《渭阳》这首诗中的主角。

如此说来，秦太子送的舅舅应该是晋太子申生啊。齐姜不就生了一儿一女吗？

此时，晋太子申生已经自杀。一国的太子自杀，必是出大事了。确实，晋国出大事了。

晋献公与齐姜，也许有真感情的吧。齐姜为他生下一儿一女后，去世了。晋献公又娶北方少数民族的一对姐妹：狐季姬和小戎子。这两个女人各为他生了一个儿子，即重耳与夷吾。

到了晋献公五年，即公元前672年。这年晋献公攻打骊戎（今陕西西安一带），得到了骊姬姐妹。这一来，如老房子着火，晋献公彻底掉进温柔乡里，对这对姐妹宠爱到无以复加的地步。这姐妹俩也各为晋献公生一子，即奚齐与悼子。

所谓“骊姬之乱”，是说骊姬仗着受宠，试图以自己生的儿子取代太子。晋献公早被迷得七荤八素，完全听从骊姬的摆布。这些事情吧，具体细节古装剧已经一演再演。反正，结果是太子申生被逼自杀，重耳与夷吾逃出晋国避难。

晋献公去世后，骊姬姐妹及她们的儿子全部被晋国大臣所灭。重耳与夷吾，理所当然成了晋国的国君候选人。秦穆公作为姐夫，尤其是作为野心勃勃的姐夫，自然要插手此事。

在重耳与夷吾两兄弟中，秦穆公选择了夷吾，扶持他做了晋国国君。但这个夷吾是个白眼狼，他登上晋国国君的位置就看不起秦国了。夷吾发兵攻打秦国，结果可想而知，大败。夷吾不得已割地求饶，还将儿子公子圉送到秦国做人质，这才勉强修复两国关系。

晋国虽经大乱，毕竟还是一块大肥肉。秦穆公为了笼络公子圉，把自己的女儿怀嬴嫁给了他。等于是姑表结亲，亲上加亲，秦晋之好又进了一步。

公子圉的母亲是梁国人。当时夷吾流亡列国，到当时还未立国的梁国后，国君梁伯很器重他，将女儿嫁给了他。但梁国如今已经被秦国所灭。现在，公子圉听说晋国那边自己的父亲病了，母亲方面的梁国又被老丈人所灭，无靠山了。他害怕国君的位置会传给别人，就偷偷跑回晋国。怀嬴不肯跟他回去，留在了秦国。

果然，第二年夷吾一死，公子圉就做了晋国君主，即晋怀公。晋怀公与秦国结怨可谓层层叠叠。有父亲打仗打输他被迫做人质的屈辱，有母亲被灭国的仇恨，有夫人与他断绝往来的怨怼。他跟秦国，自然没有好眼色。

秦穆公“投资”失败，一生气，决定转头扶持重耳。他把逃到楚国的重耳接过来，将女儿怀嬴改嫁给他。这这这？对女方来说是嫁给了舅舅，对男方来说是娶了外甥女 + 侄媳。

对于秦穆公来说，重耳既是小舅子，又是女婿。他派兵三千，浩浩荡荡开赴晋国，晋怀公（公子圉）出逃，不久被杀。重耳顺利登上晋国国君之位。

这人物之间的关系是否有些复杂？为此，我们特意整理了一张人物关系图：

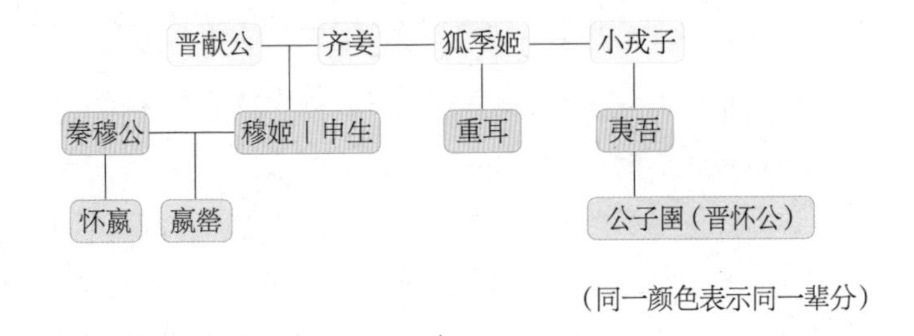

（同一颜色表示同一辈分）

《渭阳》这首诗，就是重耳归国之际，秦太子嬴罃送别重耳的场景。

对于秦太子来说，面前这个人，既是舅舅，又不是最亲的舅舅，最亲的舅舅已自杀身亡。另一个舅舅及其儿子，已经跟自己反目成仇。而自己的母亲，也早已离开人世。面前这个人，还是他的妹夫，妹妹先嫁另一个舅舅的儿子，再嫁这个舅舅，其中多少曲曲折折的国仇家恨……如此多复杂心绪，怎能不“悠悠我思”！

舅舅归国是要去夺取国君之位的，秦太子送他“路车乘黄”就好理解了。“路车”意为古代诸侯等贵族所乘的车。“乘黄”原意为传说中的异兽名。《山海经》记载：“（白氏之国）有乘黄，其状如狐，其背上有角，乘之寿二千岁。”后用以指代御马。

送“路车乘黄”好理解了，那“琼瑰玉佩”呢？

外甥送舅舅几块美玉很正常，但赠送的那么多东西里，为何独独提到“琼瑰玉佩”？且与国君级别的“路车乘黄”并列？这确实是个疑问。

这也正是本文的重点。

琼瑰玉佩，根本不是几块美玉，而是周王朝时期的一种组佩。组佩由多件玉璜、玉管、玉珠、玉动物件、红色玛瑙珠、蓝绿琉璃等组合而成，用彩线以不同的方式串联在一起。

没概念？先上张图。

西周玉组佩　何佳玉摄于河南博物院

这是谁的饰品？它们是西周虢国夫人的玉组佩，与同时期的芮国国君夫人的组佩极其相似。

周王朝那么多组佩，为何要提芮国国君夫人的组佩呢？

《渭阳》这首诗，外甥（秦太子）送舅舅（重耳）归国，大约发生在公元前636年。而在这三四年前，秦太子之父秦穆公挥师灭了芮国。既然灭了芮国，那么芮国的财宝统统归了秦国，其中不乏各式组佩。也许，秦太子送舅舅的琼瑰玉佩中，就有从芮国掳获来的。就是说，很可能就有与图中相类似的。

注意哦。周王朝贵族们佩戴组佩，可不仅仅是为了美。

周王朝有一套严格的用玉制度。组佩与身份地位直接对应。一国的国君与夫人，要将国家的责任扛在身上，这责任就浓缩成玉件来表达。责任越重，玉件越多。因此，组佩的长短，用玉多少，连缀的复杂程度等等，都是区别身份地位高下的重要标志。身份越高，组佩越长，用玉越多，连缀越复杂。相应的，要求佩戴的人，走路时步子也要迈得小，体形越端庄，越显得威严、气派，风度俨然。而且走起路来玉佩轻轻撞击，声音很好听。

这么说来，国君也是佩戴组佩的喽。但国君是男的呀。

男的当然也佩戴组佩，诗中“舅舅”重耳先祖晋献侯就佩戴组佩，注意晋献侯与晋献公不是同一人哦。晋献侯公元前822年—前812年在位，是晋国第8任国君。晋献公公元前677年—前651年在位。

再来看西周虢国国君虢季的七璜联珠组玉佩。该组玉佩全长约126厘米。挂于颈间而长达骨盆以下。上部由人龙合纹玉佩、青玉管和红玛瑙珠组成。下部由七件自上而下、大小依次递增的玉璜，间以左右对称的两行红玛瑙珠、绿松石珠连缀而成。

同款玉组佩，晋国也有。还记得我们在《古珠之美》一书中提到的组佩吗？在《打乱历史的女人》中，我们介绍了历史上迄今发现的最长、最豪华的组佩。组佩由玉璜、玉珩、玛瑙管、绿松石、琉璃珠等204小件组合，长度将近2米。

西周　七璜联珠组玉佩　虢季墓出土　何佳玉摄于河南博物院

它，也出自“舅舅”重耳的先祖，即晋穆侯（晋国第9任国君）次夫人之墓。当然，我们推断那不是次夫人，而是正夫人。

你看，重耳的祖上，一代一代晋侯国君和国君夫人都是有组佩的。尽管这种大型组佩佩戴起来并不轻松，但组佩一上身，即是将天地万物戴在身上，美奂美轮，简直惊为天人。振玉之声、色彩之美，加上体现身份之矜庄，使得组佩成了华服必不可少的组成部分。

秦太子送舅舅重耳归国，是去夺取国君之位的。此时，晋国那边，重耳的侄子晋怀公（公子圉）还像模像样坐在国君

位子上呢。既然是去夺位子，那么黄袍加身的“黄袍”得事先准备好。琼瑰玉佩，在当时就相当于“黄袍”的一部分。

说了这么多，回头再来读《渭阳》：

> 我送舅氏，曰至渭阳。何以赠之？路车乘黄。
> 我送舅氏，悠悠我思。何以赠之？琼瑰玉佩。

读完诗，你回头说，这些组佩好美，想看实物。行啊，晋国组佩现藏山西博物院，芮国组佩现藏梁带村芮国遗址博物馆。

0/1

琼瑰玉佩

《诗经》里最美的婚礼装

《诗经》“国风”之“鄘风”中，有一首《君子偕老》。讲一个春秋时期最美的女人，在婚礼上的样子。

君子偕老，副笄六珈。
委委佗佗，如山如河，象服是宜。
子之不淑，云如之何？

玼兮玼兮，其之翟也。
鬒发如云，不屑髢也；
玉之瑱也，象之揥也，扬且之皙也。
胡然而天也？胡然而帝也？

瑳兮瑳兮，其之展也，
蒙彼绉絺，是绁袢也。

子之清扬，扬且之颜也。

展如之人兮，邦之媛也！

研究《诗经》的专家们，大都认为这首诗是讽刺春秋时期卫国的美人儿宣姜。

唉？卫国应该是“卫风”啊，但这首明明是“鄘风”。

原来，周武王灭商朝时，将商的国都朝歌（今河南淇县），分封给了商纣王的儿子武庚。周武王为了提防武庚搞复辟，在其封地边上安插了三个诸侯国，分别是北面“邶”，南面“鄘”，东面“卫”。以此三国来监视武庚。

果然，周武王一死，继位的成王年纪尚小，周公旦（周武王兄弟，排行老四）执政。老三管叔不干了，撺掇武庚起兵叛乱。周公旦前去镇压，将三地合并为“卫”，连同朝歌的商朝遗民，一起封给了康叔（周武王的另一位弟弟，老八）。

所以，鄘风、邶风，所记均为卫国之事。

关于“卫国”，现代人给其贴的标签为“奇葩”。为何？先上一串名字：

商鞅、吴起、吕不韦、荆轲……他们都是卫国人。就是说，卫国是出产人才的地方。战国时期“动天下”的风云人物，大多出自卫国，是卫国人而又全部为他国所用，去成就别人的霸业。

真让人扼腕叹息。这些人中哪怕只留下一人，卫国也不会微小到人家当它不存在。

当然，这些都是以后的事了。我们要说的《君子偕老》中的人物，是这些风云人物的前十几代祖先。

《君子偕老》既然是讥讽宣姜的，那么我们要先了解一下宣姜何许人也。

在春秋时期，哪国美女最美？答案是唯一的：齐国。“娶妻必齐”是当时上流社会流行的风气。

按照珠子的脉络推断，春秋时期，齐国人中有相当数量的白种人。白种人一多，混血儿就多。齐国盛产美女估计跟这有关。

齐国的国君姓姜，祖上是姜太公嘛。姜太公帮助周武王灭商后，被封齐国。嫁给卫庄公的，叫“庄姜”，意思是嫁给庄公的姜姓女子；嫁给卫宣公的，叫“宣姜”，意思是嫁给宣公的姜姓女子。

为何史书上经常读到某姜，就因为当时但凡有点实力的公子，都以娶美丽的姜姓女子为荣。也正因为如此，春秋时期一大半的风流韵事，都跟某姜有关。

我们回来说宣姜。

当时，齐国的齐僖公有两个女儿，是一对美人儿，艳名远播。有诗叹曰：妖艳春秋首二姜。春秋时期，最美的姑娘是哪位？对了，就是齐僖公的俩女儿。外貌漂亮，家庭又富裕。齐国是各诸侯国里率先富起来的。如此一来，各诸侯国的公子们纷纷上门求亲，据说临淄道上求亲车马络绎不绝。

宣姜（当然那时不叫宣姜）是大女儿。齐僖公选来选去，看中的是卫国的太子伋。

这一年是公元前718年。

伋是卫国的太子，温文尔雅，剑术高超，在诸侯国公子中颇有声誉。但伋的出生，颇有点人所不齿。不错，他是卫宣公亲生的，血统没问题。但其生母夷姜身份非常尴尬。

夷姜是卫宣公的庶母，即是卫宣公父亲卫庄公的姬妾。卫宣公尚未继位时，就与庶母夷姜有私情，并生了儿子伋养在外面。卫宣公继位后将夷姜正式立为夫人，将伋立为太子。

若不论这一层，太子伋与宣姜，一个翩翩公子，一个绝世美人，确实是蛮登对的一双璧人。

但事有突变。

“准公公”卫宣公听使者说儿媳美艳动天下，按捺不住花花肠子，变主意了。他竟然在淇水旁边盖了一座离宫，朱栏华栋，极其华丽，取名新台，用于劫娶儿媳。

卫宣公向来是个不按常理出牌的人。

《诗经》之“邶风”中，有一首《新台》，道：

新台有泚，河水弥弥。燕婉之求，籧篨不鲜。

新台有洒，河水浼浼。燕婉之求，籧篨不殄。

鱼网之设，鸿则离之。燕婉之求，得此戚施。

翻译过来是说：新台明丽又辉煌，河水洋洋东流淌。本想嫁个如意郎，却是丑得蛤蟆样。新台高大又壮丽，河水漫漫东流去。本想嫁个如意郎，却是丑得不成样。设好渔网把鱼捕，没想蛤蟆网中游。本想嫁个如意郎，得到的却是如此丑老头。

这是模仿新娘子口吻写的。

其实，卫宣公不说相貌堂堂吧，至少不会丑得像癞蛤蟆。但新娘子事先心目中有个太子伋的想象，那是一个俊朗温文的新郎。与儿子相比，这个打坏主意的油腻中年男人自然像个癞蛤蟆。

但生米煮成了熟饭。宣姜（嫁给了卫宣公，得名宣姜）、太子伋、齐僖公、太子母亲夷姜等等，都徒唤奈何。自此，卫宣公常住新台，对新美人宠爱得不得了。夷姜受不了新的局面，上吊自杀。

哎？你要说了，本篇一开头，《君子偕老》这首诗，是说宣姜嫁人的风光局面，怎么漏过去了？

当然不会漏。《君子偕老》说的是宣姜的第二次婚礼。不然，卫国迎娶天下数一数二的美女，也是极有面子的事，为何要骂“子之不淑，云如之何”呢。

美丽的宣姜多委屈啊，为何卫国人还要骂她品德不好？

宣姜嫁给卫宣公后，生了两个儿子：大儿子叫“寿”，小儿子叫“朔”。

俩儿子长大后，大儿子寿敦厚，与异母大哥哥太子伋感情很好。小儿子朔却人品诡诈，工于心计，屡屡在父母面前诋毁太子伋。

宣姜的心思，不言自明。卫宣公已经老了，她肯定想让自己的儿子当太子。不管当初对太子伋有何温柔情感，眼下，如何除掉太子伋才是现实问题。

卫宣公整天被宣姜灌迷魂汤，又有小儿子不时打小报告，内心里，自己夺了太子之妻，也隐隐担心一旦太子夺权会对自己不利。他决定换掉太子，但太子伋温雅敬慎，没有失德之处，一时半会也没办法。

终于，机会来了。

公元前701年，宣姜的母国齐国，来约卫国一起出兵灭掉纪国。卫宣公假意派太子伋出使齐国商讨此事，暗中却派出刺客伪装成盗贼，埋伏在路上意欲刺杀太子。

这个事情恰巧被宣姜的大儿子寿知道了。寿与太子伋感情好，赶紧去告诉太子。太子内心黯然，说：“违背父亲的旨意求生，不可以。”决计上路。

寿见太子去意已决，心中不忍，遂同行。

《诗经》“邶风”有一首“二子乘舟”，说的正是此事：

二子乘舟，泛泛其景。愿言思子，中心养养！

二子乘舟，泛泛其逝。愿言思子，不瑕有害？

船上，哥俩心情悲切，以酒饯别。此时，寿已有代太子赴死之心。太子出使持白旄（máo），他将太子灌醉，拿了白旄上路。

埋伏在路上的刺客，见到白旄，手起刀落，寿一命呜呼。船上的太子酒醒，连忙赶去，见寿已死，说："我才是太子。"刺客毫不含糊，又一次手起刀落，将太子一并杀害。

卫宣公一下子失去两个儿子，心力交瘁，苍老了许多。宣姜极力促成这场计谋，没想到把自己的大儿子搭进去了，亦悲伤不已。

唯一得利的是小儿子朔，太子之位落到朔身上。

次年，卫宣公死。朔继位，是为卫惠公。

卫惠公虽然如愿以偿，但卫国国人并不买账。他们怀念温柔敦厚的太子伋，认为是卫惠公害死了太子伋，怨恨在心。卫惠公三年，即公元前697年，卫国大臣发动政变，卫惠公逃往齐国舅舅家。这边，大臣们将太子伋的同母弟弟（即夷姜所生）黔牟立为卫国国君，是为卫君黔牟。

卫惠公一逃走，谁有危险了？他母亲宣姜。卫国人对宣姜的态度，一开始是期盼，盼着她与太子伋璧人成双。后来是同情，同情倾国美人被老男人霸占。再后来，当宣姜的两个儿子渐渐长大后，卫国人对宣姜就越来越看不顺眼。乱朝纲、杀太子都有她宣姜不可推卸的责任。现在，她的保护伞卫宣公死了，大儿子寿死了，小儿子（卫惠公）逃走了。她分分秒秒处于危险境地。

好在她娘家有人。齐国国君，原是她亲爹齐僖公。亲爹已死，现任国君是她哥哥齐襄公。齐襄公可是个能人，也是一个惊世骇俗的混世魔王。“妖艳春秋首二姜”，即宣姜与文姜，这对春秋时期美貌倾天下的姐妹花，都是齐襄公的妹妹。齐襄公与亲妹妹文姜私通。不是偷偷摸摸，是公然住在一起。

面对惶惶而来的外甥，他首先想到妹妹宣姜的处境。你道他想出一个什么办法？真是匪夷所思啊，他竟然让宣姜嫁给卫宣公的庶子公子顽。

公子顽，即卫昭伯，是卫宣公与其他姬妾所生，与伋、黔牟、寿、朔（卫惠公）都是兄弟。

齐襄公的理由是：当初宣姜本来嫁的是太子伋，结果被公公卫宣公占为己有。现在卫宣公已死，宣姜与太子伋的婚约仍然有效，既然太子伋已去世，作为弟弟的公子顽有必要替兄长完成婚约。

而此时，距卫宣公派使者去齐国替太子伋提亲已过去了二十二年，宣姜呢，大约二十岁不到嫁来卫国，被“准公公”霸占，生了两个儿子，如今，差不多也四十上下了吧。

公子顽当然不同意，且不论宣姜的岁数，单是辈分上，宣姜是自己的庶母，如今要娶这个妈，如何使得？

但是，别忘了宣姜是大美人啊。当公子顽看到宣姜不仅美貌如昔，还更添岁月风韵时，完全失去了拒绝的勇气。

卫国，面对强盛的齐国，也没有拒绝的勇气。

于是，有了如此复杂的一张人物关系表：

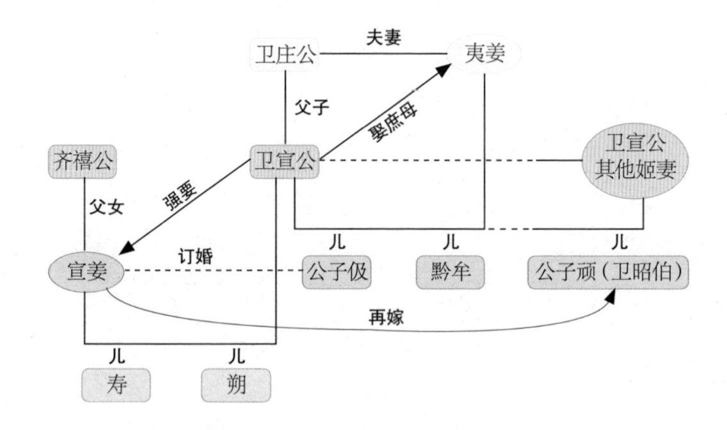

一场外交斡旋下的豪华婚礼，隆重举行。卫国人以《君子偕老》记之。

头一句，“君子偕老”，不用解释。从此后宣姜的生活来看，宣姜对公子顽极为称心，真心想跟他白头到老。

“子之不淑，云如之何？”也不用解释。后人评价卫国说：“五世不宁，乱由姜起”，宣姜乱了卫国几代人，骂她一句“德行不好”也算轻的。云如之何？我能拿你怎么办呢？毕竟是大美人，又恨又爱。

“副笄六珈”到底什么意思？

副，是指头发编成的发髻。发髻里有真发，也有假发。我们在《吉光片羽：〈红楼梦〉中的珠玉之美》中说过，女人头发又密又长，说明肾功能好，不但自己身体好，还容易生养孩子，生出来的孩子先天也好。但哪有这么多头发？女子想出来的办法是：以假发髻为壳，套于真发之上，这种假发髻后来得名曰“鬏髻”。先秦至明代，“堕马髻”“飞云髻”“鸳鸯髻”“惊鹄髻”“栖凤髻”等发式此起彼伏，数不胜数。这当中最离奇的是先秦的“高鬟望仙髻”。头发要盘得很高，最高的有九层。

笄，是将发髻固定在头上的长条形物件，与簪子差不多。

古人的“乌发如云”，很多是真假掺杂的。西汉初期的马王堆老太太就戴假发。鉴定后发现，老太太是A型血，而有一部分头发却是AB型血。在真发和假发之间，老太太插了三支梳子形状的长发笄。

但宣姜的头发竟然都是真的。你看：“鬒发如云，不屑髢也。”髢（dí），指人工接起来的头发，即假发。偌大一个发髻全部是真发，说明宣姜身体好，肾气足，肺气也足。下面的“玼兮玼兮，其之翟也”，我们认为就是形容她头发梳得整齐，头发很有光泽。

副笄好理解，那么“六珈”呢？

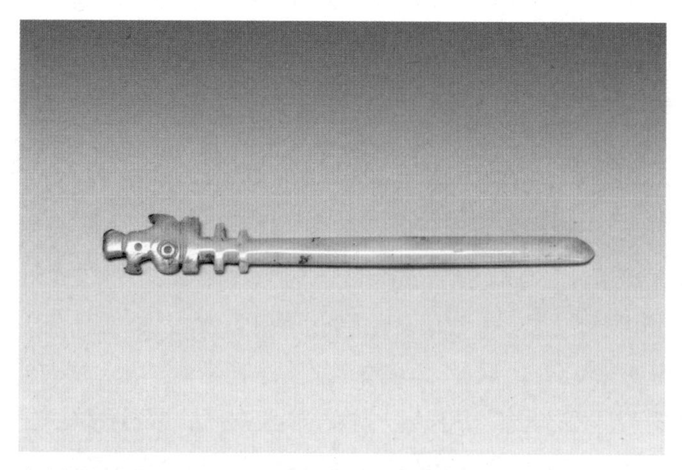

商晚期至西周　雕象牙鸟首笄　台北故宫博物院藏

珈，是指加了玉件的发饰。六珈，指加进去六种玉的发饰。六种玉分别是：玉熊、玉虎、玉赤罴（pí，即大棕熊）、玉天鹿、玉辟邪、玉南山丰大特（丰大特为大牛、牛神）。

为何国君夫人、侯伯夫人的头饰上要加小动物件？这个问题曾困扰我们好久，后来弄明白了：每一个小动物都是一个部落的图腾或标志。有多少动物，表明统治了多少个部落。

在周代，什么身份用几珈是有规定的。六珈为侯伯夫人所用。

如此说来，很多考古图册上，那些小动物件归错了门类，不是手串饰品，而应该是头饰。参看商代妇好墓出土的小动物件：

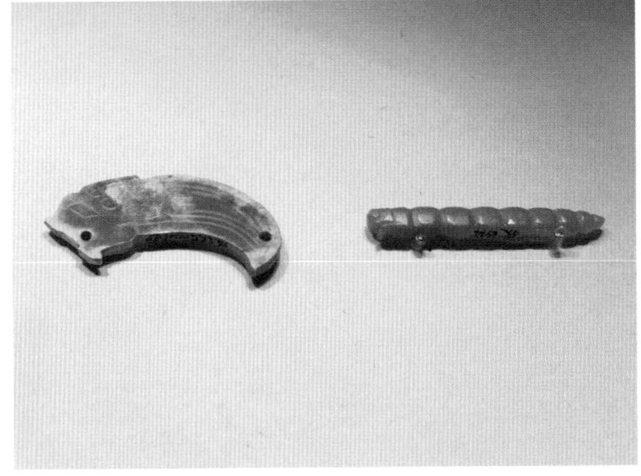

商　妇好动物佩　作者摄于中国国家博物馆

看完头饰，再来看耳饰。

耳饰有多种说法，但每一种说法都有其特定的含义。举例如下：

1. 珰（dāng），指戴在耳垂上的装饰品。一边小平，形似覆釜。你可以想象传统建筑的“瓦当”，挡在建筑檐头筒瓦的前端，起装饰作用。相当于我们现在的“耳钉”。

2. 珥（ěr），耳珰垂珠者曰珥。有叮叮当当的效果了。

3. 瑱（tiàn），珠子用丝绳系于发簪顶端，簪子插在发髻中，珠子垂挂下来，悬于耳际。

明白这些后，“玉之瑱，象之揥也，扬且之皙也”。就好理解了。象牙发笈上，玉珠子垂挂下来，在耳边摇晃。将宣姜的脸色衬托得白皙无瑕。

绿松石珥、珰　作者自藏

耳饰赏毕，就轮到胸饰了。

“委委佗佗，如山如河，象服是宜。”一般译为：举止雍容又自得，稳重如山深似河，穿上礼服很适合。“瑳兮瑳兮，其之展也”一般译为：服饰鲜明又绚丽，软软轻纱做外衣。

如果参考考古发现，你或许会有另外一种理解。

西周末期，春秋早期，国君夫人中流行一种“梯形牌饰长项链”，一直挂到腹部乃至腹部以下。芮桓公夫人、晋献侯夫人、应国夫人等都有。

参看晋献侯夫人、应国夫人的项链：

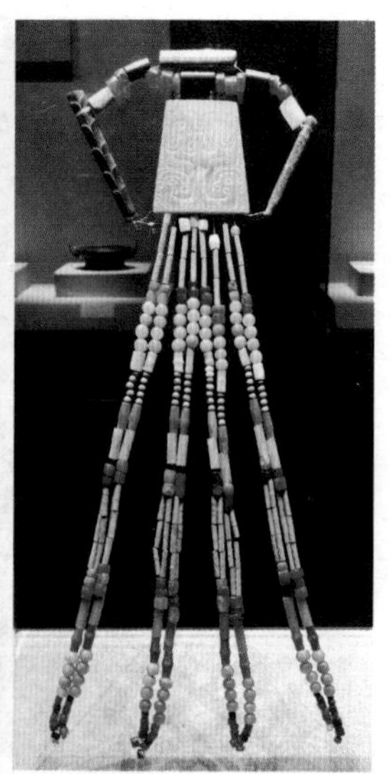

左：西周　晋献侯夫人梯形牌串饰　陈玫摄于山西博物院
右：西周　应国夫人梯形牌串饰　何佳玉摄于河南博物院

在婚礼上，如果宣姜佩戴这样一挂长项链，那么，说“委委佗佗，如山如河”再恰当不过了。“瑳兮瑳兮，其之展也”，瑳（cuō），字典上说是“形容玉色鲜白”。但在这里，也可理解为长项链枝条的条理清楚。一排排伸展、舒展，有节有律。

“象服是宜”。象服笼统解释为“礼服”也没什么不对，但象服在春秋初期是有特定含义的。

古人经常将“犀象”一起说，如《尔雅》有“南方之美者，有梁山之犀象焉。”犀，心有灵犀一点通，犀是通灵的。象，观象通神。象是通神的。

古代巫师在占卜、祭祀时，头上、身上会有很多象牙制品。“象”表示一种天意。《虞书》说“象以典刑”，《国语》说：“设象以为民纪，式权以相应。”象，又演变成一种权威。

象服，是尊者的服饰。也就是说，只有佩戴如此长项链以后，那个衣服才能称为“象服”。

可以想象，有着成熟风韵的倾国美人，一身象服，盛装出现在婚礼上，委委佗佗，如山如河，看上去哪能不像天仙下凡！哪能不像帝女来到人间！

尽管她不淑。

那么，宣姜第二次婚姻幸福吗？她还折腾吗？

在史书里，宣姜嫁给公子顽后，就再也没有音讯留下来。但她幸不幸福是可以推断出来的，四十岁上下的女人，婚后连生五个孩子，公子顽是多么宠爱她！

宣姜与公子顽的五个孩子中，有一位公子、两位国君、两位国君夫人。他们是公子齐子、卫戴公、卫文公、宋桓夫人和许穆夫人。个个都在史书中留名！

她确实与君子偕老了。

琼琚、琼瑶、琼玖有何区别?

去买水果，买点啥?你会说：苹果、香蕉、柚子、车厘子……如果没有这些具体名字，你面对一个水果铺，店主怎么介绍不同品种?介绍苹果，说是一种水果；介绍香蕉，说是水果的一种；柚子，是某种类似水果的东西……你怎么办?你会说要疯了。

读《诗经》，就经常会遇到这种情况。

《诗经》名篇之一《木瓜》，脍炙人口：

> 投我以木瓜，报之以琼琚。匪报也，永以为好也!
>
> 投我以木桃，报之以琼瑶。匪报也，永以为好也!
>
> 投我以木李，报之以琼玖。匪报也，永以为好也!

通常的译文是：你将木瓜送给我，我拿琼琚回报你。不是为了答谢你，珍重情意永相好!你将木桃送给我，我拿琼瑶回报你。不是为了答谢你，珍重情意永相好！你将木李送给我，我拿琼玖回报你。不是为了答谢你，珍重情意永相好！

很多人觉得这个翻译不过瘾，这回赠的琼琚、琼瑶、琼玖到底是什么？是吧，下次人家送我一个木瓜，我也可以戏弄式地回赠一个嘛。

翻字典，查资料，得到的答案基本如下：

琼：美玉。

琚（jū）：佩玉。

瑶：似玉的美石。

玖（jiǔ）：浅黑色的玉。

总之，回送的都是美玉。至于什么美玉，不知道。反正如同我们开头的比喻，三种都是水果，是苹果？梨？橘？不知道。

也有人认为没必要深究。古代有严格的用玉制度，哪个等级用哪种玉有明确界限，不能僭越。根据玉的形状、颜色、产地等等，有很多专有名词。这些现在都不再使用，所以没必要深究。

是这样吗？读《诗经》，深究不深究的区别，如同一个是看模糊的黑白电视，一个是看超清彩色电视。

琼琚、琼瑶、琼玖的含义到底是什么？

琼，是“赤色玉”的意思。根据种种考古发现，“赤玉”

均指向红玛瑙。佛教传入我国后，琼玉或赤玉才被改称为“红玛瑙”。

别以为玛瑙不值钱。西汉刘胜，汉武帝刘彻的异母兄弟，地位高吧。陪葬品等级之高、品种之丰富令人咂舌。他的玉衣内，贴身佩戴的就是48颗红玛瑙。贴身佩戴的应该是其生前最珍爱的宝贝。

在古珠界，有个约定俗成的词叫“西玛”，专指一种西周红玛瑙。周代的组佩，是“礼”制的一部分，十分重要。组佩主要由“西玛”来连缀，红玛瑙是组佩中不可或缺的珍宝。

这么重要的东西，不可能没个名字。而在带“王”字旁的字中，只有“琼”最符合。

琼指红玛瑙，但随着“琼”被“玛瑙”替代，琼就淡出我们的视野，又因琼经常与“玉”连在一起用，渐渐地，“琼玉”就跟“玉”等同起来。琼楼玉宇，还可以想象是红色的梁柱与栏杆，“雕栏玉砌应犹在，只是朱颜改”。但琼枝玉叶，可以形容珠宝盆景，红珊瑚枝条白玉叶，也可以形容冰雪覆盖的树林，色彩感渐退了。

那么来看“琼琚”。

琚，字典解释是“古人佩带的一种玉，系在珩和璜之间”。珩和璜之间的究竟是何玉？《康熙字典》中有进一步解释：“佩有珩者，佩之上横者也。下垂三道，贯以珠。璜如半璧，系于两旁之下端。琚如圭而正方，在珩璜之中，瑀如大珠，在中央之中，别以珠贯，下系于璜，而交贯于瑀，复上系于珩之两端。冲牙如牙，两端皆锐，横系于瑀下，与璜齐，行则冲璜出声也。”

琚如圭而正方。我们知道圭的形状，下部是长方形，上部类三角形。“如圭而正方”那就应该是长方形。

如此，琼琚可以有两种理解：

1. 红玛瑙 + 长方形玉。即红玛瑙连缀一枚长方形的玉。正好，国家博物馆有类似的西周晚期出土实物。

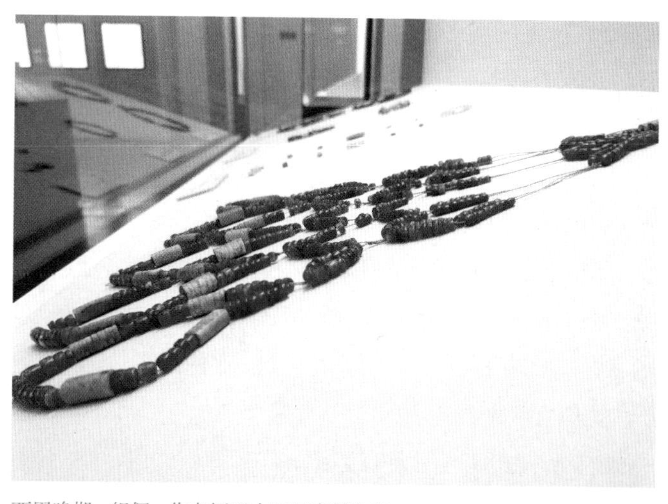

西周晚期　组佩　作者摄于中国国家博物馆

距今2000年以上的红玛瑙管子　作者自藏

2. 长方形的红玛瑙。用红玛瑙做成的一枚长方形管子。我们手里就有好几枚，年份均为距今2000年以上，收集地为西亚。

再来看“琼瑶”。

瑶，字典的解释为“似玉的美石”。但看“摇、遥、谣、鳐、鹞……”，这个偏旁的字基本都有“飞、扁、远、颤动”的意思，所以我们认为，瑶，是一类扁平的玉件，或者说是一种类似鸟形的玉件。

琼瑶，也可以有两种理解：

1. 红玛瑙 + 片玉。片玉可参看台北故宫博物院西周早中

期的组玉佩

2. 红玛瑙片。请看我们的收集，年份均为距今2000年以上，收集地为西亚。

西周早中期　组玉佩　作者摄于台北故宫博物院

距今2000年以上的红玛瑙片　作者自藏

最后，来看“琼玖”。

“玖”，为“似玉的黑色美石”。黑色的玉，考古时有发现，一种是煤精，一种是深色的地方玉。

但“玖”在这里，我们认为不是黑色美石的意思。而是通假字“句（gōu）”。通假字在《诗经》中较为普遍，如本篇《木瓜》中，“匪报也”的“匪”通“非”。

根据许慎《说文解字》：句，曲也。“句”像一个刚刚萌芽出土的小嫩芽，头是勾着的。

“句”，又叫“谷纹”。我们现在俗称“蝌蚪纹”。这种纹饰，在西周、春秋只是一个起头，到了战国才大肆流行。西汉的玉器中，“句”是出镜率最高的图案。

句，除了纹饰外，还有整个形状像个小勾的。

所以，琼玖也有两种可能：

一种是红玛瑙 + 玖。

一种是红玛瑙做的玖。请看我们的收集，年份为距今2000年以上，收集地为西亚。

日本有一种玉器叫“八尺琼之勾玉”，是日本的三大神器之一。八尺琼的发音是：YASAKANI，YA 表示很好，SA 表示远离灾祸，KA 表示神力保佑，NI 表示阴阳协调万物生长。勾玉的读法：Magatama，其中 Ma 的发音被认为是有好名声但是与世无争，ga 则是运气好有神灵保佑的意思。

距今2000年以上的红玛瑙小勾　作者自藏

不管是整体的“句”，还是“句”纹饰，表达的意思都是刚刚萌芽、生机勃勃，祈愿万物生长。

再重读《木瓜》。

结合全篇的文意，对琼琚、琼瑶、琼玖，我们的理解偏向于第二种类型，即长方形的红玛瑙勒子、扁平红玛瑙小件、钩形红玛瑙小件。

理由有三：

1. 古人注重礼尚往来。但往来“礼”的分量不能太悬殊，否则对双方都是负担。《木瓜》中，送过来的是木瓜、木桃、木李，寻常水果，很难想象回赠的是“红玛瑙+玉件”这样高等级的组佩。

2. 从人物关系来看，《木瓜》轻松随意，“民间风”荡漾其间，描写的不应该是居庙堂之高的人物关系。但红玛瑙连缀的琚、瑶、玖组佩，一般来说都属于西周贵族。

3. 红玛瑙质地的琚、瑶、玖，可以很“民间”。红玛瑙的质地，好坏相差很大。即便如今，一颗玛瑙珠子，价格低的可以不到一元，高的可以几千甚至几万。完全能找到价值高于“木瓜、木桃、木李”，又不至于高得离谱的对应物。

红玛瑙小件，不在多少个，有几件串几件。就像现代的某些首饰品牌，买个简易手圈，上面可以挂小饰件，有钱了买一个挂上，再有钱了再买个挂上，可以随意加减。

你看，在梁慧那里随便抓几样，可以串个小杂佩。

可想而知，戴上心上人回赠的一件件宝贝，感受“永以为好”的情义，心情多么美滋滋。

或许你要问了：你们从西亚收集的玛瑙件，能说明中原的《诗经》吗?

当然能。西周、春秋出土的很多玛瑙件，其工艺与西亚出土的如出一辙。那时，有西亚的成品流传进来。如战国时期曾侯乙的蜻蜓眼珠子。西亚的工匠利用当地的（或从西亚带过来的）红玛瑙原材料进行加工的。也有中原自己的工匠，利用当地的（或西亚带过来的）红玛瑙原材料进行加工的。西亚、中亚与中原的贸易往来超出现今人们的以为。

想象一件西亚工匠制作的宝贝在《诗经》里被反复歌颂，也蛮有意思的。

0/1

琼瑰玉佩

天子戎装到底有多威武？

《诗经》小雅有篇《瞻彼洛矣》。

瞻彼洛矣，维水泱泱。君子至止，福禄如茨。韎（mèi）韐（gé）有奭（shì），以作六师。

瞻彼洛矣，维水泱泱。君子至止，鞞（bǐng）琫（běng）有珌（bì）。君子万年，保其家室。

瞻彼洛矣，维水泱泱。君子至止，福禄既同。君子万年，保其家邦。

有好多生僻字，有人就想绕过。不不不，这首诗很有意思，男人范十足，且听我们一一道来。

这是一首歌颂周天子的诗。周天子身着戎装，检阅六师。诸侯赞美周天子威武雄壮，决定跟着周天子保家卫国。

这位周天子到底是谁？《诗经》研究者比较一致的看法

是：周宣王。

周宣王是谁大伙儿也许一时想不起，但一提周幽王，你立即说：噢，是烽火戏诸侯的那位吧？对了，周宣王就是周幽王的父亲。

西周灭亡，埋下苦果的是倒数第三位天子，即周幽王的爷爷、周宣王的父亲——周厉王。

周厉王是个极强势的人物。他继位时，国力已日渐衰弱，四周部落交相发动对周王朝的进攻和侵扰，底下诸侯国还不时与他们内外勾结。周厉王连年南征北战，耗费重大，国库空虚了。

战事间隙，周厉王考虑的就一件事：怎样敛财。

小诸侯国荣国的国君荣夷公，出了一个馊主意：实行国家专利。

啥意思？就是说，对山林川泽的物产实行垄断，由天子直接控制。国人进山林川泽谋生要收取“专利费”。

这一招，苦了百姓，周厉王却高兴得很：来钱太快了！

周朝的卿士中，芮国国君芮良夫看不下去了，劝周厉王不要这样干。他说：“夫利，百物之所生也，天地之所载也，而有专之，其害多矣。天地百物皆将取焉，何可专也？所怒甚多，不备大难……今王学专利，其可乎？匹夫专利，犹谓之盗，王而行之，其归鲜矣。荣公若用，周必败也。”天地间生成的一切事物，人人都可以分享，怎么能一人独占呢？一人独占必然招致天怒人怨。那荣夷公喜欢独占财利，却不知大祸即将临头。荣夷公用财利来引诱您，君王您难道还能长治久安吗？

周厉王当然没听进去。天理，民意，不错，可是他目前过不去的坎儿是没钱。如此，“专利”政策强硬地推行下去。

这一来，西周贵族的利益受到直接冲击。对于底层老百姓来说，更是要变相缴双层赋税。

一时怨声四起，咒骂纷纷。周厉王大怒，他找来一个卫国的巫师，让他来监视“妄议”者。巫师告谁议论，周厉王就杀掉谁。

找卫国的巫师，也是有原因的。卫国地处原商王朝的国都。商朝，巫风炽盛，做什么事情都要先占卦问卜。

如此高压政策下，议论的人逐渐减少，发展到后来，亲友熟人在路上遇到了也不敢互相打招呼，只能使使眼色。这就是成语“道路以目”的来源。

议论差不多没了，但诸侯也不来朝拜，整个都城变得死气沉沉。

到了这一步，就知道会发生什么事了。公元前843年，民众大规模造反，周厉王逃到彘地（今山西霍州市）。

当时的太子姬静（即日后的周宣王），惶惶然躲在朝臣召穆公家里。造反者知道后，把召穆公家包围了。召穆公出来试图平息风暴，说："先前我多次劝谏天子，但没效果，所以才造成这次的灾难。事奉天子，即使处在危险之中，也不能仇恨怨怼；即使有责怪，也不能发怒，大家还是冷静下来吧。"但群情激愤，谁听他的。召穆公无奈，狠狠心让自己的儿子假装太子，出来代死。

古人的"忠"，真不是说说的。

太子姬静逃过一劫。

暴动平息后，宗周无主，诸侯推举召穆公、周定公代行天子职务，史称"共和行政"或者"周召共和"。

14年后，即公元前828年，周厉王在彘地去世。太子姬静继位，史称周宣王，共和行政结束。

曾经在召穆公家里瑟瑟发抖的周宣王，上台后的形势，已与他强势的爹当政时大大不同。共和十四年，各诸侯国的国君参政议政的局面已经形成。被朝臣救下的天子，刚上台也发不起威。

大名鼎鼎的"毛公鼎"上记载着周宣王对毛公说的话。其中有说：众官出入从事，对外发布政令，制定各种徭役赋税，不管错对，都推说我是知道的，这足以造成亡国！从今以后，颁布政令，都要向你报告，而你也不能随意向外颁布政令！

所以，周宣王初期，他任用召穆公、尹吉甫、仲山甫、程伯休父、虢文公、申伯、韩奕仍叔、张仲等一帮贤臣来辅佐朝政，上上下下拧成一股绳，取消了厉王时期的专利政策，放宽对山林川泽的控制。国内经济开始复苏，国力得到恢复，史称“宣王中兴”。

而此时，四周少数民族仍不断内犯，为解边境危机，也为转移国内视线，周宣王决定重振军威。

《瞻彼洛矣》记录的，大约就是这个时期。

第一段：

瞻彼洛矣，维水泱泱。君子至止，福禄如茨。韎韐有奭，以作六师。

遥望那洛水，水波浩浩茫茫。周天子莅临这里，带来的福禄就像屋顶罩着我们。天子身着皮制戎装，亲自检阅六师。

韎：保护人体关节的特制皮革。

韐：皮带。

奭：盛。

到底这个戎装是怎样的？

周宣王的戎装我们看不到，但可以参考一下同时期芮国国君的戎装。当然，国君的戎装级别比天子低。

皮制戎装，可不仅仅只是皮革缝制的，上面还有装饰。举例如下：

1. 肩部。

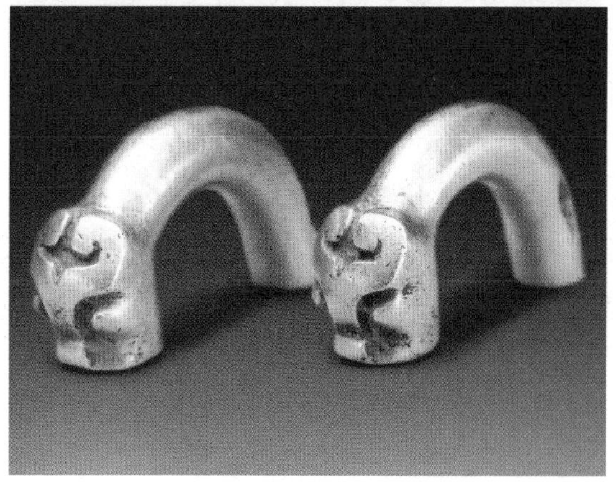

2. 胸腹部。

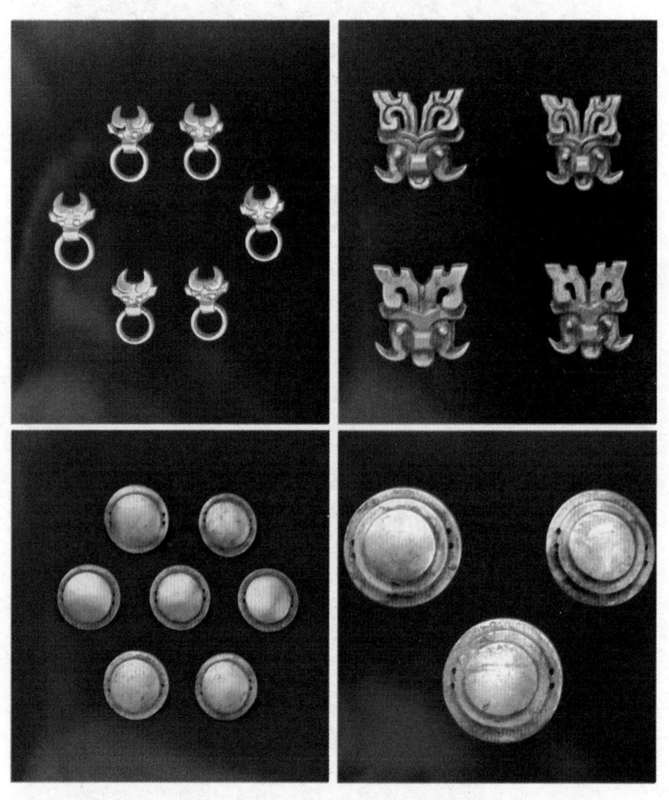

以上图片引自《芮国金玉选粹——陕西韩城春秋宝藏》

3. 腰带。

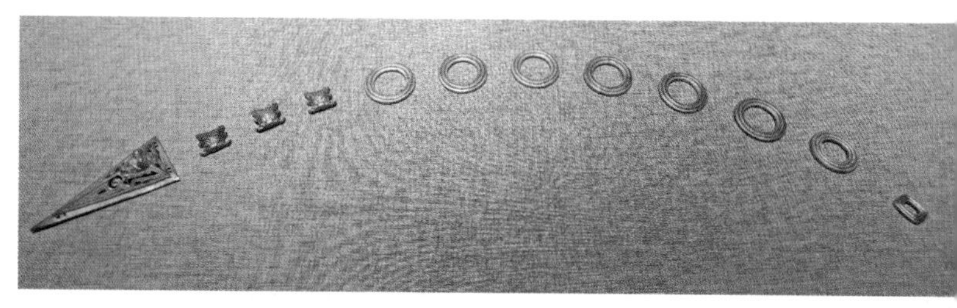

西周金腰带饰　何佳玉摄于河南博物院

可以想象，皮制服装镶嵌上这些纯金饰品，天子多么显赫堂皇。

第二段：

瞻彼洛矣，维水泱泱。君子至止，鞸琫有珌。君子万年，保其家室。

遥望那洛水，水波浩浩茫茫。周天子莅临这里，天子的佩刀上有玉饰。天子万岁，保家卫国。

鞸：刀鞘。

琫：刀鞘上端的玉饰。

珌：刀鞘下端的玉饰。

参看芮国国君的佩刀：

西周　芮国国君佩刀　大阪国立国际美术馆2016年“秦始皇与大兵马俑展”

芮国国君的佩刀，剑鞘是金质的，镂空呈神龙纹；剑是玉质的；剑柄原来有其他材质包裹，也有装饰。

不但有佩刀，手上还有韘。

韘，约略等同于现在的玉扳指。搭弓射箭时，扳指套在大拇指上，以保护手指不被弓弦勒伤。金、玉韘在商代便已经出现，汉族的韘从侧面观是梯形，即一边高一边低。而蒙古族、满族的扳指一般为圆柱体。

第三段：

瞻彼洛矣，维水泱泱。君子至止，福禄既同。君子万年，保其家邦。

遥望那洛水，水势浩浩茫茫。周天子莅临这里，与我们有福同享。天子万岁，我们要跟着你保家卫国。

《瞻彼洛矣》虽则短短三段，但全诗气势宏大，饱含情感，确实有一股保家卫国的豪情壮志。

那么，周天子大规模阅兵有效果吗？效果是显著的。如大将方叔，先后奉命征伐东面的淮夷，击退北方少数民族猃狁，又率兵三千讨伐不听号令的楚国，建立了赫赫功勋。《诗经》有一首《采芑》，写的就是方叔为威慑楚国而举行的军事演练。

《采芑》共有四段，渲染的是方叔指挥的这次军事演习的规模与声势。其中第二段写到方叔本人的样貌："服其命服，朱芾（fèi）斯皇，有玱（cāng）葱珩。"

命服，周代官员有品秩，从一命至九命，官服因命数不同而各有定制。方叔穿着与其品秩相当的命服。他这个档次的命服是怎样的呢？

"朱芾斯皇"：大红的皮制戎装多么富丽堂皇。

"有玱葱珩"：玱、葱都是指绿色或淡绿色的玉。

珩，指一组玉佩中横在最上面的玉器，是用来节制佩玉者行步的。也是一种身份的表示。

玉珩实物如下：

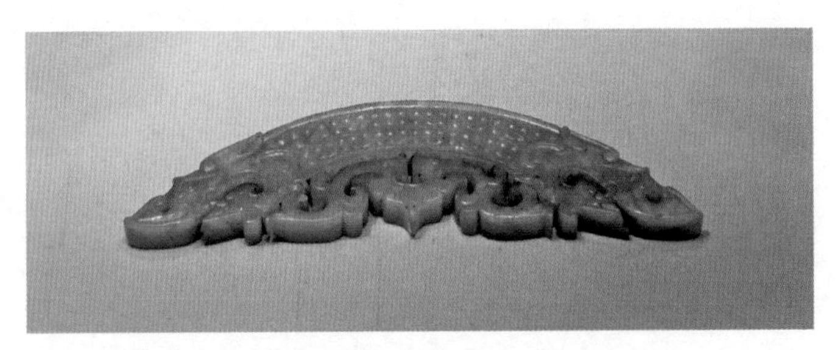

战国 双龙首珩 作者摄于中国国家博物馆

试想，大红的皮革军装上，佩戴着青绿色的玉组佩，多么华丽、尊贵、威风八面。

可惜的是，“宣王中兴”也只持续了几十年。到了周宣王后期，周宣王就有些恃功倨傲了。同时，各诸侯国也在“共和”时期大力发展自己的势力，渐渐形成诸侯国与周天子抢夺权力的局面。一旦君臣二心，内部相互倾轧残杀，对外战争必遭失败。公元前789年，王师伐姜戎，战于千亩（今山西省介休市南），王师丧失殆尽，周宣王几乎被俘。

周宣王是在郁闷中离世的，太子周幽王继位。

11年后，西周亡。

君子如玉

《诗经》被广泛引用的名句之一是:“言念君子,温其如玉。”此句出自“秦风”之《小戎》。

但对君子的如何“如玉”,则要看另一篇:“卫风”之《淇奥》。

瞻彼淇奥,绿竹猗猗。有匪君子,如切如磋,如琢如磨。瑟兮僩兮,赫兮咺兮。有匪君子,终不可谖兮。

瞻彼淇奥,绿竹青青。有匪君子,充耳琇莹,会弁如星。瑟兮僩兮,赫兮咺兮。有匪君子,终不可谖兮。

瞻彼淇奥,绿竹如箦。有匪君子,如金如锡,如圭如璧。宽兮绰兮,猗重较兮。善戏谑兮,不为虐兮。

《淇奥》共三段,每一段开头均为:看那淇园弯弯,翠竹青青又连绵。有意思的是,由此开始,“竹”与“君子”紧密捆绑，彼此代言，再也没有分开。

淇园之竹，后来很有名的。

《史记·河渠书》记载：元封二年（前109）时，瓠子口（今河南濮阳西）一带黄河决口已有二十多年，淮河、泗水、梁、楚等十六郡均被水淹。这次，汉武帝亲临现场，率数万人欲堵塞这个决口。他们先沉白马、玉璧祭河神，然后令将士负柴填堵。无奈河水滔滔，根本堵不住。最后“下淇园之竹以为楗（柱桩）”，才获成功，可见淇园产竹之多。

淇园产竹之多，在东汉又得到一次印证。据《后汉书》，东汉大将寇恂（云台二十八将之一），曾伐淇园之竹，造箭百余万，支援刘秀北征。

一片竹林，能从西周一直繁衍到东汉，少说也有八百多年，够神奇的。

淇园，位于河南省淇县北部的淇奥（淇河弯曲处），至今旧址仍存。据推断，大致范围在今河南省淇县的黄洞乡、庙口乡和高村镇西北部一带。

这“淇园”到底什么来头？淇园，是我国第一座王侯级园林。来源有两种说法：一说是商代纣王的竹箭园；但大多数人持第二种说法，认为淇园是西周晚期卫武公（前852—前758）所修建。《淇奥》为时人歌颂卫武公而作。

卫武公，是卫宣公的爷爷。这家人也真怪，爷爷是流传千古的楷模。到了孙子，又娶庶母又抢儿媳，已沦落为人人想上来踹一脚的人。

其实，被歌颂的卫武公并未留下特别感人的事迹。后世统治者对他的尊崇，可能源于以下几个原因：

一、卫武公长寿。《楚语》记云："昔卫武公年九十有五……"，统治者一旦权力稳固，第一追求的就是长寿。二、卫武公忠诚。西周末期，各诸侯国纷纷起立，动静越闹越大，大有瓜分周王朝之势。群起攻之的关键时刻，卫武公辅佐周平王东迁并平叛犬戎之乱。忠，是统治者最看重的品质。三、其实没有第三点，说卫武公"自儆励治，百采众谏，察纳雅言"这些美德，不是主要的吧。卫武公还趁祭祀父亲时将他亲哥哥逼死在墓道里呢，弑君自立。

不过，《淇奥》写得真好，将一个君子何以成为君子的过程写出来了。

第一段：

瞻彼淇奥，绿竹猗猗。有匪君子，如切如磋，如琢如磨。瑟兮僩兮，赫兮咺兮。有匪君子，终不可谖兮。

有匪君子，"匪"，通"斐"，指有文采的样子。

如切如磋，如琢如磨。切、磋、琢、磨，都是加工玉石骨器的方式。《尔雅》解释说："骨谓之切，象谓之磋，玉谓之琢，石谓之磨。”这个，明显是不懂珠宝加工的人解释的。事实上，不管是加工骨头、象牙，还是玉料、石头，都有切、磋、琢、磨的阶段。

切：分割成若干部分。

磋：初步加工出轮廓。

琢：雕刻。

磨：研擦器物表面，使之光滑精致。现在叫抛光。

骨、象、玉、石等材质，都需经过切、磋、琢、磨，而由一块毛坯变成精美器物。其中，对于玉来说，这个切、磋、琢、磨的过程非常缓慢。因为玉的莫氏硬度为6~6.5，切、磋、琢、磨所用的石榴石（莫氏硬度为7~7.5）、刚玉（莫氏硬度为9）等“解玉砂”，硬度超出不多，所以治玉并不像刀刻竹木一样容易。过去，将一块不规则的玉料做成精美器物，需要经年累月的努力。

同理，一个人未经学习时，懵懂粗糙，性子蛮撞。经过学习，不管是从书本里学还是向高人学，学习学习再学习，心性一点点切、磋、琢、磨，品质、风度、气质就慢慢出来了，揖让进退、知书达理，一个君子脱颖而出。

这个不断学习的过程，没有比“如切如磋，如琢如磨”更好的形容了。“瑟兮僩兮，赫兮咺兮。有匪君子，终不可谖兮。”出身好，学问高，神态优雅，这样的君子见过一面就再难以忘记。

第二段：

瞻彼淇奥，绿竹青青。有匪君子，充耳琇莹，会弁如星。瑟兮僩兮，赫兮咺兮。有匪君子，终不可谖兮。

充耳琇莹。充耳，是指官冠两侧以丝绳垂坠的两颗珠子。挂在冠冕两旁，下垂及耳，可以塞耳避听。参看《历代帝王图》中的北周武帝宇文邕画像：

后人摹唐阎立本绘《历代帝王图》－北周武帝宇文邕
美国波士顿美术馆藏

充耳的材质一般为玉石。充耳琇莹，“琇”，字典解释：像玉的石头。“莹”为“珠光的光彩”。我们认为，琇，应该是玉石表面的光泽。琇莹，是指充耳两颗珠子的光泽莹润美丽。

西周及春秋初期，“冠配充耳”是一种礼制。诸侯、王公大臣站立堂下，要恭敬仰视君王，不得左顾右盼，若脑袋左右一晃，“充耳”即会以惯性击打自己的耳廓和面颊，以示“自惩”。

会弁如星。会弁，又叫皮弁，是指用白鹿皮做成的帽子，类似今日瓜皮帽。

鹿皮帽子怎会“如星”呢？那是因为鹿皮缝合处缀有一行行的玉石。参看明代鲁王朱檀的帽子：

明　鲁王皮弁　山东博物馆藏

会弁所缝缀的珠子，材质有玉石、玛瑙等，颜色多种。一眼望去，确实星星点点璀璨斑斓。

充耳琇莹，会弁如星。可不要认为是同一顶帽子哦。有“充耳”的帽子叫“冕”，是祭祀天神、地祇、人鬼等礼仪活动时所穿吉礼之服的一部分。而常礼之服用会弁。所以“冕”比“会弁”尊贵。充耳琇莹，会弁如星，是说君子不管在隆重的场合，还是一般的场合，都显得显赫高雅、光明磊落。

第三段：

> 瞻彼淇奥，绿竹如箦。有匪君子，如金如锡，如圭如璧。宽兮绰兮，猗重较兮。善戏谑兮，不为虐兮。

如金如锡。金，可以有两种解释：一种是黄金，一种是青铜。在当时，即使是青铜，表面闪耀的也是金黄色。金黄色在古代，意义迥然不同于现在。古代没有电灯，即使白天屋内光线也较昏暗。金黄色的反光，是一种珍贵的补光。

金、锡，共同的特点是稳定，不易被空气氧化，不受腐蚀。几乎在任何环境下，金总闪耀着金黄色，锡则保持着银闪闪的光泽。并且，它们都具有很好的延展性，能伸能缩，进退自如。这些品质，都是君子的内在素质。

如圭如璧。圭，是一种上尖下方的长条形片状玉器。《周礼·大宗伯》对此形状的注为：“圭锐象春物初生。”你看，与

“句（谷纹）”道理一样，句是弯曲着刚刚生发，圭伸直了，比句又生长了一点。

圭是周天子用来标识身份的重要物证。周天子命令诸侯要定期朝觐，定期来天子眼前报到，事无巨细做个汇报，这是统治所必需的。朝觐时，国君们要手持周王室赐予的圭，以便大家一眼就知道你的身份地位。比如：天子所执的叫“镇圭”，形制最大。公爵所执的叫“桓圭”，长九寸。侯所执的叫“信圭”，长七寸。伯所执的叫“躬圭”，此圭形状像个躬屈的人形，顶圆两肩亦圆。

圭，不仅代表身份，还是一种信物。周天子统治那么多诸侯国，来往奔走的使者必不可少。不同的圭赋予持有者不同的权力。如“珍圭”表示两个意思：一是召守臣回朝，二是遇自然灾害时抚恤百姓。“谷圭”表示调和或婚娶。“琬圭”表示嘉奖。“琰圭”表示处罚。

说完圭，再来说璧。

璧，我们要熟悉多了。战国的“和氏璧”，西汉“鸿门宴”的白璧，唐代李白诗中豪情万丈的“黄金白璧买歌笑”等等。在西周和春秋初期，璧是国家祭祀大典中用于祭天的，国事中则用于礼仪馈赠。前面提到的汉武帝率数万人去堵黄河决口，就是先沉白马、玉璧祭河神。总之，玉璧，是高等级的好东西。

说君子“如金如锡，如圭如璧”，一方面肯定了君子本身练就的好品质，另一方面称赞君子在朝廷起的顶梁柱作用。位高权重，而君子却心胸旷达，宽宏大量。随时摆出一副倾听意见的样子。你跟他开个玩笑吧，他不但不恼，反而比你更幽默风趣。这样的君子，谁不起歌颂之心呢！

如此，《淇奥》通篇读下来，这绿竹，实在是将人们对“君子”的期许都浓缩其中了。

辑二

青玉案

美人赠我金错刀

现今流行说斜杠青年。第一次听说斜杠青年，还以为是骂人的话，后来终于弄明白是指学识跨专业，有多种才能。

回头一看，古代那些文人，基本都是好几条斜杠的。基础是“文学家／官员”，然后再加上特长。比如汉代的张衡，对，就是发明地动仪的那位。每次地震发生，人们都要将他拉出来谈论一番。

张衡是“文学家／官员／天文学家”。作为官员，他担任过太史令、河间相、尚书。作为天文学家，他开创了中国天文研究之先河，发明了地动仪，后人以其名命名1802号小行星为“张衡星”，月球背面一座环形山也被命名为“张衡环形山”。

有一次读到汉诗《四愁诗》，写得漂亮啊。一看作者，好家伙，竟然是张衡！

想看看天文学家写的诗是怎样的吗？

《四愁诗》，顾名思义有四愁。我们看第一愁：

> 我所思兮在太山，欲往从之梁父艰。侧身东望涕沾翰。美人赠我金错刀，何以报之英琼瑶。路远莫致倚逍遥，何为怀忧心烦劳。

“美人赠我金错刀，何以报之英琼瑶。”这一句极为有名，几乎成了天下风流倜傥之士的口头禅。

但何谓“金错刀”？

网上搜索，答案如下：一种古代货币，于新莽（即王莽）年代制造，主要材料是金属。或者是：古代钱币名。王莽摄政时铸造，以黄金错镂其文，也称错刀。泛指钱财。

总之，都是钱。

看来美女不浪漫啊，竟然直接送钱！张衡出身大族世家，他祖父当年率兵攻入成都时，对公孙述留下的堆积如山的珍宝毫无所取。张衡哪会缺钱！对直接送钱给他的美女，不会有感觉吧，更别说写进诗里。

况且，二愁是“美人赠我琴琅玕”，三愁“美人赠我貂襜褕”，四愁“美人赠我锦绣段”。美石、貂皮大衣、锦绣绸缎都是宝物，金错刀不太可能只是钱吧？

那么，“金错刀”到底是何物？

爱上古珠后，某次看到一枚“金镶绿松石”带扣，被其美轮美奂的气质惊到了。

查来源，得知是日本美秀美术馆的展品。赶紧网上追踪过去，无意中发现了一个东周晚期刀柄。

刀柄线条流畅婉转，色泽参差亮丽，视觉效果相当华丽堂皇。什么工艺如此神奇？

查资料，知道这叫“错金工艺”。

春秋、战国、秦汉时期，盛行佩剑和佩刀。就说我们熟悉的越王勾践吧。有一年春节期间，我和儿子一起去杭州博物馆，走到瓷器展厅，迎面而来的都是“原始瓷”，一排排、一件件，样子均是仿青铜器。儿子脱口而出：“泥巴做的青铜器，看来古越国真是一穷二白啊。”

非也！勾践十年生聚，十年教训，所有的金属都拿去制造武器了。古越国的宝剑，是独步天下的宝物。

《吴越春秋》《越绝书》说到铸剑时，言语间都有一种激动。说是越王勾践曾特请龙泉铸剑师欧冶子铸造了五把名贵的宝剑。这“欧冶子”吧，我们认为并非一个人的名字，而是指一批人，即生活在瓯江边上从事冶炼活计的一批人。欧冶子替越王勾践铸造的五把宝剑，剑名分别为湛卢、纯钧、胜邪、鱼肠、巨阙，都是削铁如泥的盖世名剑。

后来越国被吴国打败，勾践曾把湛卢、胜邪、鱼肠三剑献给吴王阖闾求和。吴王呢，争霸之心太急切，逼人太甚，时人说他“无道”。富有传奇色彩的记载是：五大盖世名剑

战国　原始瓷编钟　作者摄于杭州博物馆

之首湛卢，竟“自行而去”。某天楚昭王一醒来，发现枕边有把湛湛然似黑色眼睛般的宝剑，大悦。以此为导火线，吴楚之间还曾大动干戈，爆发过一场战争。

湛卢现在看不到了，但1965年冬天，在湖北省荆州市江陵县望山楚墓群中，出土了著名的“越王勾践剑”。剑通高55.7厘米，宽4.6厘米，柄长8.4厘米，重875克。剑身上布满了规则的黑色菱形暗格花纹，剑格正面镶有蓝色琉璃，背面镶有绿松石。因剑身上被镀上了一层含铬的金属，虽历经两千四百多年，仍寒气逼人、锋利无比。有人试其锋芒，稍一用力，便将20余层白纸划破。

怎么认定这是越王勾践剑呢？皆因其剑身刻有八个字："钺王鸠浅、自乍用鐱"。即：越王勾践，自作用剑。译为：越国国王勾践，亲自督造并自己使用的剑。

这八个字，字体是鸟虫书。而镂刻工艺，即错金。

1973年越王勾践剑东渡日本展出，郭沫若先生曾专为勾践剑题诗道：越王勾践破吴剑，专赖民工字错金。

越王勾践剑的错金铭文，在当时属开风气之先。那时错金工艺才开始一二百年。原先的青铜器铭文，或铸造，或錾刻，铭文与铜器的本色基本没区别，容易被忽视。春秋中期，错金银工艺兴起，铜器上用金银作铭文，于是，铭文就熠熠生辉，抢先进入人们的眼睛。所以，错金工艺一出现，马上流行开来，风行了近一千年，其高峰期是战国至汉代。

错金主要有两种：

一是镶嵌法。先在器物表面用墨笔绘成纹样，根据纹样，錾刻出浅凹槽。然后在凹槽内嵌进金丝或金片，压实，此时铜器的表面并不平整，必须用厝石（粗粝的石头，引意磨刀石）加以磨磋，使金丝或金片与铜器表面自然平滑，达到严丝合缝的地步。

二是涂画法。先把黄金碎片放在坩埚内，加温至四百摄氏度以上，再加入七倍的汞，使其溶解成液，制成"泥金"。用泥金在青铜器上涂饰各种错综复杂的图案纹饰，再用炭火温烤，使汞蒸发，黄金图案纹饰就固定于青铜器表面。

青铜器错金大行其道后，错金工艺又发展到其他领域。如在漆器上做金银图形的，叫“金漆错”。用金线绣成图案的背心，汉代就叫“金错绣裆”。

回头想，古越人“翦发文身，错臂左衽”的“错臂”，就是现在的文身。

我们离开天文学家张衡好久了，赶紧说回来。

在汉代，讲究文事必以武备，文士也佩刀。对于张衡来说，他爷爷是鼎鼎大名的将军，对剑啊刀啊这些东西情有独钟也好理解。腰里不佩个刀，出门没感觉。

浙江省博物馆曾在2018年举办过一场名为“越地宝藏——一百件文物讲述浙江故事”的展览，其中有对西晋的越窑青瓷俑非常有趣。新闻上介绍说，男的是武士俑，右手持剑，左手持盾。嗯？看图，右手持的分明是刀啊，不是剑。

汉代佩刀有制度规定吗？有的。《后汉书·舆服志》说：“佩刀，乘舆黄金通身貂错，半鲛鱼鳞，金漆错，雌黄室，五色罽隐室华。诸侯王黄金错，环挟半鲛，黑室。”大致意思是：天子的佩刀，通体黄金错，花纹为貂皮纹。刀鞘（刀的套子）以鲨鱼皮制成，雌黄色（雌黄是一种黄色的矿物质），上面有金漆错。哎呀华贵得不得了，五彩斑斓隐约其间。诸侯王的佩刀，刀身有黄金错，刀柄镶有鲨鱼皮，刀鞘黑色。

你看，金错刀级别很高的，这才符合张衡的口味。

汉代文人所佩的刀，还有另外一种可能，即“书刀”。书刀，对于我们来说太遥远太陌生了。我们的《古珠之美》加印时，某网站指定要毛边书，我们自己也顺搭要了些。以毛边书赠朋友，很有趣。有些懂的朋友，打趣说下次要连裁纸刀一起送哦。说起裁纸刀，维多利亚时代的裁纸刀，可是收藏界有名的可爱小玩意儿。

汉代“书刀”是裁纸刀吗？哈哈，汉代纸的使用不够广泛，哪来裁纸刀？书刀，是用来刮削书写在竹简木牍上的文字错误的。功能相当于现在的“修正笔”。

书刀是汉代文人必备的文具之一，一般挂在腰间。

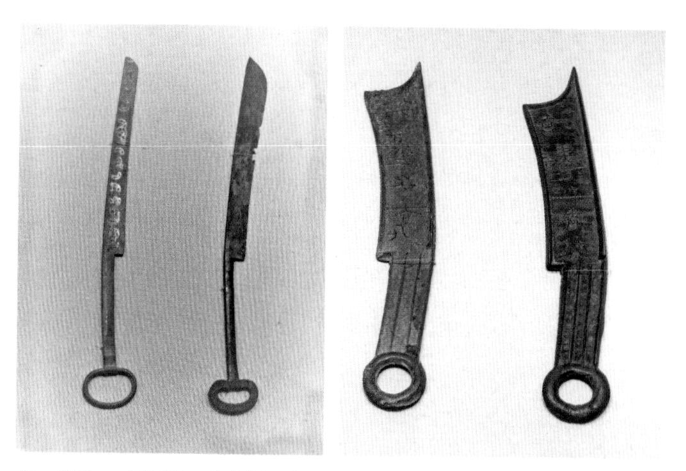

左：春秋　青铜削　作者摄于浙江省博物馆
右：战国　青铜刀币　作者摄于中国国家博物馆

西汉　青铜书刀及其佩带示意图　作者摄于中国国家博物馆

美人赠我金错刀。这刀，不管是佩刀还是书刀，错金的都是好刀。美人不但人长得美，品味亦高，这才坐定了《四愁诗》的第一把交椅。

国家博物馆曾于2015年展出一把汉桓帝的“错金环首钢刀”。这把刀造于东汉永寿二年（156），即张衡去世后18年，其环首的错金卷云纹极其华丽。

回到“斜杠人生”张衡的诗，“美人赠我金错刀”一句，集文修武备于一身，不知是多少男人念念不忘的名句。千年后，南宋诗人陆游还作《金错刀行》，开句便是“黄金错刀白玉装，夜穿窗扉出光芒”。好诗的号召力真不可小觑。

当然，好诗的前提，是有好物。

“青玉案”到底是啥东东？

“案”这个字，不太讨人喜欢。你看：案件、案犯、案卷、公案、有案可查、铁案如山、拍案而起、病案、方案、教案、档案……

某天，读汉代张衡《四愁诗》时，读到最后一愁，心里一亮：

> 我所思兮在雁门。
> 欲往从之雪雰雰，侧身北望涕沾巾。
> 美人赠我锦绣段，何以报之青玉案。
> 路远莫致倚增叹，何为怀忧心烦惋。

美人赠给我锦绣绸缎，怎么回报她呢，就送给她青玉案吧。哎？青玉案？这个案不但不可怕，好像还挺可爱的。

案，原意不是案件，而是指木制的盛食物的矮脚托盘。

后来泛指长形的桌子或架起来代替桌子用的长木板。如《史记·田叔列传》有“赵王张敖自持案进食”。南朝鲍照《拟行路难》有“对案不能食，拔剑击柱长叹息”。

当然最有名的是《后汉书·梁鸿传》中的“举案齐眉”。“（梁鸿）每归，妻为具食，不敢于鸿前仰视，举案齐眉。”梁鸿品德高尚，许多有势力的人家都想将女儿嫁给他，他却都不肯娶。同县有位姓孟的女子，长得又壮又丑，皮肤还很黑。孟氏年过三十而不嫁，人问原因，她说：要嫁就要嫁梁鸿那样道德品行好的。梁鸿听说，就娶了她，为她取名孟光。

天下大乱，梁鸿夫妇前去霸陵山中，过起了隐居生活。不久，梁鸿为躲避征召他入京的官吏，又离开齐鲁，来到吴地。梁鸿一家住在大族皋伯通家宅的廊下小屋中，靠给人舂米过活。每次梁鸿回到家，孟光都备好食物，低头不敢仰视夫君，将“案”举得跟眉毛一样高。

后人遂以“举案齐眉”形容夫妻互相尊敬。

孟光力气大到能举起石臼。石臼是古时舂米用的器具，由一整块大石头掏挖而成，高度大致到腰腹部，一人合围有些吃力，分量总有几百斤吧。以孟光的这个臂力，举一食案乃小事一桩。不要说齐眉，高过头顶也不在话下。

来看战国时期“案”的样子：一张是漆木矮足案，盛食器，通高11.6厘米，长113厘米，宽55.2厘米，出土于湖北九连墩2号墓；一张是铜矮足案，盛食器，通高12.4厘米，

左：战国中晚期　漆木矮足案　湖北省博物馆藏
右：战国中晚期　铜矮足案　湖北省博物馆藏

长43.8厘米，宽32.4厘米，出土于九连墩1号墓。

至汉代，案的形制基本未变。

看完俗的再看个雅的。刘备的“先祖”中山靖王刘胜，让我们看到汉代帝王家的“案”。

小小玉人，真实再现了古人生活的一个场景。在汉代，椅子之类的坐具还没有出现，人们席地而坐，膝盖跪在地上，臀部依靠着脚后跟，上身挺直，面前摆放着“案”，案的高度正适合跽坐时双手自然地倚放在上面。这种跪式坐姿有一

西汉　坐形白玉人　满城汉墓出土　河北博物院藏

个专门的称谓——“跽坐”。现在日本人仍然保留了某些中国古人的生活习俗，即跪坐在席子上，使用低矮的几案。

不要以为汉代的案就这么小，在北京西郊的一座汉墓中，出土了一件大案。长两米多，可以容纳多人同时进食或办公。但即便如此宽大的案，它的高度也只到人的膝盖部位。

案的用途，除了食案，还有琴案、书案、供案等等。

在中山靖王刘胜的墓中，也出土了大案。可惜案面已经腐朽，只留下金属脚架及案面边沿的金属包边。

可问题来了。张衡《四愁诗》里说的是“何以报之青玉案”，他回报美人的，不是木案，不是漆案，是青玉案。

张衡，南阳西鄂（今河南南阳市石桥镇）人。明白了吧？就像今天的杭州人，人家送你一个宝贝，回报什么呢？西湖龙井茶。

南阳，自古出南阳玉。南阳玉产于河南南阳市北8公里的独山，故又称独山玉。

这是一种古老玉种。早在6000年以前，南阳玉已经被开采。安阳殷墟妇好墓出土的玉器中，有7件材质为南阳玉。西汉时曾称独山为“玉山”。

南阳玉与和田玉最大的差别，南阳玉是玻璃光泽，和田玉属于油脂光泽。

南阳玉颜色复杂且变化多端，以绿、白杂色为主，也见有紫、蓝、黄等色。在绿色中，常见一种半透明蓝绿色的玉种，玉质细润、色青似水，通常称其为青玉。

青玉案，应该就是以这种玉雕琢出来的。张衡的青玉案实物我们是见不到了，一定要类比的话，可参看台北故宫博物院的藏品“带足花边盘”。

不要以为这是印度所产，与我们的“案”到底不一样。这种形制的“案”，我国唐代就有：

张衡的“青玉案”早送给美人了，但这个词，不得了，被后人、后人的后人记住了，忘不了了。再后来，它成了词牌名。

词，最初是伴曲而唱的，曲子都有一定的调子、旋律、节奏。依调填词，曲调即称为“词牌”。

词牌名，指的是曲调的名称。如《念奴娇·赤壁怀古》，这娇滴滴的“念奴娇”与苏东坡豪情万丈的“大江东去”是如何粘贴在一起的呢？“念奴娇”是曲调名，“赤壁怀古”才是文字的题目。

可惜啊，如今的古诗词，只念不唱，精髓遗失一半。前面的词牌名，只余空架子。

以“青玉案”为词牌名的宋词，多到不可枚举。随手拈来一首，辛弃疾的《青玉案·元夕》：

唐　五足鎏金铜盘　作者摄于浙江大学艺术与考古博物馆

东风夜放花千树，更吹落，星如雨。宝马雕车香满路。凤箫声动，玉壶光转，一夜鱼龙舞。　蛾儿雪柳黄金缕，笑语盈盈暗香去。众里寻他千百度，蓦然回首，那人却在，灯火阑珊处。

0/2

青玉案

炫富利器

战国时期，是我国历史上最为璀璨斑斓的一个时期，儒家、道家、墨家等百家争鸣。

如果让你挑战国时期的炫富利器，你会选什么？玉器？青铜器？漆器？

来看一个故事吧，故事来源于《史记》的“春申君列传”。

随着古装电视剧《芈月传》的风行，楚国公子“黄歇”渐为众人熟知。“春申君列传”第一句为“春申君者，楚人也，名歇，姓黄氏”。春申君就是黄歇。

其实，黄歇开始走上政治舞台之时，秦国已经是秦昭襄王（即剧中芈月的儿子）主政，黄歇只比秦昭襄王大12岁。所以历史上，黄歇与宣太后小时候不应该有啥特别的交集。

黄歇能言善辩，秦国要伐楚，他凭一张三寸不烂之舌阻止了。他和楚国太子一起到秦国做人质，又是他机巧善谋，冒着生命危险，在楚顷襄王去世时，让太子逃出秦国，回楚国继位。这个太子就是楚考烈王。

太子上位，黄歇自然得到重用。考烈王一继位，即任命黄歇为宰相，封为春申君。此时，齐国有孟尝君，赵国有平原君，魏国有信陵君，战国“四公子”名誉天下。四公子各有各的招数，同台竞技，以辅助各自的君王成就霸业。

故事来了。“赵平原君使人于春申君，春申君舍之于上舍。赵使欲夸楚，为玳瑁簪，刀剑室以珠玉饰之，请命春申君客。春申君客三千余人，其上客皆蹑珠履以见赵使，赵使大惭。”

意思是：有一次，赵国平原君派使臣到春申君这里来访问，春申君把他们一行安排在上等客馆住下。赵国使臣想向楚国夸耀赵国的富有，特意用玳瑁簪子绾插冠髻，亮出用珠玉装饰的剑鞘，请求春申君的宾客来会面。春申君有门客三千多人，上等门客都穿着宝珠装饰的鞋子来见赵国使臣，赵国使臣自惭形秽。

看出来了吧？战国时期炫富利器之一，竟然是玳瑁簪子。

玳瑁这么名贵，究竟是何物？

玳瑁外形像龟，体型较大。

玳瑁寿命可长达1500年。大凡长寿的东西，都能赢得上流社会的推崇。是吧？日子过得如此富足，谁不想再活个

500年！

玳瑁受袭击时，可以把头、尾及四肢缩回甲壳内，从而避免伤害。对这个特点，除了点赞还是点赞，所以说它是辟邪神物。

再说了，玳瑁壳非常漂亮，它背上有十三块鳞片，状如盾形，分三行呈覆瓦状排列。十三鳞的花纹异常美丽，黄、棕、黑不规则错杂分布，时如鲜活的豹纹，时如天地间氤氲莫名之气。玳瑁片经抛光后呈现出一种独特的光彩和神韵，充满灵气，宝光华盛，让人过目不忘。

就这些吗？不，我们认为，对于古代装饰品来说，美丽一定是其次的，人们首先看重的，永远是其功能。

玳瑁除了长寿、辟邪、美丽外，有何功能？据说能熄风定惊、清热解毒、缓解头痛等等。

可能正是由于这些功效吧，古籍中提到的玳瑁饰品，大多集中于玳瑁簪子和玳瑁梳子。

我们不是说古诗词吗，关于玳瑁的古诗词呢？可不，来了，汉诗《有所思》：

有所思，乃在大海南。

何用问遗君，双珠玳瑁簪。

用玉绍缭之。

闻君有他心，拉杂摧烧之。

摧烧之，当风扬其灰！

从今以往，勿复相思，相思与君绝！

鸡鸣狗吠，兄嫂当知之。

妃呼狶！

秋风肃肃晨风飔，东方须臾高知之！

哎哟，美女这脾气大的，一句一句，读得人血压升高。

我所思念的人，就在大海的南边。我拿什么宝贝赠给你呢？这是一支玳瑁簪，簪子上有两颗珍珠，还连缀着玉。忽然听说你有二心，我立即狠狠地拆了它，砸碎它。砸了还不解恨，烧掉它！烧掉，大风扬起灰尘！从今往后，不再思念你，我同你断绝相思！当初与你约会时，不免引起鸡鸣狗吠。可能兄嫂也知道了此事，哎……屋外秋风萧萧，到了凌晨风更大了，没关系，一会儿天亮了，我就会知道该怎么做。

战国炫富利器玳瑁簪子，到了汉代依然价值坚挺。送给心爱的人什么呢？以什么来表达我的爱慕之心呢？一支镶了珠玉的玳瑁簪子。

哎？赵国使者与这美女的心上人，可都是男的呀。男人也戴簪子？关于这个问题，男人的貌美如花，我们会在另一篇幅展开谈。

两千多年前的玳瑁簪子我们没找到，但玳瑁梳子、玳瑁篦子倒是找到了。哪里？马王堆啊。

马王堆的墓主人是一家三口：西汉时期长沙国丞相利苍、夫人辛追，以及他们的儿子利豨。利苍是湖北荆州人，早年随汉高祖刘邦打拼天下，后分封为轪侯。

来看男主人利苍的玳瑁梳、玳瑁篦：

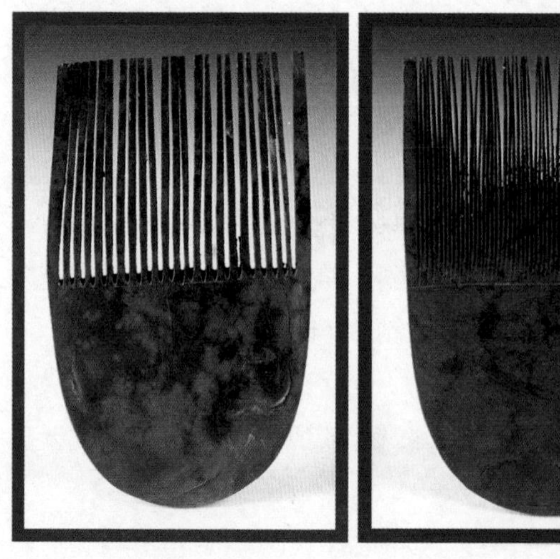
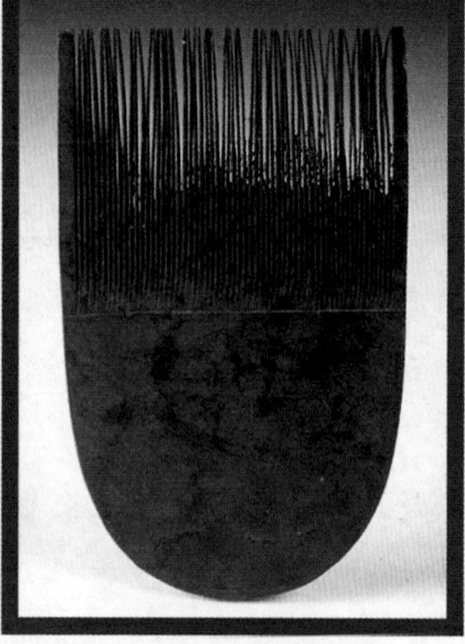

马王堆出土玳瑁梳、玳瑁篦　湖南省博物馆藏

对哦，它们都是属于男主人的。前面说到过的赵国使者与西汉美女的心上人，也都是男子。

那么，女主人没有玳瑁制品吗？有的。

有一点情况可能大家没想到：夫人辛追戴假发。辛追有两股不同质地的假发。一股为丝质假发，由黑色丝线制成，放在九子漆奁内的一个圆形小盒中；另一股为发质假发，由真人头发编成，缀连于她头部真发的下半部，作盘髻式。不得了，西汉就有接头发这件事了。

在西汉，戴假发不稀奇。女子嘛，头发多意味着身体好，能养育孩子。但假发一般都由丝线、动物鬃毛等制成，真头发少。古代讲究“身体发肤，受之父母”，人们是不轻易剪发的。《南齐书》曾记载：“崇圣寺尼慧首剃头为尼，以五百钱为买棺材，以泥洹舆送葬刘墓。”一头秀发在南齐时可以卖得五百钱，相当昂贵。

辛追戴了假发后一头浓密秀发，不得不用三枚发笄才能将头发固定。三枚发笄，按材质分别为：竹笄、角笄和玳瑁笄。

看来玳瑁簪在汉代很是流行。

夫妻俩都有玳瑁制品，儿子会不会也有呢？当然有。

利豨的玳瑁制品较为特别，它是一枚圆形玳瑁璧。此璧出土时用丝帛系在内棺盖板上，靠近 T 形帛画顶端，接近逝者头部，其意大概是用于引导墓主灵魂升天吧。

有人可能马上反应过来，那什么《孔雀东南飞》，东汉的，里面也提到玳瑁。新妇被婆婆驱赶，小夫妻最后的缠绵夜后——“鸡鸣外欲曙，新妇起严妆。着我绣夹裙，事事四五通。足下蹑丝履，头上玳瑁光。腰若流纨素，耳着明月珰。指如削葱根，口如含朱丹。纤纤作细步，精妙世无双。”

新妇将自己收拾得体体面面，告别夫家。“足下蹑丝履，头上玳瑁光”，脚上穿着丝绸的鞋子，头上闪烁着玳瑁饰品的光泽。这玳瑁，或是玳瑁簪子，或是玳瑁梳子、玳瑁篦子，总之是玳瑁头饰。

《有所思》里的女子，是个民间女子吧。看那个脾气，不太像受过诗书礼仪熏陶的。从民间女子到小官吏的妻子，再到长沙国丞相，说明什么呢？说明到了汉代，玳瑁簪子已经平民化了。自下而上，整个社会都推崇这一宝贝，甚至皇宫里也流行。《汉书·东方朔传》有言：“宫人簪玳瑁，垂珠玑。”《后汉书·舆服志》则记载皇太后在隆重场合要戴玳瑁簪子。皇太后入庙时，“簪以玳瑁为擿，长一尺，端为华胜，上为凤皇爵，以翡翠为毛羽，下有白珠，垂黄金镊”。擿(zhì)，是将头部做成可以搔头的簪子。

东晋的干宝写了本奇书叫《搜神记》，其中说道：“南州人有遣使献犀簪于孙权者。”南方有人给孙权送了支犀簪。犀簪即犀牛角加工做成的簪，与玳瑁簪属于同一类宝贝。回到古诗词。在古诗词中，玳瑁亮相的位置首先在头上。其次，你猜在哪里？竟然在床上。

来看四首唐诗摘句：

李暇《碧玉歌》："珠被玳瑁床，感郎情意深。"

白居易《和杨师皋伤小姬英英》："玳瑁床空收枕席，琵琶弦断倚屏帏。"

崔颢《邯郸宫人怨》："水晶帘箔云母扇，琉璃窗牖玳瑁床。"

刘希夷《晚春》："寒尽鸳鸯被，春生玳瑁床。"

还有，唐末花蕊夫人《宫词》："窗窗户户院相当，总有珠帘玳瑁床。虽道君王不来宿，帐中长是炷牙香。"

唐代真是盛世啊，玳瑁本是珍稀品，战国、汉代大多作为头上的装饰品，到了唐代富裕到用玳瑁做床了？

非也。此玳瑁床，是指床上镶嵌有玳瑁片，与后来流行

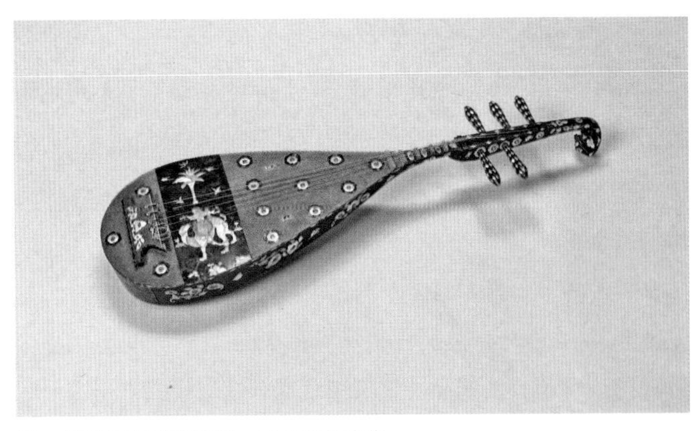

唐　螺钿紫檀五弦琵琶　日本正仓院藏

的红木上的银丝嵌、牙嵌、螺钿嵌、云石镶嵌（云南大理石）、百宝嵌等同理。镶嵌用法见正仓院螺钿紫檀五弦琵琶：

在唐代，玳瑁还是极其宝贵的。法门寺地宫所藏文物，是唐代皇帝敬佛之宝物。可以说是集盛唐最高端之宝藏。地宫中“金钱铺地”，出土古钱币近万枚。其中，发现有13枚“玳瑁币”，即在玳瑁甲壳雕刻“开元通宝”，制成钱币。这在世界钱币史上也是绝无仅有的，被誉为“世界上最为珍贵的古代货币品类”。

玳瑁的高贵属性从未贬值。

台北故宫博物院收藏一圆盒，盖中央有圆突，刻“乾隆御玩”四字，上嵌小圆璧，璧面饰浅浮雕螭纹。盒内有些什么玩的宝贝呢？有象牙签、耳挖、金属锉刀，当然还有把小梳子——玳瑁梳子。梳子好小，看注解，原来是用来梳理胡须的，是把玳瑁胡须梳！啧啧啧。

清宫里用于梳头的玳瑁梳子也是有的，慈禧就是用玳瑁梳子梳头的。据说咱们这位西太后对头发十分看重，常为梳掉几根头发而大发脾气。太监李莲英为她梳头时，特意选用玳瑁梳子。

所以说，好东西从来不怕埋没。

玳瑁虽名贵、美丽，但毕竟稀少，所以历朝历代都有各种仿玳瑁花纹的制品。最后来欣赏一只宋代的吉州窑玳瑁釉盏：

宋　吉州窑玳瑁釉盏　作者摄于杭州净慈美术馆

0/2

青玉案

汉代金色马车

语文老师，真不是那么好当的。

中学课本里有篇《孔雀东南飞》，学生们都喜欢，喜欢的原因大致有两点。一是语言较白话。虽说是一篇东汉的诗稿，但通篇读去流畅无碍，不太有读古文的生涩感。二是故事性强，一波三折，一唱三叹。家长的强势，与学生的反叛性合拍。小夫妻的以死抗争，与学生对爱情的坚贞不渝向往一致，篇中的情绪能引起他们的共鸣。

长诗读下去，情绪一气呵成。假设你是语文老师，学生要是冷不丁地摘出一句问你什么意思，你该如何回答？比如这句：金车玉作轮。

刘兰芝被婆婆休回娘家后，求婚者不断，先是媒人来替县太爷的儿子求婚。刘兰芝求告母亲，说自己与前夫焦仲卿有约，要破镜重圆，因此刘家拒绝了求婚。再次有媒人上门，这次厉害了，是替市长家的儿子来求婚。刘母仍不敢答应。

刘兰芝的哥哥不干了，他责问刘兰芝："你到底怎么想的？前面嫁了个小公务员，这次可以嫁入豪门贵胄家，运气可以说是天差地别啊。不但能替你挣回面子，还保你一生荣华富贵。你不嫁这样的好郎君，究竟打算怎样？"

刘兰芝抬头答道："哥哥说得句句在理。此前家里将我嫁出去，没想到半道我又被休回娘家成为哥哥的负担。要怎么处理，全凭哥哥的主意吧，我哪敢自己做主呢？"

于是，婚礼热热闹闹开始筹备了。彩礼送来，市长家迎娶的排场不得了：装彩礼的船是什么样子的呢？船的模样既像高飞的鸾鸟，又像水波上漂移的白天鹅。船的四只角上，飘扬着绣着蚣蝮的旗子。蚣蝮，龙的第七子，形状似龙似龟，好水，又名避水兽。除了彩礼船，还有彩礼车。我们的重点来了：彩礼车是"金车玉作轮"，这到底是什么意思？

语文老师在讲课时，一般会说，这句可理解为"金色的车子，白玉镶的车轮"，这是写作上的夸张手法，形容男方家庭的富裕，借以衬托刘兰芝面对富贵不改初心。

是这样吗？

我们今天就来看看汉代的"金车"到底什么模样。

金车，不要联想为轿车、大卡车哦。当时的金车，是马车。马车？是金色马车吗？马上想到英国女王伊丽莎白二世的金色马车。

东汉市长家的金色马车当然不是英女王的金色马车的样

子。一中一外，且间隔1800多年。

汉代马车是怎样的？来看一幅汉代画像砖：

东汉　辎车画像砖　作者摄于中国国家博物馆

汉代的车有很多种，可分为立乘、坐乘两大类。

西汉初，乘车时讲究扶轼俯首之礼，要保持端正的姿容，因此多为立乘高车。至西汉中期，开始讲究舒适、享受，坐乘安车才渐成习惯。东汉以后，就无车不坐乘了。

同样是坐乘的马车，又有一套完整而复杂的乘车制度。不同等级的官吏都有相应的乘车。但形制基本相似，差别只体现在构件的质地（金、银、铜等）、车马饰的图案（龙、凤、虎、豹等）、车盖的大小和用料（布、缯等）、车篷的形状以及驾车的马匹数量的不同等。

市长家的彩礼车，一般用的是轺车。轺车由于结构简单灵便，速度较快，又被称为“轻车”。这种车有斜曲的单辕，

东汉　车马出行图　作者摄于中国国家博物馆

两只很大的木轮，横长的车厢，厢后设门，有的在车厢上还插有伞盖。

金色，说实话，在现如今不怎么金贵了，廉价物品往往也有金色包装。但在汉代，“金”完全不是这么一回事，汉代的金，是货真价实的。我们来看看西汉中山靖王刘胜的马车。

刘胜（前165—前113），汉景帝刘启之子，汉武帝刘彻异母兄。《史记》说他：“胜为人乐酒，好内，有子枝属百二十余人。”有一百二十多个儿子？真的假的？刘胜墓中有33件大酒缸，可盛放万斤好酒，看来“为人乐酒”是真的。他的儿子，史书上有名有姓的就有21个。读过《三国演义》的应该还记得，刘备凭借什么出来混天下？第一块踏板，是跟皇族攀上关系，说是汉室宗亲。他具体攀的是哪一支呢？就是说自己是“中山靖王之后”。看来刘胜有一百二十多个儿子应该也是真的，不然刘备为何不攀其他诸侯王，单单看中刘胜？中山靖王子嗣实在太多了，谁梳理得清楚啊。

刘胜的马车叫“金根车”。

金根车，很多人觉得这个词陌生。《三国演义》第六十八回写道：“建安二十一年夏五月，群臣表奏献帝，颂魏公曹操功德，极天际地，伊、周莫及，宜进爵为王。献帝即令钟繇草诏，册立曹操为魏王。曹操假意上书三辞。诏三报不许，操乃拜命受魏王之爵，冕十二旒，乘金根车，驾六马，用天子车服銮仪，出警入跸，于邺郡盖魏王宫，议立世子。”

西汉　中山靖王刘胜金根车示意图　河北博物院藏

曹操封魏王，乘金根车，曹操的车子可以以上图为蓝本展开想象。

你也许会说，金根车不咋风光嘛。好，借助于各博物馆的车马零部件来看细节图：

战国　错金银马首形青铜辕饰　作者摄于中国国家博物馆

这是辕饰，车辕最前端的装饰，即车的鼻梁，马首形，错金银的，以金、银的不同色调生动地表现出马的肤色、鬃毛及五官，极其精美。一看这个辕饰，即知战国前期魏国的强大绝非虚词。

妇好腰间缚马车的弓形器，两端为马头，弓身面部饰有4个蝉纹，上面镶嵌绿松石片，在蝉纹之上铸有立夔，每侧2个，张口圆目，屈身卷尾，夔龙的眼、身部也嵌有绿松石。即使过了三千多年，这些绿松石片仍闪着如玉般的光泽，令我伫立橱窗前好久。

所以，“金车”，不是用金子打造的车，当然也不是现在

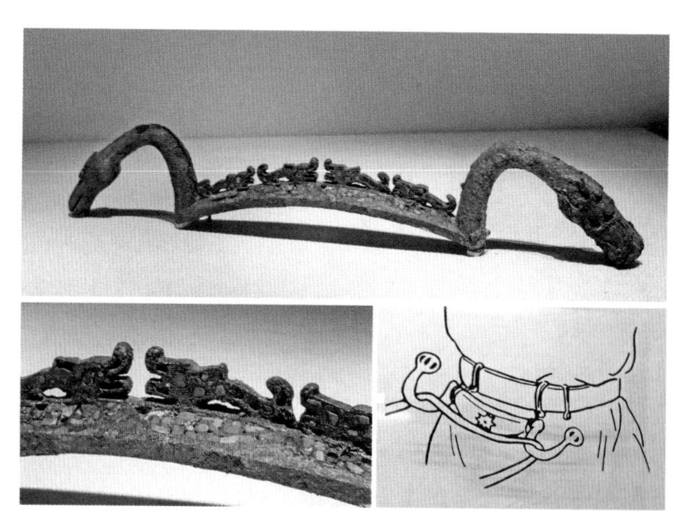

商　妇好　夔纹弓形器　作者摄于中国国家博物馆

的涂料涂成金色。金车的本质是铜车，但是每个部件都有鎏金、错金银或镶嵌宝石半宝石的工艺。

车有装饰，马，肯定也有装饰。这里只看两个细节：当卢和节约。

马头前面那块长条形的板叫“当卢”。放置在马的额头中央偏上部。它有两个作用：一是保护和装饰马的鼻子与额头，二是连接马身上的其他饰物。当卢背面有几个横鼻，用以穿皮带缚扎。

汉代当卢，质地大多为铜，形状多呈现叶形。

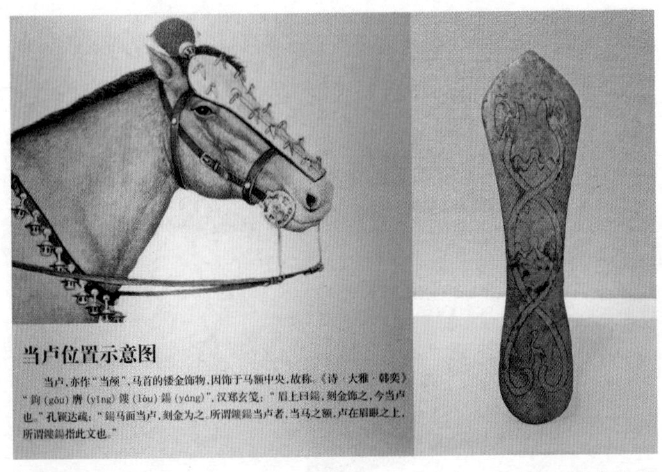

夫余（公元前2世纪—494）双龙仙鹤纹鎏金铜当卢　作者摄于吉林省博物院

在当卢出现之前，马的头部护具是马胄。2015年1月，陕西省考古研究院在陕北高原的考古中，发现了周代的车马坑，其中两匹马还佩戴着青铜马胄。马胄是由顶梁片、面侧片、鼻侧片缀合而成，铜片内壁先衬一层粗织麻布，其内再衬垫一个用竹篾状编织成的有菱形孔格的笼状物，用以保护马面。当然，高规格的马胄亦以黄金为饰。

有的黄金马胄饰，以金箔剪成鸱鸮（类似猫头鹰）形，通身捶揲出象征翎毛的变形窃曲纹，每件在首、背、尾、腹、爪等部位分布9对钉孔，以缝缀在麻布或丝绸上。它们出自遭群体性盗掘的甘肃礼县大堡子山秦公大墓，盗出后被贩卖至欧洲，历经几次转手终于回到中国。

下面再看个有趣的：节约。

“节约”这个词，大家太熟悉啦，节省、俭约的意思。

其实节约的本意，来自马饰，是固定、约束交叉的绳子的意思。“节约”的特点是形制小，背后（或内部）有管空，便于绳索穿过，将颊带、项带、咽带、鼻带和额带，通过它来交叉固定，让绳索能相互分开，不容易纠缠，避免马跑起来后被勒住。

节约形状各异，有圆形、方形、Y形等等。下面是鎏金铜梅花形节约实物。

多年前，我们曾得到一组青铜节约，每一个上面都有饕餮纹。虽是小小的青铜器物，却因饕餮纹而显得颇有威仪。

高句丽（公元前37—668）鎏金铜梅花形节约　作者摄于吉林省博物院

用同时代的红玛瑙珠子串起，就是一串风格十足的项链。

至于“金车玉作轮”的玉轮，翻译成“白玉镶的车轮”肯定不妥。在古代，玉的概念非常广泛，像前面提到的弓形器上的绿松石，也是广义上的玉。

车轮上镶嵌玉，还真没发现此类资料。中山靖王刘胜的车马上，倒有一组红玛瑙镶嵌物，是装饰在马的胸带上的。

汉代金车，真是不看不知道，一看亮瞎眼啊。车马配置如此精贵，比当下的宾利、劳斯莱斯有过之而无不及。

所以说，读古诗词尽量不要含糊着过去，说这个也是夸张手法，那个也是“加以渲染”，只有明白用词的真正含义，传统文化之美才会展现在你面前，才能领会我们的祖先在物质、精神上曾经达到的高度，才知天高，才知地厚。

“木难”是那个令我们两眼发光的宝物吗？

历史上，令女人们放不下的才子有很多，其中之一便是曹植。而出自曹植之笔的美女，则个个令男人们放不下。

曹植写起美女来，美到摄人神魄。一千七百多年后，金庸仅仅拾其碎屑，便令他的武侠世界旖旎瑰丽。比如，“凌波微步”直接取名于《洛神赋》，黄衫女子的“仿佛兮若轻云之蔽月，飘摇兮若流风之回雪”来自《洛神赋》。黄药师担心女儿黄蓉追上花船葬身鱼腹，吟出的是曹植的《行女哀辞》。

今天我们来读曹植的《美女篇》：

美女妖且闲，采桑歧路间。

柔条纷冉冉，落叶何翩翩。

攘袖见素手，皓腕约金环。

头上金爵钗，腰佩翠琅玕。

明珠交玉体，珊瑚间木难。

……

嗯？前面读下来一路顺畅。“明珠交玉体，珊瑚间木难。”这木难是啥？

网上查译文，说是：身上的明珠闪闪发光，珊瑚和宝珠点缀其间。木难是宝珠？那珊瑚也是宝珠啊。还是没翻译出来。

曹植所处的汉末时期，硝烟四起，战乱频繁，胜者为王。周、汉以来的“礼制”被打破，“礼玉”的观念随之被冲淡。同时，佛教在东汉传入我国，逐渐风行全国。与佛教一起进来的，是域外文化，包括佩饰文化，这使得一些名贵宝石、半宝石等相继传入。而在战乱的特殊环境里，今日生明日死，生死无常又反过来促使贵族对域外珠宝产生强烈需求。

“木难”正是这时期涌入的舶来品。

古诗词中，“木难”出现的次数还不少：

唐代司空曙《拟百劳歌》：

谁家稚女著罗裳，红粉青眉娇暮妆。木难作床牙作席，云母屏风光照壁。

宋代王炎《远别离》：

明珰缀以木难珠，锦衣系以貂襜褕。

宋代吴潜《四五用喜雪韵四首》之一：

不数玄真与木难，也休翦彩缀林端。

元代丁鹤年《别帽》：

黄金缀顶攒文羽，白璧垂缨间木难。

……

说起丁鹤年，他的墓就在杭州柳浪闻莺公园内。他本是波斯人，曾祖父阿老丁是波斯巨商，以巨财资助元世祖，并从军。元朝建立后，朝廷对阿老丁以功授官，担任“回回大师”教职，敕赐在杭州文锦坊南建清真教寺（即今凤凰寺），封有田产，并免征徭役和赋税。

说回木难。

目前资料上能查到的，最早对“木难”进行注解的，是两个晋代人。

晋郭义恭写了《广志》，有点像地理植物志。说到木难：“莫难珠，其色黄，生东海。”（木难也写作莫难。）

晋陆翙则写了《邺中记》，是记载后赵武帝石虎在位期间，发生在王朝国都邺城（今安阳市北）的种种事迹。其中说到石虎的一把扇子：“石虎作云母五明金箔莫难扇，此一扇之名也。薄打纯金如蝉翼，二面彩漆，画列仙、奇鸟、异兽。其五明方中辟方三寸，或五寸，随扇大小。云母帖其中，细缕缝其际，虽罨画而彩色明彻，看之如谓可取，故名莫难也。”

一个说木难珠是黄色的，产自东海；一个说“云母五明金箔莫难扇”。云母 + 金箔 + 木难，木难是什么，丝毫没有透露。

晋亡不久，南朝的沈怀远因牵涉到皇家内部斗争，被发配到广州，异地异俗促使他写出《南越志》。其中提到：“木难，金翅鸟沫所成碧色珠也，大秦土人珍之。”

金翅鸟，即佛教中说的迦陵频伽，意译作好声鸟、美音鸟、妙声鸟。据《大般若波罗蜜多经》等佛经，此鸟产自印度，为人首鸟身。

沈怀远的话中有三个信息：

1. 木难珠是碧色的。碧色即为“青绿色”。

2. 大秦土人珍之。大秦即古罗马。大秦土人珍之，也就是说，古罗马人以木难为珍宝。

3. 金翅鸟沫。木难是金翅鸟沫凝成的珠子。按照佛经《大智度论》:“更复有宝:摩罗伽陀(此珠,金翅鸟口边出。绿色,能辟一切毒也),因陀尼罗(天青珠),摩诃尼罗(大青珠),钵摩罗加(赤光珠),越阇(金刚),龙珠,如意珠,玉贝,珊瑚,琥珀等种种名为宝。”金翅鸟口边出来的珠叫摩罗伽陀。

摩罗伽陀,即梵语 Marakatah,阿拉伯语为 Zumurrud。

一说到 Zumurrud,很多人就明白了。恍然大悟!祖母绿嘛!

元代,Zumurrud 流传到我国后,有人根据发音翻译成“助木剌”“助木鲁”“子母绿”“芝麻绿”等。直到近代才统称其为“祖母绿”。

《辍耕录》记录了三种绿石头,都是祖母绿,只是等级不同而已。《辍耕录》同时说红宝石有四种,分别为:剌、避者达、昔剌泥、古木兰。

绕了一大圈,原来“木难”就是“祖母绿”!

陶宗仪在《辍耕录》中特意为祖母绿写上一笔,是有其现实基础的。元至明,异域宝石大量流入我国,其中不乏祖母绿。不说其他,仅看明代帝王的宝物即可。

鲁王朱檀,明太祖朱元璋第十子,他有条金镶宝石的绦环。绦环,你可简单理解为现今的“皮带扣”。此绦环形状为典型的明代如意云形,托体为金质,用双层透花金片镶托各色宝石33颗。中心最大为蓝宝石，周围簇拥着大小珍珠、祖母绿、红蓝宝石、绿松石和猫眼石等，极其华贵。看见了吗？正中间上方那颗即为祖母绿，质地相当好。

明朝在位时间最长的皇帝万历帝朱翊钧，有条有名的祖母绿绦带。此绦带长138厘米，宽6.8厘米，因带下黄色绢条上有墨书“宝藏库取来大碌带”。故知其名为“大碌带”。此带用双层黄色素缎内夹皮革制成，带上缝缀20块嵌宝金銙，每一金銙均以缠枝花形金托为底，托正中镶大祖母绿一块，四周嵌石榴子红宝石及珍珠数颗。据统计，带上共有祖母绿20块，石榴子红宝石91块。

明　鲁王金镶宝石绦环　山东省博物馆藏

上古时期，埃及是祖母绿唯一的产地。目前世界上主要的产地有哥伦比亚、赞比亚、巴西、津巴布韦、马达加斯加等，这都是近几百年的事。

距今4000年左右就已经有开采祖母绿的记录，古埃及人常将它镶嵌在圣甲虫护身符上，希冀趋利避害，得到永生。

埃及的珍宝流传到古希腊、古罗马，更是被热捧。亚历山大大帝将其视为保佑神物，出征时每每携带。祖母绿越往外传，越被珍视。一位古罗马学者说，没有任何一种宝石具有这样赏心悦目的颜色，对眼睛来说是那么的舒服。可能正因如此，尼禄皇帝也喜欢祖母绿。请看卢浮宫博物馆收藏的公元元年前后古希腊、古罗马的祖母绿饰品：

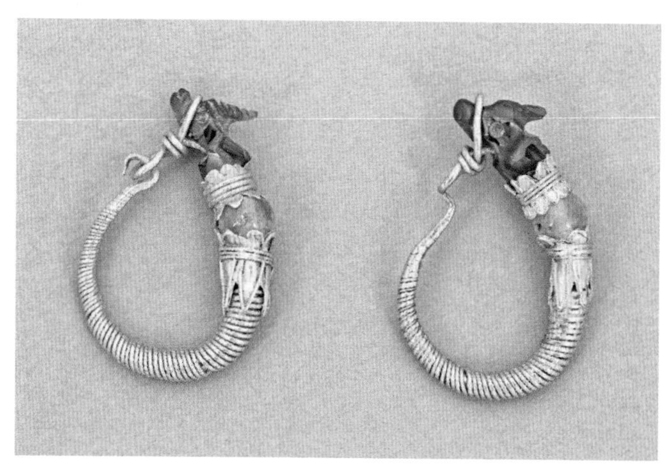

古希腊　金镶祖母绿等宝石耳环　公元前200—前100

古罗马　祖母绿、珍珠、黄金项链　公元200—250

沈怀远去了广州写下《南越志》，说明有祖母绿自南方从海上传入我国。而此前，曹植写下“珊瑚间木难”，此木难传入的方式有两种可能：一是从北方草原之路，即通过“古埃及—两河流域—古波斯—西域各国”传入我国；二是从南方港口城市入境，再向北方输入。

沈怀远原是湖州人，来到南京，做了南朝宋文帝刘义隆次子刘濬的心腹。刘濬与太子设蛊欲咒死皇帝，结果事情败露，刘劭兄弟就将参与此事的侍女叫王鹦鹉的送给门客沈怀远做妾。太子弑父自立，将王鹦鹉接入宫中，极为宠幸。数月之后刘骏讨杀太子（此时太子已成皇帝），王鹦鹉被当街鞭杀。而沈怀远，亦被流放广州。

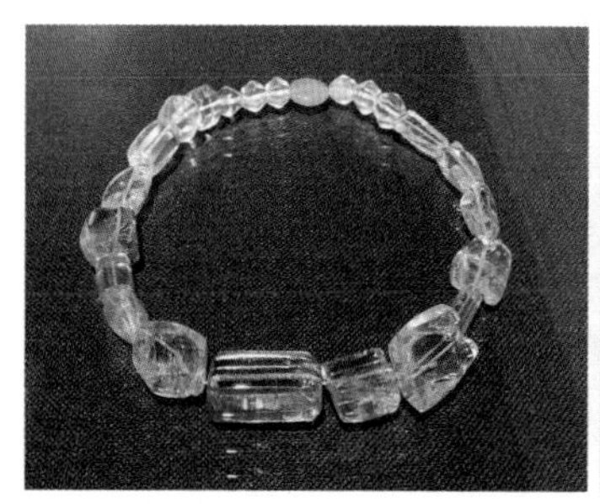

左：汉　绿柱石混合串饰　合浦汉代文化博物馆藏　作者摄于中国丝绸博物馆

右：汉　湖蓝色玻璃杯　合浦汉代文化博物馆藏　作者摄于中国丝绸博物馆

由此经历看来，沈怀远是先在南京知道了“木难”为何物，到广州后对其来源有了进一步的认知。广东、广西均为我国汉代海上丝绸之路的热点地区，是舶来品的聚集地。所以沈怀远的说法比晋代的郭义恭、陆翙都要靠谱。

根据合浦汉代文化博物馆推测，串饰应为南亚传入，而玻璃杯应为东南亚传入。

那么，郭义恭的“莫难珠，其色黄，生东海”是空穴来风吗？也不尽然。

说祖母绿是黄色的，也许是仅仅见过品质较次的祖母绿。祖母绿翠绿艳丽的晶体，局部会被渗染成黄色。“黄色”是一种次生色。这种黄，经过酸洗或打磨可以除掉。我国云南发现少量祖母绿宝石矿区，其产出的祖母绿质量不高，颜色就为黄绿色。

再来看“珊瑚间木难”。曹植形容美女身上佩戴着珠宝，红彤彤充满富贵气象的珊瑚珠之间，间隔有艳丽高贵的祖母绿，想象一下，多么瑰丽的场景！

这与翻译成“珊瑚和宝珠点缀其间”完全不一样啊。

美男子家的酒杯

王羲之的《兰亭集序》，天下第一行书，几乎无人不知无人不晓。

要是我说《兰亭集序》的内容是模仿别人写的，你不会奇怪吧？

比《兰亭集序》早58年，有人写了《金谷诗序》。《世说新语·企羡》记道："王右军得人以《兰亭集序》方《金谷诗序》，又以己敌石崇，甚有欣色。"王羲之听到别人议论，以《兰亭集序》比《金谷诗序》，以他比石崇，满脸欣慰之色。

让王羲之青眼有加的石崇，到底是谁？

石崇（249—300），字季伦。西晋人。此人不仅是大名鼎鼎的高官、大富豪，还是文学家和美男子。

不得了，恐怕是历史上最美的高官吧！

他家本来祖上无名，他父亲石苞，因相貌非凡，又有点脑子，从赶车的做到了大司马。

石苞临终，将财产分给六个儿子。石崇是幼子，却没得到一分钱。石崇母亲当然不肯啦，向石苞请求。石苞说：这个儿子虽然年纪小，但以后有的是能力为自己赚钱。

确实，石崇长得比他爹更惊艳，也更有脑子。他二十多岁就出来做官了，后来因伐吴有功，封为安阳县侯。又因处事干练，不久就调到了中央。未几，又从中央再委派去地方，委派，级别就不一样了。先是任南中郎将，再出任荆州刺史。

他在做荆州刺史时，指使治安部队假扮强盗，打劫富商，积累了巨额财富。巨额到底有多“巨”？反正如山似海！

带着如山似海的财富，石崇回到首都洛阳。极美的美男子，头脑活络，手头又有花不完的钱，不成功也难。到底是他入了皇帝的眼，还是皇帝入了他的眼？真难说。

总之，再次回到首都的石崇，官至侍中（相当于事实上的宰相），成了洛阳城最热门的红人。

他在洛阳建造了一座宅院，名唤“金谷园”。

金谷园？莫不是那个一再在诗词书画中出现的“金谷园”？是的。金谷园是石崇在西晋撒下的一颗种子，谁也没想到，这颗种子竟能穿越时代，节节开花，成为历代文人头脑里挥之不去的乌托邦，并由此衍生出无数诗、词、画。

金谷园遗址在距洛阳老城东北七里处。在当时，这组建筑群可谓繁盛华丽，奢侈无比。石崇曾任南中郎将，对西南边陲比较熟悉，他派人去南洋群岛，用绢绸茶叶、铜铁器等换回珍珠、玛瑙、琥珀、犀角、象牙等贵重物品，把园内的屋宇装饰得金碧辉煌，宛如天宫琼宇。据说为了训练家中舞伎步法，他以沉香屑铺在象牙床上，谁踏过去无痕迹，即赏赐珍珠百粒。

来看看作为文学家的石崇，他自己笔下的金谷园。

晋惠帝元康六年（296），石崇、苏绍等30人，在金谷园为征西大将军祭酒。(祭酒：古时大祭祀时，由最年长者举酒，面南酹酒祭神后才能开席。“祭酒”引申为对团体中年高望重者的尊称，后用为官名，意为首席、主管。）王诩（即王衍之弟。王诩是琅琊王氏弟子，与王羲之父亲王旷同辈，又是同僚）送行，昼夜游宴，饮酒赋诗。后集诗成册，石崇为之序，即著名的《金谷诗序》。

就聚会来说，一场再豪华的聚会，如果没有留下文字，马上在历史烟尘中消失无踪。金谷送别诗，知道的人不多，但为这些诗所写的《金谷诗序》，名噪一时，并且直接影响了王羲之。

《金谷诗序》全文如下：

余以元康六年，从太仆卿出为使持节监青、徐诸军事、征虏将军。有别庐在河南县界金谷涧中，去城十里，或高或下，有清泉茂林，众果、竹、柏、药草之属，莫不毕备。又有水碓、鱼池、土窟，其为娱目欢心之物备矣。时征西大将军祭酒王诩当还长安，余与众贤共送往涧中，昼夜游宴，屡迁其坐，或登高临下，或列坐水滨。时琴、瑟、笙、筑，合载车中，道路并作；及住，令与鼓吹递奏。遂各赋诗以叙中怀，或不能者，罚酒三斗。感性命之不永，惧凋落之无期，故具列时人官号、姓名、年纪，又写诗著后。后之好事者，其览之哉！凡三十人，吴王师、议郎关中侯、始平武功苏绍，字世嗣，年五十，为首。

翻译过来，大致意思是：

元康六年，我的任职从“太仆卿”到“使持节监青、徐诸军事、征虏将军”。我在洛阳河南县界金谷涧中建有一庄园，距离市区十里。建筑群随着地势高低分布，错落有致。园区有清泉茂林，各种果树、竹子、松柏、草药等等，莫不齐备。又有加工储备食物的水磨车、鱼池、地窖等，都是为了让大家开开心心玩乐所准备的。

正值征西大将军祭酒王诩要回长安，我与朋友们特地安排在金谷园为他送行。我们夜以继日地游乐欢宴，一次次换地方。有时登高临下，有时坐在水边。将琴、瑟、笙、筑和乐人一起载于车中，路上也演奏不歇。到了一个地方，让乐手们与鼓吹手轮流演奏。大家都即兴赋诗来抒发心中感怀，作诗不成的，就罚酒三斗。

大家感慨生命的短暂，惧怕死亡的无常。于是，我在此一一列举当时各人的官号、姓名、年纪，并把他们所写的诗录在后面，让后世爱好诗文的人，可以尽情地阅览。参加游宴的一共有30人，吴王师、议郎关中侯、始平武功苏绍，字世嗣，五十岁，是其中年纪最大的。

从《金谷诗序》可以看出，对于“金谷园”，石崇的笔调无疑是克制的。

金谷园的豪奢，足以令当今的暴发户们瞠目结舌。

这跟当时的社会背景有关。

在当时，西晋，战乱频发，社会不稳，人心惊慌。今朝有酒今朝醉的“豪奢”，是不计一切的真豪奢啊。根据西晋诗赋作品，西晋上层社会的聚散离合，基本以金谷园为基地，大家聚集在金谷园喝酒、唱歌、写送别诗，有时候还互相拥抱，彼此对哭。金谷园是一个乌托邦，是一个华丽得不真实的庇护所，这些人可以在这里做鸵鸟，对外部世界视而不见。

作为文学家的石崇，除了写《金谷诗序》，总还得为金谷园写写诗吧？

有的，就是《思归引》。

读诗之前，先来看《思归引》的“小序”。

余少有大志，夸迈流俗。弱冠登朝，历位二十五。年五十以事去官。晚节更乐放逸，笃好林薮，遂肥遁于河阳别业。其制宅也，却阻长堤，前临清渠，柏木几于万株，江水周于舍下。有观阁池沼，多养鱼鸟。家素习技，颇有秦、赵之声。出则以游目弋钓为事，入则有琴书之娱。又好服食咽气，志在不朽，傲然有凌云之操，欻复见牵羁。婆娑于九列，困于人间烦黩，常思归而永叹。寻览乐篇有《思归引》。傥古人之心有同于今，故制此曲。此曲有弦无歌。今为作歌辞，以述予怀。恨时无知音者，令造新声播于丝竹也。

他说：我年少有大志。个性豪迈不群。二十几岁就入朝为官。当官当了25年，到50岁找了个理由辞去官职。晚年更加向往放逸的生活，尤其喜欢山林野居。于是在河阳造了庄园，开始隐居生活。我的庄园，拦起了长堤，前面有清清渠水缓缓流过，种植了近万株柏树，江水环绕庄园而过。池子里养了很多鱼和鸟，有亭阁可观。我家向来训练歌舞伎，颇有丝竹管乐之声。我出则放目纵览山水，射射鸟钓钓鱼，入则弹弹琴读读书作为娱乐。我又爱好服用丹药，修炼吐纳呼吸，希望能长生不老。日子过得可谓傲然自足、意气超迈。然而事态有了急转，我又被朝廷召回，劳碌奔波于九卿的职位上，被世务所羁绊，受困于人间的繁杂污浊。所以我常常向往回到田园山水，经常感叹，因而动了想写一曲《思归引》的心思。想来古人之心也跟今天一样吧，所以特地谱制了此曲。此曲作好后，有旋律却没歌词，今天就来作歌词以畅叙我的心怀。遗憾当世没有知音，让此新曲传播出去。

好长的铺垫，这也是魏晋文人的下笔特点，写个诗，写个赋，一定要先来个序。我为什么要写这个呢？先说明一下。

引，是乐曲体裁之一，有序奏的意思。在后来的戏曲中，第一支曲子泛称为引，用以引起后面的剧情。

好了，来看石崇的《思归引》：

思归引，归河阳。假余翼，鸿鹤高飞翔。

经芒阜，济河梁。望我旧馆心悦康。

清渠激，鱼彷徨，雁惊溯波群相将，终日周览乐无方。

登云阁，列姬姜，拊丝竹，叩宫商。宴华池，酌玉觞。

他说：想着归隐，想回到金谷园。多想像鸿雁与鹤那样，张开翅膀高高飞翔。越过北邙山（洛阳名山），渡过送别桥，看见我的旧馆金谷园，心里多么喜悦安宁。清清渠水奔激流淌，鱼儿们优哉游哉。雁群呼应着波涛声，一群一群相伴着飞翔。终日游览快活无比。登上高阁，让美女们排成行，演奏乐曲，摆下豪华宴会，喝酒喝他个痛快。

可见，《思归引》是金谷园的迎宾曲。

心细的人要说了："酌玉觞"你将它译为"喝酒喝他个痛快"，太简单粗暴了吧？意思是那个意思，但细节之美完全没有体现出来。

的确，酌，往杯盏里倒酒的意思。那么，玉觞呢？

金谷园如此豪奢，家具摆设一概是天下奇珍异宝。但石崇的《思归引》里，具体提到的器物仅一件：玉觞。

而正是这件，与王羲之的《兰亭集序》有了直接关系——曲水流觞！

觞，是古代的一种盛酒器具。外形椭圆、浅腹、平底，两侧有半月形双耳。因有这对半月形“耳”，古人将其比喻为翅膀，所以觞又叫“羽觞”。还有更直白的叫法，就叫“耳杯”。

战国到汉代的漆耳杯非常漂亮，外面是发亮的黑色，里面大红色，杯内底往往画个小动物，鱼啊小鸟啊。或写几个

东晋　德清窑黑釉耳杯盘　作者摄于浙江省博物馆

字，如“君幸食”“君幸酒”等。

古人礼仪，以双手执耳杯饮酒。敬酒时说：请行觞。“君幸酒”的意思是“请君饮酒”。《楚辞》有句：“瑶浆蜜勺，实羽觞兮。”用勺子舀取满满一勺好酒，徐徐倒入羽觞啊。

羽觞一般都是漆器，也有陶器、木器、玉器等。漆羽觞出土数量最多，保存得也最完整。

而石崇家的羽觞是玉的。“宴华池，酌玉觞。”玉质羽觞，也比较少见。

少见的尤其想看看。好吧，来看吉林省博物院所藏的白玉觞：

汉　白玉耳杯　作者摄于吉林省博物院

好漂亮啊！这样一只玉觞放在吉林省博物院的展柜里，典雅优美，非常引人注目。它于1958年出土于吉林集安县城内。那天我伫立在展柜前良久，几乎不敢相信如此文人气的白玉玉觞会出现在遥远的东北。根据专家们的说法，它不是高句丽自己的产物，很可能是中原王朝赏赐给高官贵人的礼物。

金谷园的觞是玉觞，应该就是这样一个。

对了，看了这个杯型，你肯定想到一个词了吧：曲水流觞。王羲之的那场著名雅集。

永和九年（353），三月三，上巳节。按照风俗，这一天要到水边，洗濯去垢，消除不祥，也叫“祓禊”或“修禊”。

42个人，在绍兴兰亭集会。此日，风和日丽，42个人，列坐于曲折的清溪两边，一场聚会下来，共得诗作37首，汇编成《兰亭集》。王羲之为之作序，乃《兰亭集序》。

微醺的王羲之写道：

> 永和九年，岁在癸丑，暮春之初，会于会稽山阴之兰亭，修禊事也。群贤毕至，少长咸集。此地有崇山峻岭，茂林修竹，又有清流激湍，映带左右，引以为流觞曲水，列坐其次，虽无丝竹管弦之盛，一觞一咏，亦足以畅叙幽情……

永和九年，是癸丑年，暮春三月上旬的巳日，我们在会稽郡山阴县的兰亭集会，行修禊之事。有声望的人都来了，老的小的(最小的王羲之小儿子王献之才9岁)都聚集在一起。兰亭这地方崇山峻岭环抱，林木繁茂，青竹荫密。又有清澈湍急的溪流，辉映点缀在亭子的周围。正好引溪水为曲水流觞（羽觞盛酒，放入弯曲的水道中任其漂流，杯停在某人面前，某人就取杯饮酒）。大家列坐小溪两侧，即使没有管弦合奏的盛况，只是饮酒赋诗，也足以令人畅叙胸怀。

这里的“虽无丝竹管弦之盛”，分明是与石崇的“时琴、瑟、笙、筑，合载车中，道路并作”相比。

曲水流觞。溪里羽觞信自漂流，“回流转轻觞”。酒盏漂到谁跟前，谁就得现场作诗。作诗不成，便要罚酒。泛泛轻觞，载兴载怀……想象一下，清清水流中，一只只羽觞飘飘而下，何等清雅。

且慢，作诗不成便要罚酒这个规矩，也在《金谷诗序》出现过:“及住，令与鼓吹递奏，遂各赋诗，以叙中怀，或不能者，罚酒三斗。”大家到了一个地方，让乐手们与鼓吹手轮流演奏。大家都即兴赋诗来抒发心中感怀，作诗不成的，罚酒三斗。

曲水流觞的“觞”，到底是“漆觞”还是“玉觞”？这两种觞都比较轻，斟上酒能在水里浮流。但结合王羲之当时的处境，兰亭的曲水流觞用的应该是漆觞。石崇的，他自己说了，是玉觞。“曲水流觞”作为一件高级风雅之事，一直流传下来，甚至传到了日本。我们一直很好奇，后世的曲水流觞用的“酒杯”是何形状的？因为，觞，出现于战国时期，一直延续使用至魏晋。也就是说，石崇之后约百年，觞就基本没了。魏晋时期民族大迁徙大融合，域外的各种器具纷纷传入，人们喝酒就开始用跟现在差不多的酒杯了。

如果你关注过羽觞，或许马上会截张图发过来：魏晋之后基本没了？清代还有呢！辽宁省博物馆就收藏一只清乾隆时期的白玉耳杯。

不错，此玉耳杯确为清乾隆时期制作，但它并不是日常用品。乾隆帝好古，又逢盛世，玉料丰富，那个时期制作了很多仿古玉器，此杯底部中央阴刻隶书“大清乾隆仿古”六字。

玉觞告一段落。你回头问：哎，那个富得震撼历史的石崇，后来怎样了？

与石崇同时代的晋人棘腆，曾作《赠石崇诗》。诗曰：“翕如翔云会，忽若惊风散。分给怀离析，对乐增累叹。”石崇后来得罪新的权贵，被杀，金谷园豪奢散如一阵烟。

前人又有诗云：“石崇豪富范丹穷，运早甘罗晚太公。彭祖寿高颜命短，六人俱在五行中。”石崇富可敌国，范丹穷得吃不上饭。甘罗出道早，12岁就官拜上卿（相当于丞相），姜太公出道晚，80岁才开始辅佐周文王。彭祖高寿，活了800岁，颜回命短，41岁就死了。这六个人都跟你我一样，在各自的命理中运行。

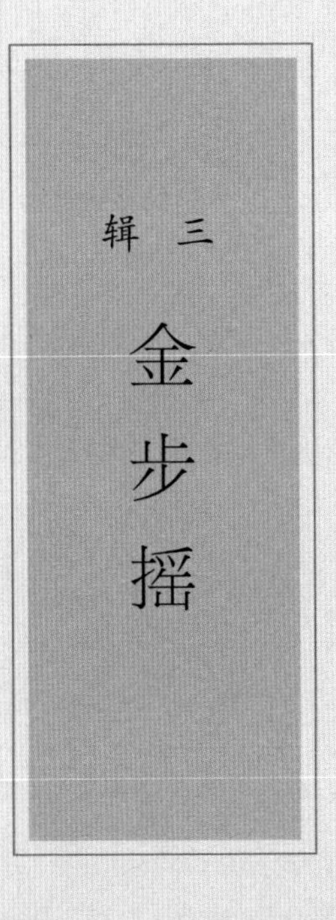

辑　三

金步摇

0/3

金步摇

“金步摇”是如何摇到男人头上的？

有一年，去丽水的遂昌金矿游玩。在唐代金窟幽暗的地道里前行时，导游说，我们这里的金子质量很好，杨贵妃曾经索要这里的金子做 yáobù。

yáobù？瞬间知道导游搞错了，应该是步摇。而后，手机上搜杨贵妃到底与丽水金子有没有关系，结果铺天盖地都是一类讯息，说演杨贵妃的美女起先不知步摇为何物，导演在谈论贵妃头上的步摇，她以为是导演叫她不要摇，转身时都超僵硬，导演问她怎么了，她就回：“导演你不是叫我不要摇吗？”

唉——“云鬓花颜金步摇，芙蓉帐暖度春宵。春宵苦短日高起，从此君王不早朝。”白居易的《长恨歌》，难道上学时没背过？

亦可见，风靡两千多年的步摇，到我们手里，彻底埋没了。

关于步摇的起源，有多种说法。广为流传的说法来自孙机先生。孙机先生1991年发表了《步摇、步摇冠与摇叶饰片》一文，认为步摇装饰起源于西方，步摇冠约在公元前后正式形成，然后向东传播，约在汉代传入中原，进一步流传至朝鲜、日本。

流传途径为：萨尔马泰女王墓金冠（公元前2世纪）→阿富汗金丘六号大月氏墓金冠（公元前1世纪左右）→中国燕代地区（1至3世纪）→辽西房身、十二台、甜草沟晋墓（3世纪末至4世纪初期）→冯素弗墓（5世纪初期）→朝鲜新罗式“出”字形金冠、皇南大冢北坟、罗州新村里九号墓等（5世纪）→日本群马县山王金冠家、奈良藤之木古坟步摇冠等（6世纪）。

从古珠的脉络进行探寻，我们认为步摇的起源要早得多。

步摇雏形应该来自牡鹿的鹿角。

在大英博物馆馆，有件藏品叫《两只牡鹿中间的伊姆杜吉德》（*Imdugud Between Two Stags*）。该藏品馆号为114308，来自苏美尔。

该藏品的宝贵之处在于：

1. 年代早。属于基克拉迪文化早期，即公元前2600年左右。

2. 体量大。高107厘米、宽238厘米，属大型青铜工艺

Imdugud Between Two Stags　大英博物馆藏

作品。

3. 珍稀度极高。该藏品是一青铜匾，苏美尔的金属作品非常少，原因是绝大部分金属作品都在后世为了回收其金属而被熔化毁掉了。

4. 浮雕艺术性极强。青铜匾长方形构图，一头正面的狮头鸟，鸟翼横张充满力量感。两只对称的牡鹿，侧身回头朝向画面。构图以狮头鸟身为中轴线，呈严格的左右对称状。长方形内被一种庄重肃穆的气氛所笼罩。突然，神鸟的狮头、鹿的犄角伸展出画面，打破凝重和呆板之感。长方形之内是高浮雕与圆雕相结合，伸出画面的部分则是圆雕。整幅作品气势雄伟，栩栩如生，让人过目不忘。

5. 惊人的锻造技术。此青铜匾的发现在那个时代几乎令人难以想象。我国商周青铜器举世闻名，但比这要晚一千多年。

让我们来看青铜匾的内容。

《两只牡鹿中间的伊姆杜吉德》，“伊姆杜吉德”是啥?就是苏美尔神话中的神鸟。翻译时有人又称它为“朱”“朱安鸟”“安祖鸟”“祖”“祖祖鸟”等，大致相当于我国文化中的不死鸟、永生鸟、凤凰等。

牡鹿，不是鹿的种类，而是指成年雄鹿。成年雄鹿头上都长有一对角。牡鹿与牝鹿相对，一雄一雌。

该青铜匾发现于现伊拉克南部，在公元前2600年左右，这里是苏美尔的乌尔古城。乌尔古城中有座神庙，供奉的是宁胡尔萨格(Ninhursag)。宁胡尔萨格是生育女神，又称“众神之母”“众子之母”“子宫女神”。即掌管一个城邦的繁衍生息。据考古学家推断，青铜匾可能被安放在神庙的门廊之上。

结合青铜匾的出处，明显看出外国人取名不够意思。《两只牡鹿中间的伊姆杜吉德》，丝毫没有体现出“深得护佑”的意思，我们觉得将其翻译为《鹰护双鹿像》更为妥帖。神庙要体现的意思也许是：母亲神将会像永生鸟一样，护佑全城子民的繁衍生息。

显然，双鹿代表了城邦众生。

为何是以“鹿”来代表众生?时至今日，苏美尔人不是美索不达米亚原住民已成定论，但苏美尔人究竟从何处迁徙而来，说法众多尚无定论。公元前5500年前后，地球曾有一段严重的寒冷期。也许乌尔人原先生活在北部寒冷地带，经受不起一降再降的气温，只能迁徙到温暖一点的两河流域。而耐寒的鹿，成为他们的崇拜物和护佑神，进而成为他们的标识和图腾。

乌尔共有三个王朝，第三王朝覆灭后，史上再无“乌尔人”的记载。但是，鹿图腾却流传下来。鹿纹在我国古代也随处可见。

在我国新疆火焰山南麓，有个地方叫鄯善县洋海村。此

仰韶文化鹿纹彩陶盆　作者摄于中国国家博物馆

辛店文化狩猎纹罐　甘肃秦安县博物馆藏　作者摄于中国国家博物馆

地发现了一批古墓，年代在公元前5世纪前后。考古人员惊奇地看到，在陶器、石柱中常会有鹿的图形。刻画得轻松写意，栩栩如生。可见刻者对鹿非常熟悉，一举一动了然于心。

历史上吐鲁番盆地早已是不毛之地，气候干燥炎热，少有树木，怎么会有鹿的存在？为何制造者对鹿的纹饰情有独钟？专家们经过进一步的发掘断定，这批古墓主人为斯基泰人，他们在西汉时期建立了车师国。车师国虽然人口不多，但地跨天山南北，扼守丝绸之路交通要道，是东西方贸易、文化、使节，交流与交往的必经之地。

大汉王朝和匈奴帝国为了争夺西域的控制权，发生过五次大战役，史称“五争车师”。车师国在汉朝和匈奴的争夺中被瓦解，国人四散。

虽然车师国的斯基泰人没有见过真正的鹿，但是鹿的纹饰作为一种文化，却从他们的先祖那里世世代代传承了下来，这很有可能证明了这个族群的来源。

无独有偶，前段时间看到一本书叫《从波斯波利斯到长安西市》，该书作者乐仲迪被称为纽约大都会博物馆的守护人、纽约大学的波斯学专家。书的第一篇“阿兰游牧部落印章上的牡鹿纹”，明确写道：“牡鹿图像是欧亚草原斯基泰－萨迦游牧人的族名来源，也是部落图腾。因为鹿角的每年再生象征了草原生命的死而复活、生生不息。”

斯基泰，在公元前的一千年里，占据着从黑海到中国北方的整个欧亚大草原，他们是一个军事游牧民族。希罗多德的《历史》记载，斯基泰人来自亚洲中部地区。对于这个民族，希腊人叫他们斯基泰人（Scythian），波斯人叫他们塞族人（sa kā），我国古籍中，则称其为塞人（sacae 或 saha）。新疆鄯善的“车师国”人，我们就叫他们塞人。

而不管是 sacae 还是 saha，词的本义就是“鹿”。斯基泰人来自亚洲中部地区，会不会就是乌尔古城子民的后裔？有学者认为，斯基泰动物造型与古伊朗的原始宗教有关，斯基泰典型动物造型“鹿”，则是伊朗语系诸民族共同的图腾形象。古伊朗之古，往前推到人类城邦之源，有惊人考古发现的即乌尔古城。

在近一千年的时间里，斯基泰人，即“鹿人”驰骋纵横在欧亚大草原，处处留下他们的文化踪迹。被誉为斯基泰文化最典型代表的“斯基泰鹿”，广泛分布在岩石、徽记和首饰上。

来自高加索的阿兰游牧部落，其王子的一枚玛瑙印章上，以萨珊凹雕工艺镌刻有中古波斯铭文，印章图案即为上古欧亚草原游牧图像：蜷卧的牡鹿。乐仲迪判断其雕刻年代应为4—5世纪。

这一牡鹿的复古图像，与当时流行的萨珊印章上动物图像大相径庭。乐仲迪推测，阿兰王子试图通过这枚牡鹿印章昭告天下：王子的统治如鹿角般长青，阿兰部落对上古斯基泰游牧文化遗产的传承生生不息。

我们曾收藏了一枚西亚玛瑙戒面，制作年代与阿兰印章差不多，图案也相似。因为太喜欢，去镶嵌成了戒指，以便戴在手上随时欣赏。

在游戏界，有款游戏曾经风靡一时，叫《苍狼与白鹿》，是以成吉思汗为主角的。其名并非空穴来风，在《蒙古秘史》中，明确记载蒙古人是苍狼与白牡鹿的后裔。“苍狼白鹿”作为一个响亮的口号，对蒙古先民曾经起过巨大凝聚作用，似乎一提起便让人热血沸腾。

即便是现如今，鹿图腾依然鲜活存在于萨满教中。我国蒙古族、满族、赫哲族、鄂温克族、哈萨克族等都信奉萨满教。萨满教遗俗广泛影响着北亚、中北欧及北美的广袤地区。

萨满，是女真语，意指巫师一类的人。萨满做法时，身上的每一件器物，包括神帽、神服、神裙、胸巾、手套、护腿、鞋靴、腰带等，都是对世界的理解及应对的警示物，是生存信息的高度提炼，是诸种符号的总汇。

根据叶尼塞人、通古斯人等的萨满神帽来看，神帽的整个外形是有角的。从正面看是鹿角，在鹿角中间是一只带有长尾巴的铁鸟。鹿角可以帮助不同的氏族，在鹿角叉里栖身着不同氏族的神灵，他们效力于各自的氏族。

萨满神帽是用金属片剪切成类似于鹿角的造型，缝制在萨满神帽上。造型就像鹿的角，越年长，鹿角的杈就会越多，保护的氏族也越多，本领就越大，地位就越高。

所以，萨满是以鹿角杈数来区分等级的。

终于绕回到我们要说的步摇了。

在古代，氏族首领就是会做法的巫师，人神合一。后来才慢慢发展为人神分离，政教分离。这个过程，亦体现在步摇冠上。

一个部落里，最强大的人称王。王的标志是王冠，王冠上的图案，有三个作用：一是代表我这个氏族的来源，是我族徽记；二是体现我现在统治着哪些氏族；最后才是装饰作用。

斯基泰的王冠上，必定有牡鹿。牡鹿在树林间，树林里有各种动物，每一种动物代表一个氏族，是氏族的图腾。树的叶片灵活可动，一般由金片连缀，一步一摇。因此称为“步摇冠”。

这种“步摇冠”的典型代表是公元前2世纪的萨尔马泰女王的王冠。

萨尔马泰，位于顿河下游，大致等于我国《史记》中提到的“奄蔡”。东汉时称阿兰聊，三国时称阿兰。你看，和前面的阿兰王子联系起来了。

此冠发现于萨尔马泰女王墓，被称为萨尔马泰女王王冠。

王冠已残失一部分，但仍能见上部有几簇枝柯扶疏的金树，所缀金叶均能摇动。冠正面的金树两旁对立二鹿，侧面的金树两旁各有一只面朝前方的盘角羊，后面还跟着两只禽鸟。该王冠显然有斯基泰风格。与二三百年后阿兰王子的牡鹿印章可谓遥相呼应。

中部，宽大金圈上，正面是一立体女神像，周围镶嵌有石榴石、紫水晶、珍珠等，下部一圈，是花朵与水滴状果实小坠子组成的流苏，呈现出一派希腊艺术特色。

这是一顶多种风格汇集的王冠。孙机先生认为，此冠可以看作是早期的、杂有其他特征的不够典型的步摇冠。

公元元年前后，步摇冠脱离王冠自行发展，成为一种贵胄身份的标识而广为流传。

同时，步摇冠的一个简易版即步摇，也开始出现。

步摇冠或步摇，一旦流行到其他种族，“鹿”这关键要素，就变得不重要甚至可有可无了。

步摇冠，男人、女人都能戴，以男人偏多，毕竟世界以男人为主导。女人呢，占得简易版的步摇。

据《汉书》记载，江充第一次见汉武帝时，就戴着步摇冠。他本来就身材魁梧，相貌堂堂，那天又特意收拾了一番。穿着细纱单衣，后面垂着燕尾式交叉裙裾，戴了插着羽毛的步摇冠，款款而入。汉武帝一见，眼前一亮，对左右说：燕赵之地果然多奇士。

江充是赵国人，自然对北方风俗比较了解。估计那时，草原风的步摇冠，赵国人见得多了，但长安人看着还是很新鲜，连汉武帝都觉得时髦有型。

江充的羽毛步摇冠我们无缘得见，但西汉女人的步摇，倒是可以一睹究竟。

在西汉长沙马王堆一号汉墓中，出土了一幅帛画，画中一老年贵妇，身穿深衣，头插树枝状饰物。此老妇下葬的年代，比江充头戴步摇冠出场早约一百年，且长沙这个地方，颇为内地了，怎么也有步摇？

公元前的贸易往来，远超我们的想象，马王堆还有一串西亚的黑白缠丝玛瑙管项链呢。打仗这件事，影响力真不是输赢那么简单，凶狠的战役背后，亦有强势的文化交流。

几乎同期，一件汉代的实物金步摇，出土于甘肃武威。此金步摇在一个四片披垂的花叶基座上，捧出一簇八根弯曲的细枝，中间每一枝顶一只小鸟，鸟嘴衔着下坠的圆形金叶子。其余枝条顶端或结花朵，或结花蕾，而花瓣尖尖上也坠有金叶子。

实物与马王堆汉墓帛画所绘颇为相似，可相互印证。

贵妇的头上是步摇，皇后戴的则更接近步摇冠。《后汉书·舆服志》记载，东汉皇后盛装谒庙时，头上戴有“假结、步摇、簪、珥”。其中步摇的形制是:“以黄金为山题，贯白珠为桂枝相缪，八爵九华，熊、虎、赤罴、天鹿、辟邪、南山丰大特六兽，《诗》所谓‘副笄六珈’者。诸爵兽皆以翡翠为毛羽，金题，白珠珰，绕以翡翠为华云。”意思是皇后盛装时戴的步摇，是在金博山状的基座上安装缭绕的桂枝，枝上串有白珠，枝间点缀着鸟雀和花朵。此间，还按照《诗经》“副笄六珈”的说法，安置了熊、虎、赤罴、天鹿、辟邪、南山丰大特六兽。

这得多重啊，要当皇后，首先得身子骨壮实。

步摇冠在我国大规模的流行，要到魏晋南北朝。魏晋南北朝，包括曹魏、西晋、东晋、南朝（宋、齐、梁、陈四个汉人政权）、北朝（北魏、东魏、西魏、北齐、北周五朝）。一看这大致罗列，就知是一个天下大乱、群雄逐鹿的年代。

对了，“群雄逐鹿”这个成语，恐怕有更深的含义。此成语出自西汉司马迁《史记·淮阴侯列传》：“秦失其鹿，天下共逐之。”成语解释为：形容各派势力争夺最高统治地位。

从步摇追溯来看，对民众的最高统治地位以“鹿”来代表，不是没来由的。

魏晋南北朝，魏是北方的，西晋大致是北方的，北朝不用说了，北朝多个政权直接就是游牧民族建立的。所以，草原风的步摇冠和步摇大行其道，完全可以理解。

马头鹿角形金步摇，北朝。1981年出土于内蒙古达尔罕

左：北朝　马头鹿角金步摇冠饰　内蒙古出土　作者摄于中国国家博物馆
右：南北朝　牛头鹿角形金步摇冠饰　内蒙古出土　作者摄于中国国家博物馆

茂明安联合旗。高16.2厘米、重约70克。步摇的基座为马头形，马头上分出呈鹿角形的枝杈，每根枝杈梢头卷成小环，环上悬一片金叶。马头和鹿角形枝杈上镶嵌绿松石、玛瑙等珠饰。牛头鹿角形金步摇，南北朝。1981年出土于内蒙古乌盟达茂旗。高19.4厘米，重87.37克。基座为牛面，牛面额较宽，颊内收，嘴角向外撇，吻部平整。两牛角中间有一鹿角形枝杈，先由一个主根生出两个支根，再向上分为四五个小枝杈，每小枝杈梢均有一金环，每个枝梢挂桃形金叶一片，总计为十四片，每片金叶均可摇动。牛头镶嵌白、蓝、绿色琉璃。

众所周知，魏晋南北朝盛产美男。或许是因为南北混战人口流动快，多种族通婚；又或许是血腥年代激起了男性体内的雄性因子的高度活跃。辽宁北票博物馆，就藏有一件燕国美男的步摇冠。

燕国，有好几个。前燕、后燕、西燕、南燕，都是慕容氏的天下。金庸的《天龙八部》中那个慕容复，表面是武林世家的公子，真实身份却是燕国贵族慕容氏余脉，是个没落的天潢贵胄，其名字中的“复”字就是时时提醒他要复国称帝。

燕国人喜欢戴步摇冠，这与大燕国的奠基者莫护跋有关。莫护跋是白部鲜卑人，三国时曾随司马懿征讨割据辽东的公孙渊，立下战功，后率领族人迁居辽西，在荆城以北（今河北省昌黎县境内）建立国家。

史书上留下一个步摇冠流传的细节，说莫护跋来到辽西后，见这一带的人头戴一闪一闪的金步摇，“见而好之，乃敛发袭冠”。并号召国人“慕二仪之德，继三光之容”，遂为慕容。这就是燕国皇族慕容氏的来源。

以我们猜想，这是汉人要面子的一种写法吧。莫护跋本是白鲜卑人，是驰骋欧亚大草原的游牧民族，且其祖先早就和匈奴杂居，他戴上步摇冠也许是“认祖归宗”了。

如此一梳理，便知如今古装电视剧里，大凡涉及燕国的，帽子基本戴错啦。燕国的上层社会，全是步摇冠的奢靡之风啊。

有实物证明。

上面说过，燕国的最后岁月是“北燕”，北燕皇帝一改慕容血统，是汉人冯跋趁慕容内乱而自立。虽然皇帝换了种族，但燕国好戴步摇冠的风气照样沿袭。

冯跋的弟弟冯素弗，是北燕的缔造者之一。官至侍中、车骑大将军、录尚书事、大司马等，封辽西公。冯素弗卒于北燕太平七年（415）。

1965年，在辽宁省北票县（今北票市）西官营子村，发现了冯素弗墓，其中出土一件金步摇冠。

大多数的步摇冠，枝丫都是开在前面的，但这一件，枝丫开在头顶。以两条狭窄的金片弯成弧形，两相交叉，作为基座，拱出冠的轮廓。座上伸出6根枝条，每根枝条上以金环系金叶3片。冠饰通高约26厘米，枝形步摇高约9厘米。

这件步摇冠在使用时必须固定在下面的冠上，但冠身现已无存。虽是残件，却可以看到慕容步摇冠的大致形制。

魏晋南北朝时期，不仅男人戴步摇冠风靡一时，女人插步摇也成为生活日常。南朝的梁国，有个女子叫沈满愿。她的诗中就多次提到步摇。《戏萧娘诗》中说：“清晨插步摇，

北燕　冯素弗金步摇　北票博物馆藏

向晚解罗衣。”另一首《咏步摇花》则更有对步摇的细节描写：“珠华萦翡翠，宝叶间金琼。剪荷不似制，为花如自生。低枝拂绣领，微步动瑶瑛。但令云髻插，蛾眉本易成。”步摇不是单调的金子，上面缀以各种颜色的宝石半宝石、珍珠、翠羽等等。金枝上有宝叶，宝叶间一朵红玛瑙雕刻的荷花冉冉开放，栩栩如生。枝弯珠垂，轻拂绣领。微微移步，则珠摇玉动。

到了隋唐，步摇发展到我们较为熟悉的式样。不再是一棵树插在头上，而是跟簪钗相结合，叮叮当当的东西系于簪或钗的尾端，即从“竖插”变成了“横插”。较为流行的式样是，以金玉制成凤形，口衔下垂的珠串。

唐朝写步摇的诗词多了去了。武元衡《赠佳人》有：“步摇金翠玉搔头，倾国倾城胜莫愁。”顾况《王郎中妓席五咏·箜篌》有：“玉作搔头金步摇，高张苦调响连宵。”施肩吾《定情乐》有：“不惜榆荚钱，买人金步摇。”李贺《老夫采玉歌》有：“采玉采玉须水碧，琢作步摇徒好色。”张仲素《宫中乐五首》有：“翠匣开寒镜，珠钗挂步摇。”等等。

步摇冠还有没有？有的。“千歌百舞不可数，就中最爱霓裳舞。”唐明皇最爱杨贵妃的霓裳羽衣舞，杨贵妃跳舞时穿的“霓裳羽衣”到底是怎样的？“案前舞者颜如玉，不着人家俗衣服。虹裳霞帔步摇冠，钿璎累累佩珊珊。”五彩衣裳层叠飘逸，身上珠宝闪烁其间，头上则戴着步摇冠。

据说，杨贵妃爱戴高高的假发髻，髻上插步摇。这样“假发＋步摇”的冠，与游牧民族的步摇冠，含义已经不一样了。

《长恨歌》对杨贵妃有一段性感指数超高的描述：“云鬓花颜金步摇，芙蓉帐暖度春宵。春宵苦短日高起，从此君王不早朝。”在私密空间里的杨贵妃，是戴着金步摇与唐明皇腻在一起的。有人推测那是因为胖嘟嘟的杨贵妃，插上高高的金步摇才会有一种特有的轻盈感。

步摇到此，也已经完全脱离鹿角冠的含义了。

那么，回到本文开头，杨贵妃与丽水金子到底有没有关系？

难说。

这一说法来自《杨太真外传》，这是宋代的文言传奇小说。小说记道：唐明皇中秋夜跟仙人游月宫，见仙女舞姿曼妙，于是默默记下曲谱，第二天一早就召集宫人排练。杨贵妃之舞深合皇帝心曲。唐明皇非常高兴，“上又自执丽水镇库紫磨金琢成步摇，至妆阁，亲与插鬓。”对后宫人说：“我得到杨贵妃，如得至宝也。”

用“丽水镇库紫磨金”琢成步摇，丽水镇库紫磨金是啥？紫磨金指上品黄金，古人有云：“金之精者名为紫磨，犹人之有圣也。”而镇库指镇库钱，是古人为了镇灾防灾和祈求吉祥富贵、永镇财富而精心铸造的钱币。1998年，中国人民银行发行了一套“大唐镇库金钱金银纪念币”。正面图案为中华人民共和国国名、年号、唐草装饰图案及面值，背面图案为唐代“大唐镇库”字样。

所以，丽水镇库紫磨金大致可理解为丽水遂昌金矿开采的用来铸造镇库金币的上品黄金。大唐皇宫里有用如此上品黄金制作的金步摇，但大唐盛世皇帝到底有没有指定要丽水黄金做步摇，且亲手为爱妃插上，只能问他们自己了。

0/3

金步摇

万国衣冠拜冕旒

如果让你找一首形容大唐盛世荣光的诗词，估计不少人会拿出王维的《和贾舍人早朝大明宫之作》：

绛帻鸡人送晓筹，尚衣方进翠云裘。
九天阊阖开宫殿，万国衣冠拜冕旒。
日色才临仙掌动，香烟欲傍衮龙浮。
朝罢须裁五色诏，佩声归向凤池头。

其中“万国衣冠拜冕旒”一句，画面感极强。要是我说，一看“冕旒”两字，就知此次大明宫早朝，绝非一般意义上的早朝，必定含有重大事件。你信吗？

唐代的皇帝，虽然出身于“关陇集团”（即位于陕西关中和甘肃陇山周围的门阀军事集团），其家族血统亦非纯正汉族，但在礼制方面，却直追儒家经典《周礼》。都说泱泱大中华，礼乐文明奠基于周，政治制度奠基于秦。

《旧唐书·舆服志》中记载：“天子衣服，有大裘冕、衮冕、鷩冕、毳冕、絺冕、玄冕、通天冠、武弁、黑介帻、白纱帽、平巾帻、白帢”等。看眼花了吧？当皇帝不容易啊，穿个衣服规矩如此烦琐。

这些服装中，可分礼服与常服。所谓礼服，就是重要场合或举行仪式时穿的；常服，即平时穿的。

凡带“冕”字的，都属礼服。

大裘冕、衮冕、鷩冕、毳冕、絺冕、玄冕，这六种冕服是参考《周礼》中的“六冕”制定的，佩戴场合不一样。

大裘冕：是天子服饰中规格最高、最为庄重的一款衣服。只在天子祭拜天神、地神的时候穿。大裘冕即身穿“大裘”头戴“冕”。大裘是用黑羊羔皮制成的。与大裘相配的是“冕”，注意了，此冕是无旒的，即没有前后垂下来的玉串串。没想到吧，大唐皇帝最高级的礼服，无旒，非常朴素。

衮冕：在各种祭祀和祭拜宗庙、遣上将、征还、庆功宴、登基、冠礼、册封皇后、正月初一大朝会等场合，皇帝穿“衮”戴“冕”。这里，冕的前后各垂珠子十二旒。

鷩冕、毳冕、絺冕、玄冕这四冕，是祭海岳、社稷、百神等场合穿戴的。

唐初，皇室仰慕汉文化，看李世民对王羲之书法那无以复加的热爱就可见一斑。六种礼服虽然烦琐，李渊、李世民都不折不扣穿戴下来了。

到了李治，显庆元年九月，改革要来了。以我们的揣度，这改革，一方面缘于国家实力强了，心里有底气。经他爹李世民的“贞观之治”，大唐国力蒸蒸日上。到了李治手上，大唐的硬实力、软实力都位居世界前列。马上就要平定西突厥了，李治信心满满。此时要做些对儒家经典的改革，心理上比较轻松。

另一方面，李治此时的皇后，已经改成武则天了。显庆元年最大的历史事件是啥？李治废了太子李忠，取而代之的是武则天生的4岁长子李弘。可见，此时武则天的地位已经稳固。武则天是何等样人，必定对礼仪服饰有她自己的主张。

《旧唐书·舆服志》记道：显庆元年九月，太尉长孙无忌建议修改礼令。关于冕服，则建议取消大裘冕，改穿衮冕。理由有三：一是大裘冕太过朴素，与大唐天子的威仪不够匹配；二是冕无旒，不够高贵；三是除了冬天，其他三季穿着都太热。

大唐的气温，比其他朝代略高，这是个不可忽视的因素。

李治很是乐意，大笔一挥，就这样吧。哎，保不定这是武则天的意思，武则天喜欢华丽高贵。

此次同时废弃的，还有鷩冕、毳冕、絺冕、玄冕四种冕服。理由是朝臣也穿这些冕服，有“贵贱无分，君臣不别”之嫌，“既屈天子，又贬公卿”。

这样一来，从显庆元年开始，六种冕服全部归为一种，即衮冕。

哦不对，这后面还有个插曲。李治与武则天有个极厉害的孙子，即靠政变上台的唐明皇。

唐明皇这个人不得了，大唐王朝的巅峰开元盛世是他缔造的。开元十一年（723），唐明皇虚岁四十，当皇帝也11年了。国当盛世，人值盛年。这年冬天，他要去南郊祭天，就跟中书令张说说起祭天该穿什么衣服。张说道："按照《周礼》呢，祭天应该穿大裘冕。永徽二年，高宗皇帝（李治）到南郊祭天还是穿大裘冕的。但到了明庆（即显庆，为避讳唐中宗李显的名字，后叫明庆）年间，就改用衮冕。武则天祭天地都穿衮冕的。我觉着吧，如果遵古制，是应该穿大裘冕，但要是考虑到实用性，还是穿衮冕。"

唐明皇一听，那好办，两个都做出来我瞧瞧。等大裘冕呈献上来的时候，唐明皇也觉得"大裘朴略，冕又无旒，既不可通用于寒暑"，弃之不用。

从整个唐朝历史看，从武德四年（621，即唐朝开国第四年）实施《衣服令》，到显庆元年（656）五种冕服被废弃，时间跨度仅仅35年。此后大唐255年中，所有的冕服，指的都是衮冕。

哎？你要说不对啊，王维诗中"万国衣冠拜冕旒"，说是"冕旒"而非"衮冕"，这其中差别是啥？

衮冕 = 衮衣 + 冕旒

根据《周礼》，有十二章纹饰的衣服叫衮衣。十二章分别是日、月、星辰、山、龙、华虫、宗彝、藻、火、粉料、黼、黻。前六章绘于衣，后六章绣于裳，衣裳相连，形制似袭。

现在唐代的衮衣看不到了，我们参看清代的龙袍：

清　龙袍　作者摄于中国丝绸博物馆

冕旒，即我们经常在古装电视剧里看到的皇帝的帽子。帽子上一块长板，两头垂下帘子。皇帝一震怒，帘子便稀里哗啦地晃动，让人担心帘子会不会打结。

帽子上那块板，叫“綖板”，用以象征天圆地方。綖板的前后檐，垂有若干串珠玉，以彩线穿组，那就是“旒”，每一串就是一旒。置旒的目的，一说是规范步伐与动作，以保持端庄之仪。二说是为了“蔽明”，即能够透过障碍物见到本质的东西。

根据《周礼》，天子之冕十二旒，诸侯九，上大夫七，下大夫五。在唐朝，天子的冕旒是白珠十二旒，皇太子白珠九旒。一品官青珠九旒，二品官七旒，三品官五旒，四品官四旒，再下面就无旒了。

参看晋武帝司马炎和明梁庄王的冕冠。晋武帝十二旒，梁庄王九旒，符合规制。

前面说过，衮冕是在重大、重要场合穿戴的。比如，祭祀天地、祭海岳、祭社稷、祭百神、祭拜宗庙、遣上将、征还、庆功宴、登基、冠礼、册封皇后、正月初一大朝会等等。一一看过来，没有说到日常早朝啊。

唐朝的早朝有三种。一是“大朝会”。每年的冬至和元旦举行，参加的人最多，礼仪也最隆重。大朝会上，皇帝要着衮冕。二是“朔望朝”，即每月初一和十五举行，也比较隆重，但皇帝身着常服。三是日朝。按理日朝每天举行，除

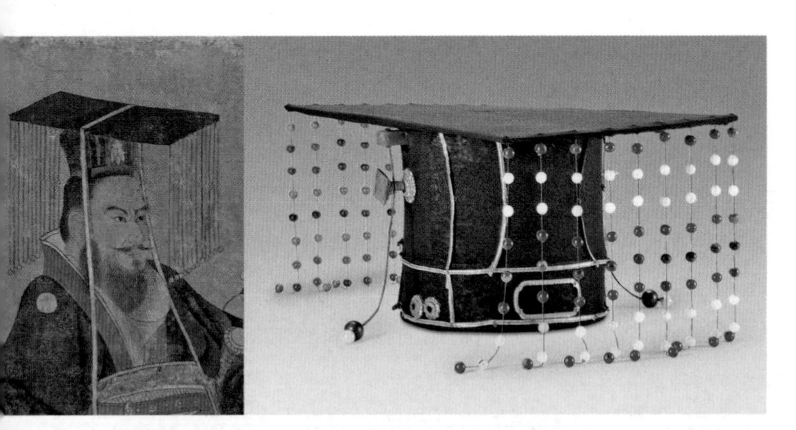

左：后代摹唐阎立本《历代帝王图》　晋武帝司马炎　美国波士顿美术馆藏
右：明　梁庄王冕冠　湖北省博物馆藏

非有特别事项。日朝的礼仪最简单，参加人数也最少，基本是处理政务。皇帝当然穿常服。

皇帝穿的常服是个什么样子？

《旧唐书·舆服志》记载："其常服，赤黄袍衫，折上头巾，九环带，六合靴，皆起自魏、周，便于戎事。自贞观以后，非元日、冬至受朝及大祭祀，皆常服而已。"所谓常服，就是身穿圆领、窄袖的袍衫，头戴折上头巾，也就是"幞头"。再配上九环带、六合靴，自成一套，这是又舒适又好打理的服装。自唐太宗李世民"贞观之治"后，除了元旦、冬至接受大臣朝贺及大祭祀之外，其他场合都只穿常服了。

李世民常服样子，可参考宋人摹阎立本绘唐太宗立像：

宋人摹唐阎立本《唐太宗立像》　台北故宫博物院藏

画像中，唐太宗头戴软脚幞头，身穿圆领窄袖黄龙袍，双手抚玉带，表现的是一位君王平常的样子。

但是，回到我们的主题，王维的诗题目是《和贾舍人早朝大明宫之作》。你看，明明说的是大明宫早朝之事。早朝，“万国衣冠拜冕旒”，皇帝不穿常服，却身着隆重的衮冕装。这有何解啊？

难道这首诗写的是元旦日皇帝接受大臣朝贺？

非也。如果是元旦大日子，诗题或诗的内容中肯定会体现，此诗写的时节已经是春天了，这从“贾舍人”的原诗中已经体现。

贾舍人，即时任中书舍人的贾至。贾至作了《早朝大明宫呈两省僚友》，才有王维的和诗。没有贾至的诗，也就没有王维的这首诗。

《早朝大明宫呈两省僚友》内容如下：

银烛朝天紫陌长，禁城春色晓苍苍。
千条弱柳垂青琐，百啭流莺绕建章。
剑佩声随玉墀步，衣冠身惹御炉香。
共沐恩波凤池里，朝朝染翰侍君王。

你看，明确写到“春色”，垂柳千条轻拂宫门，黄莺欢唱声彻宫城，是早春胜景。而长安的冬至或元旦，都是大冬天，因此不可能是大朝会。

为何平常早朝要写到“冕旒”？这“冕旒”里，其实暗藏一个重大历史事件。

这一组唱和诗作于唐肃宗乾元元年（758）春天，这是唐朝历史上非常重要的一个节点。

“渔阳鼙鼓动地来，惊破霓裳羽衣曲。”“安史之乱”爆发于天宝十四载，即公元755年。次年，安禄山攻破长安。唐明皇率杨贵妃姊妹兄弟、皇子皇孙及少数大臣逃出长安，仓皇西奔。到马嵬坡时，军士哗变，杨国忠等人被杀，唐明皇不得不缢死杨贵妃。人马到达凤翔，分作两路：唐明皇继续往南入四川；太子李亨则北去灵武（今宁夏辖内），图谋复国。七月，李亨在灵武继位，史称唐肃宗，改年号为“至德”，是为至德元载。

肃宗启用郭子仪，招兵买马奋力抗击。至德二载（757）初，安禄山被其儿子安庆绪所杀，叛军内乱。郭子仪劝请唐肃宗向回纥求援。唐肃宗与回纥约定：“克城之日，土地、士庶归唐，金帛、子女皆归回纥。”八月，肃宗命儿子为天下兵马大元帅、郭子仪为副元帅，率唐及回纥、西域兵共15万，自凤翔出发，剑指长安。九月，收复长安。十月，攻克洛阳。十月十九日（757年12月4日），肃宗离凤翔入长安。

那边，唐明皇被迫成为太上皇，儿子收复长安后，将其从四川迎回。唐明皇于至德二载十二月回到长安。至德三载正月，唐明皇于大明宫宣政殿，与肃宗互进尊号，此后退居兴庆宫。此时，按公历算，已是公元758年的2月到3月。

至德三载二月，唐肃宗大赦天下，改年号为乾元。如果按照公历计算，此时已经是758年的4月左右，该是长安城的早春了。前面我们说过，唐朝气候比较温暖。

贾至的《早朝大明宫呈两省僚友》，是否与改年号有关？

两省僚友，“两省”是指中书省和门下省。唐朝实行三省制，中书草诏，门下审核，尚书执行。前两省即贾至所称“两省”，是决策部门。他没提到的“尚书省”，是个办事的行政部门。

这次早朝，参加人员非常广泛。另一首唱和诗——岑参的《奉和中书舍人贾至早朝大明宫》写道：“玉阶仙仗拥千官。”当时，岑参是从七品官，杜甫从八品官，他们也都参加了这次早朝，并有诗作留下。说明此次早朝规模非常大。

贾至为何仅呈“两省同僚”？不是说开会的仅仅只有两省成员，而是他作为中书舍人，在他分管或所处的这个专业线上，他要来发起倡议。至于别的部门，他插不上手。

有人要问了，为何是贾至发起倡议，而不是诗名更大的王维来发起呢？王维当时是太子中允，也在这条线上。

身份不同嘛。贾至是谁啊？贾曾的儿子。唐明皇登上皇位的册文是贾曾所撰，而传位于唐肃宗的册文则是贾至的手笔。唐明皇赞叹这对父子：“两朝盛典出卿家父子手，可谓继美。”

而此时王维身份颇为尴尬。“安史之乱”长安城沦陷时，诗圣杜甫、诗佛王维都受困其中。当时杜甫名气没王维大，杜甫不久就从金光门逃出长安城，顺小路到达凤翔，追随唐肃宗的脚步。唐肃宗感其忠心，封他为左拾遗。长安收复后，杜甫随唐肃宗回京。

王维可倒霉了。《旧唐书·列传一百四十·文苑下》记道：“禄山陷两都（洛阳、长安），玄宗出幸（逃到四川去），维扈从不及，为贼所得。维服药取痢，伪称喑病。禄山素怜之（王维的才名实在太大，叛军首领安禄山早就仰慕许久），遣人迎置洛阳，拘于普施寺，迫以伪署（让他在伪政府中当官）。禄山宴其徒于凝碧宫，其乐工皆梨园弟子、教坊工人。维闻之悲恻，潜（暗地里）为诗曰：‘万户伤心生野烟，百官何日再朝天？秋槐花落秋宫里，凝碧池头奏管弦。’贼平，陷贼官三等定罪，维以《凝碧诗》闻于行上，肃宗嘉之，会缙（王维的弟弟王缙，在平叛中有军功）请削己刑部侍郎以赎兄罪，特宥之，责授太子中允（不但放了他，还让他当了太子府官员）。”

你看，王维有污点，而贾至有功。现在，贾至官阶是正五品上，王维正五品下。

有了这个背景，再来看贾至的《早朝大明宫呈两省僚友》就明白了。咱们中书、门下两省官员，是皇帝的亲信参谋，可都沐浴着皇帝的恩泽啊。新时代新气象，大唐要复兴，咱们退朝回到办公室后，更应该加油干活，好好写文章，好好为皇上服务。这既是在鞭策自己，又是在诫勉同僚。

贾至的求和诗，自然得到群僚的响应。非为诗也，乃政治表态也。各路高手纷纷响应。但流传至今的，仅剩三首。一首就是王维的《和贾舍人早朝大明宫之作》，还有两首，即出自著名边塞诗人岑参的《和贾至舍人早朝大明宫之作》和诗圣杜甫的《奉和贾至舍人早朝大明宫》。

王维不愧是高才啊，连安禄山都仰慕他的才华，不忍害他，可见他在当时的才名。关于这个早上的早朝，《唐诗三百首》里并没有收贾至的《早朝大明宫呈两省僚友》，却收了王维的和诗《和贾舍人早朝大明宫之作》。

“绛帻鸡人送晓筹，尚衣方进翠云裘。”鸡人，就是学鸡叫的人。古代靠公鸡打鸣来报时，但是宫里不像老百姓家里，宫里不养鸡，变通办法是让官员装成大公鸡的样子，头上包块红头巾象征鸡冠子，让他学鸡叫报晓，这就是“绛帻鸡人”。后来发明了更漏，“绛帻鸡人”这个官的官名未变，服务内容则变成了主管更漏。每天拂晓时，直接传送竹签给宫里报时，这个竹签儿就叫更筹，报晓的更筹就叫“晓筹”。这就是“绛帻鸡人送晓筹”。

“尚衣”也是个官名，专门负责掌管皇帝的礼服，还是个五品官。“翠云裘”，一般都翻译成“饰有绿色云纹的皮

唐　石刻十二辰鸡像　作者摄于首都博物馆

衣”。非也。翠云裘，是用翠鸟的羽毛捻线后，再和金线、丝线一起，共同织绣而成的衣料。这种料子非常华丽，不同光线下闪烁着蓝、绿、紫等光泽，举手投足间衣料变幻着颜色，唐代宫廷很爱这种衣料。明万历皇帝的定陵出土的两件龙袍，均是雀金绣品。《红楼梦》中贾母赏给宝玉的雀金裘，也就是翠云裘。“尚衣方进翠云裘”，是指请皇帝更衣。清晨的宫廷，进入一种既忙碌又有序的状态。

“九天阊阖开宫殿，万国衣冠拜冕旒。”曙光乍现，大明宫各个殿门依次打开，仿佛天宫之门正在层层开启，多有气派啊！各个国家的使臣，都沿着长长的龙尾道拾级而上，准备朝觐皇帝。

这一句就这么带过了？不。王维的应和诗，明显比贾至的原诗高一个层次。很多人认为，这两句最能体现王维诗的高度，不仅有高度，画面感还极强。

这，除了写诗的才华，还体现了王维的热切理想吧。王维通过这次早朝，看到了大唐元气正在复苏。朝廷各种礼仪、制度都在恢复之中。虽然“安史之乱”尚未彻底平复，但他以为，一切都会好起来的，他展望着下一个盛世的到来。

“九天阊阖开宫殿”，这句说明唐肃宗已经入主大明宫。大明宫，是大唐帝国的大朝正宫，占地3.2平方千米（是明清北京紫禁城的4.5倍）。自唐高宗起，历代帝王在此处理朝政。往西，大明宫被誉为千宫之宫、丝绸之路上的东方圣殿；往东，日本等亚洲国家的宫殿，无论是宫殿布局还是与郭城的位置关系，在很大程度上都是模仿了唐大明宫。大明宫的光华，曾达到空前的高度。

“万国衣冠拜冕旒”。盛唐时，唐朝的疆域大得吓人。安西都护府，管辖包括今新疆、哈萨克斯坦东部和东南部、吉尔吉斯斯坦全部、塔吉克斯坦东部、阿富汗大部、伊朗东北部、土库曼斯坦东半部、乌兹别克斯坦大部等地。大体相当于现今新疆、中亚五国、阿富汗的总和，直接与阿拉伯帝国碰撞。唐太宗被附属国称为天可汗。每当重大事典或节日，万国来朝，皇帝一身衮冕，气象万千。说一句“万国衣冠拜冕旒”绝非虚词。

正因如此，唐朝才会出那么多的边塞诗人。王维年轻时也到祖国的边疆历练过，不然哪能写出“大漠孤烟直，长河落日圆”“草枯鹰眼疾，雪尽马蹄轻”等名句。

“日色才临仙掌动，香烟欲傍衮龙浮。”仙掌，指的是皇帝身后的仪仗扇。太阳刚刚照临，仗扇已动，皇帝起驾临朝了。香烟，指熏香。《新唐书·仪卫志》中提道：“朝日，殿上设黼扆、蹑席、熏炉、香案。”这几首诗里都提到香烟；贾至是“衣冠身惹御炉香”，杜甫是“朝罢香烟携满袖”。贾至与杜甫，说的都是衣服沾染一点御炉的香气，觉得那么荣幸。那么王维呢？王维的香烟是要去依傍“衮龙”，在袅袅香烟里，衮衣上的龙好像要活起来一般。好，衮字出来了。翠云裘衣料做的衮衣，上面绣着龙纹。前面是冕，这里有衮。说明皇帝这次早朝确实是身着衮冕。

这样一来，这次早朝就非同小可了。衮冕是在重大、重要场合穿戴的，结合758年春天这个特殊节点，参加的人员，我们推测，正是在这次朝会上，唐肃宗改年号为乾元。

新朝新春新气象，正是这满目的新，惹得大臣们春心勃勃，写诗抒发。

“朝罢须裁五色诏，佩声归向凤池头。”贾至是中书舍人，为皇帝起草诏书的。朝会开过，重大事项要昭告天下，这就要贾至出力了。五色诏，也有典故的。说的是后赵（东晋十六国时期羯族首领石勒建立的政权）皇帝石虎。“石季龙（石虎）与皇后在观上，为诏书，五色纸，着凤口中。凤既衔诏，侍人放数百丈绯绳，辘轳回转，凤凰飞下，谓之凤诏。凤凰以木作之，五色漆画，脚皆用金。”后人便以“五色诏”代指诏书。实际上，唐代的诏书是用黄麻纸写的。

佩声归到凤池头。这句是呼应贾至的“剑佩声随玉墀步”。贾至是用佩声表示上朝，王维是用佩声表示退朝了。这里的“佩”到底指什么？指的是佩鱼袋。《新唐书·车服志》载，唐初，内外官五品以上，皆佩鱼符、鱼袋，以“明贵贱，应召命”。

身佩鱼袋的官员退朝后去向哪里呢？“佩声归到凤池头”。凤池头是唐朝中书省的美称。贾至呼吁的“两省僚友”，两省是指门下省和中书省，就在大明宫宣政殿左右，那都是宰相的办公厅。退朝不是回家休息，而是新工作的开始。国家大事将通过“两省僚友”发布到全国。这推行的力度，全在咱们使的劲儿。

真正是好诗啊！有事件，有气度，有精神面貌，有画面感。

只是，王维没想到，“安史之乱”摧毁了大唐的统治基础，整个社会遭到了一次空前浩劫，死伤无以计数，劳动力严重不足。国库空虚，家底被掏空。北面，安史余党形成藩镇割据，各自为政。西面，朝廷无力西顾，将大批兵力调往内地，使得西域与内地遭遇隔绝。唐王朝从此自盛而衰，一蹶不振。内忧外患，朝不保夕。

“安史之乱”不仅是唐朝的转折点，也是中华文明由开放转向保守的转折点，是我国历史上最大的一次“关门”。

再也没有出现过“万国衣冠拜冕旒”的场面。不久，王维的诗句就变成了“行到水穷处，坐看云起时”。

0/3

金步摇

菩萨蛮

菩萨蛮是一种曲调，用这个曲调所填的词很多很多，我们最熟悉的可能是这首：

> 小山重叠金明灭，鬓云欲度香腮雪。懒起画蛾眉，弄妆梳洗迟。照花前后镜，花面交相映。新帖绣罗襦，双双金鹧鸪。

古往今来，时有音乐人为这首词谱曲。前几年热播的古装剧《甄嬛传》，也用此曲贯穿全剧。而此“谱曲”，正说明原曲已消失，后人只是根据“词”的意境重新作了演绎。

那么，菩萨蛮这个曲调从何而来？又是“菩萨”又是“蛮”，曲名好奇怪。

《杜阳杂编》记载：“大中初，女蛮国贡双龙犀，有二龙，鳞鬣爪角悉备。明霞锦，云炼水香麻以为之也，光耀芬馥着人，五色相间，而美丽于中国之锦。其国人危髻金冠，璎珞被体，故谓之菩萨蛮。当时倡优遂制《菩萨蛮》曲，文士亦往往声其词。”

大中，是唐朝第十六位皇帝唐宣宗李忱的年号。自847年正月到860年十月共计十四年。大中初，女蛮国进贡“双龙犀”。双龙犀，应该是刻有双龙的犀角杯吧。两条龙的鳞片、鬣鬃、爪子、龙角皆栩栩如生。又进贡“明霞锦”。五彩斑斓光泽很好，且浓郁的香会自动附着到人身上。比我国的织锦漂亮。

明霞锦，后人注说是由水香麻炼制而织成。水香即佩兰，佩兰开的花就是我们熟悉的兰花。但《新唐书》分明写着其地“土宜菽、粟、稻、粱，蔗大若胫，无麻、麦”。他们那里不种麻，这“明霞锦”到底是啥后面会说到。

然后，要介绍女蛮国人了。“其国人危髻金冠，璎珞被体，故谓之菩萨蛮。”他们国家的人，梳着很高的发髻，戴金冠。全身挂满各种璎珞，一身披戴如同菩萨，所以叫这个“女蛮国”的人菩萨蛮，意思是“像菩萨的蛮国人”。

在当时（即大中初），长安娱乐界就发布了《菩萨蛮》曲子，一时风靡，文人雅士纷纷填词。

《菩萨蛮》不仅文人雅士喜欢，连皇帝也喜欢。唐宣宗李忱，史上“最精明的傻子皇帝”。装疯卖傻三十多年，一旦坐上龙椅，哗，换了个人。两个细节可看出他为何被后人誉为唐末最值得称道的皇帝。

一说唐宣宗酷爱读书，每次退朝后，他一定独坐在殿中读书。有时直至夜中烛将尽才停止，被宫中称为“老儒生”。二是说曾经有地方献来一支女子歌舞乐队，其中有位绝色美人被唐宣宗收入后宫，无比宠幸。一段时间之后，唐宣宗认为这样下去有可能会重蹈唐玄宗覆辙，于是想杀了这个美女。左右见他犹豫痛苦，上奏道：“可以将她放出宫。”唐宣宗答道：“放她回去，我就会想念她，不如赐她毒酒一杯。彻底断了我的念想。”唉，真爱如此恐怖。

这位美人来自地方上献来的一支女子歌舞团，是否女蛮国？不得而知。

唐宣宗喜欢歌舞，除了血液里有祖先唐玄宗的基因外，还有个人的小九九。众所周知，“安史之乱”后，唐王朝紧紧关上对西域的大门。玄宗时四方来朝、歌舞升平的盛况再也见不到了。有浓郁异域色彩的胡乐、胡舞、胡姬，也在大唐的世界里销声匿迹。

那时的西域，佛教盛行，而唐王朝对佛教也是大力扶持的，玄奘西天取经就发生在唐初。《大唐西域记》记载的就是玄奘途经西域各国，前去印度取佛经的故事。龙门石窟中艺术水平最高、整体设计最严密、规模最大的卢舍那大佛，建于唐高宗咸亨三年（672），据说是按照武则天的形象塑造的。唐朝初期、中期，佛教寺院林立，僧尼众多，典籍著述非常丰富。佛教已深入到百姓日常生活的方方面面。

到了唐武宗时期，情况发生逆转。唐武宗本人崇信道教，在财政极度吃紧的情况下，佛教界却一片安乐富足。寺院土地不必交税，僧侣免除赋役，越有钱越是搞土地兼并，唐武宗一怒之下终于展开了灭佛行动。

唐宣宗上台后，处处与侄儿唐武宗对着干。毕竟，装疯卖傻三十多年才存活下来不容易啊。宣宗宣布重建佛寺，重扬佛教。

面向西域的国门依旧不敢打开。可是，“安史之乱”过去八九十年了，佛教的种种，早已通过另外的渠道与长安发生联系，即西南边陲。

女蛮国，经专家们考证，即今日之缅甸。当时，大唐之西南陲是南诏国，南诏国之西有女蛮国，女蛮国再往西，有印度。

玄奘赴印度取经时，有两条道可走：一条是往西北，经西域众多小国，抵达印度；另一条是往西南，经南诏国、女蛮国等小国，抵达印度。后者路途也许更短，但山峦瘴气道路不明。当年汉武帝派遣张骞出使西域时，亦派遣一队人马走云南去往西域，但这队人马挣扎二十余年，还是以失败告终。所以玄奘最终选择了西北之路。

“安史之乱”后，佛教就是通过西南之路，重新渗透到大唐的。而大唐的首都长安，从宫廷到坊间最流行的乐舞，离不开佛教的因素。试想，敦煌壁画如果过滤掉佛教题材，将会留下什么？唐宣宗要恢复的，不仅是社会中兴后的歌舞升平，他最想要的，其实是人们向他描述的大唐盛世。

当他看到女蛮国献舞时，舞蹈场面流光溢彩，仙乐飘飘，梵音渺渺。舞随乐起，女蛮子们的长发用金冠高高束起，浑身散发香气，璎珞叮当，简直就是菩萨下凡。此“胡”非彼“胡”，但也的确是“胡”啊。

《菩萨蛮》是一个礼佛的舞蹈，又庄严又美艳，是佛界和俗世最完美的结合。既满足了唐宣宗个人的审美，又满足了他的报复之心，还满足了他的政治抱负。所以，他哪能不喜欢呢。

有一次，他让宰相令狐绹写些漂亮的《菩萨蛮》词让宫女演唱。令狐绹虽说也是大才子，但自知写这些香艳之词他写不过温庭筠，便托温庭筠代写，并且嘱咐他不要将此事告诉外人。那时温庭筠四十岁不到，科举屡遭失败，他写的《菩萨蛮》却得到了唐宣宗的高度赞赏。温庭筠长舒一口气，一得意，按捺不住将代笔之事捅了出去。为此，令狐绹大觉恼怒，从此疏远了温庭筠。

据说温庭筠当时代作《菩萨蛮》二十首，如今流传下来的只有十五首，其中就有“小山重叠金明灭”。

其实，唐宣宗继位后，首先想到的宰相人选并不是令狐绹，而是白居易。但下诏时，白居易已去世八个月了。可惜啊，如果白居易尚在，君臣俩两厢酬唱，哪用得着吩咐写词。

约四十年前，白居易写过《骠国乐》，那才是唐宣宗真正想要的吧？

骠国乐，骠国乐，出自大海西南角。
雍羌之子舒难陀，来献南音举正朔。
德宗立仗御紫庭，黈纩不塞为尔听。
玉螺一吹椎髻耸，铜鼓千击文身踊。
珠缨炫转星宿摇，花鬘斗薮龙蛇动。
曲终王子启圣人，臣父愿为唐外臣。
左右欢呼何翕习，皆尊德广之所及。
须臾百辟诣合门，俯伏拜表贺至尊。
伏见骠人献新乐，请书国史传子孙。
时有击壤老农父，暗测君心闲独语。
闻君政化甚圣明，欲感人心致太平。
感人在近不在远，太平由实非由声。
观身理国国可济，君如心兮民如体。
体生疾苦心憯凄，民得和平君恺悌。
贞元之民若未安，骠乐虽闻君不欢。
贞元之民苟无病，骠乐不来君亦圣。
骠乐骠乐徒喧喧，不如闻此刍荛言。

细心的人看出来了，前面说的是“女蛮国”，白居易先生写的是“骠国”，你不要搞错哦。

忘记交代了，明代研究唐诗的巨擘胡震亨，在其《唐音癸签》中说到，女蛮国就是古代的骠国，也就是今天的缅甸。

女蛮国真是骠国吗？不管是不是，反正，女蛮国所在的东南亚地区，其珠子我们都叫“骠珠”。

知道有“骠国”这回事，还是从梁慧那看到“骠珠”起。

骠珠，是古珠领域一个宽泛的概念。顾名思义，骠珠是骠人制作的珠子。骠人，根据梁志明等人主编的《东南亚古代史》，是中国西北古羌的一支，于战国末年进入滇西，公元前2世纪南迁进入缅甸。

而在骠人进入缅甸之前，盘踞这里的是孟人。孟人有佩戴珠子的习惯，制作珠子技艺精湛，骠人沿袭这一传统。他们以农业立本，擅长手工，精于商贸，持续繁荣长达千余年，直至九世纪灭于南诏。

骠珠材质以玛瑙、水晶、玉、黄金、琉璃为主，形状千变万化，工艺匪夷所思。其中最具代表性的有：

1. 工艺令人叫绝的黄金珠。曾经在好多年里，我对黄金珠不感兴趣，第一次刷新黄金珠概念，是陈继昌先生递过来一对黄金骠珠。小小两颗，做成蜻蜓眼形状。上下左右前后六个突出的尖角，全是宝螺形状，力度挺拔，细节丰富完美，令我惊呆了。又有一次，梁慧从曼谷回来，冷不丁拿出一条长长的黄金珠，里面各种珠子，镂空的、雕花的、小动物、小场景等等让我们大饱眼福。骠时期黄金珠的主要特点是厚实，用金扎实，根据使用者等级不同，纯度差别很大。

骠国黄金珠　作者自藏

2. 题材丰富的人工镶蚀珠。镶蚀珠发源于古印度，分三路传播出去：一路沿印度河走泛喜马拉雅地区，一路走美索不达米亚平原，一路下行走东南亚。骠珠里的人工镶蚀珠，与其他两个地区的初看很像，但懂的人却一眼能区别出来。对了，气质不一样。美索不达米亚平原的更细腻，东南亚的更硬朗。泛喜马拉雅的更趋向于至纯天珠工艺。骠珠的镶蚀花纹种类很多，是一种非常独特的审美。其中最具典型代表的人工镶蚀珠，是“黑白线条的圆珠”和“红地白线的管珠”。

骠国镶蚀珠　作者自藏

3. 萌翻的小动物件。有大象、狮子、老虎、青蛙、乌龟、鹦鹉、猪、狗、牛、鱼等等。梁慧热衷于收集这些小动物。兴致一来就喊："咱们来玩动物园吧。"随手拎起一个小动物，可把玩半天。

看过骠珠，任何人都会有个强烈的直觉：东南亚肯定有过一个相当厉害的古国。因为，珠子正因为小，才最反映一个社会的神经末梢。珠子精美，社会必是富裕发达到一定程度了。

为何骠珠如此兴盛？除了与宗教有关外，还有个重要因素：珠子是骠国的货币。据考证，缅甸一直到公元5世纪才开始使用银币。这之前，珠子这种既具价值又美丽还能串起来随身携带的小东西，作为流通媒介再合适不过了。

有人马上想到吴哥窟，同是东南亚的柬埔寨，吴哥窟的仙女，个个上身裸露，丰乳肥臀，腰肢纤细。戴着臂饰及项链，下身穿着饰带的长裙，赤脚带脚环，跳着诱人的舞蹈。是否就是女蛮国舞女的写照？

不不不，骠国比吴哥窟更早、更长久、更富裕、更强盛。

骠国的多种文化因子来源于印度。就说璎珞吧，印度神、印度贵族都是头戴宝冠、满身璎珞。就说人面鸟身的迦楼罗（我国往往翻译为大鹏金翅鸟）吧，其形象"肚脐以上如天王形，鹰嘴，露牙齿。头戴尖顶宝冠，双发披肩，身披璎珞天衣，手戴环钏，通身金色。肚脐以下是鹰的形象。身后两红翅向外展开，其尾下垂”。要知此印度神鸟具体模样，可参看泰国国徽。

这满身璎珞，可能与古印度的地质情况有关。印度半岛是有名的宝石产地。现印度、克什米尔、斯里兰卡、巴基斯坦都是宝石半宝石的著名产区。

正因为印度半岛是块宝地，历史上争夺者你来我往，印度半岛前后被雅利安人、大月氏人、蒙古人等所统治。统治者们将古印度变成了一个世界人种的大熔炉，同时，也使得古印度民族流动性很大。

流动性大的一个直接后果，就是习惯随身携带财富。宝石半宝石珠子，价值高而携带方便，坐上人们选择财富的第一把交椅。由此，璎珞出现。璎珞不仅是财富标志、流通货币，亦是身份标志。可想而知，在古代，一直有印度流亡贵族迁徙到东南亚，将各种款式的璎珞带到珠子遍地的骠国。

根据考古发现及古书记载，骠国强盛时，有18个属国，298个部落和9个城镇。都城是圆形砖城，周长160 里，有12座门。国人信奉佛教，国内有寺庙百多座。“王居以金银为甓，厨复银瓦，爨香木，堂饰明珠，以金为陧，舟楲皆饰金宝……王出以金绳床，远则乘象，嫔史数百人……戴金花冠，翠冒，络以杂珠。”王宫银瓦金壁，烧香木，殿堂饰以明珠。凳子是用黄金做的，船上也到处装饰着珠宝。骠王外出时，如果距离近，则坐金绳床由宫人抬着走，远则乘大象。

有妃嫔官员数百人随行。他们一个个或戴金花冠，翠羽帽，身上挂满各式珠子。

我国史书里的朱波、突罗朱、徒里掘等，指的都是骠国。《大唐西域记》中，则将其译为室利差罗。

骠人虽创制了自己的文字骠文，但印度梵文一直是通行语言。骠人也有信仰大乘佛教和印度教的，但小乘佛教影响最大，这从他们的衣着也可见一斑。骠人不穿丝绸，而穿一种“吉贝布”，原因是他们认为“丝出于蚕，为其伤生故也”，佛教不杀生。

吉贝布是用一种叫“吉贝”的草本植物之花提炼制作的布。粗的叫“贝”，细的叫“白氎”。吉贝到底是啥植物？武则天次子章怀太子注释道：“剽国有桐木，其花有白毛，取其毛淹绩缉织，以为布也。”原来是桐木。这样看来，前面所说女蛮国所献“明霞锦”，应该是用兰花与桐花提炼成丝，再纺织而成。

正因为信奉佛教，骠人大多“俗尚廉耻，人性和善。少言。”此风气在如今的东南亚各国仍能见到。

骠人能歌善舞，音乐舞蹈是他们日常生活的重要组成部分。这点，又与印度高度重合。试想，印度舞蹈中如果少了舞蹈者身上的璎珞，那就不是那个味了。在骠国舞蹈者身上，同一个道理。

反过来，璎珞的出现，又极大地促进了珠子工艺的进步。

骠珠的材质丰富、花样繁复，与璎珞这一形制有密不可分的关系。骠国乐人的璎珞到底什么模样？白居易《骠国乐》中说："珠缨炫转星宿摇。"舞者铿锵璇踏时，身上的珠子联成的璎珞也在飞舞，速度快得让人眼花目眩，仿佛天摇地动。这种舞蹈，在如今印度古装剧中还能看到一些影子。

白居易该诗，确有其事。唐贞元十七年（801），由南诏国推荐，骠国国王雍羌派王子舒难陀率乐队和舞蹈家，献其国乐至成都。引起极大反响。次年，来到长安。骠国王子带来的是一支庞大的歌舞团，仅伴奏的乐工就有35人，乐器多达22种，在长安演奏了12首乐曲，内容大多是佛教题材。歌舞团在长安演出时，深受宫廷和文士的喜爱。当时的皇帝是唐德宗，唐德宗授其国王以太常卿、舒难陀以太仆卿之号。许多诗人都赋诗以记，白居易便是其中之一。

这次骠国王子献乐，有多重目的。一是推荐人南诏国国王有小算盘。南诏叛唐归顺吐蕃数十年后，在唐德宗时期复又归唐，唐与南诏国在点苍山会盟。此后，唐朝与南诏国之间的关系复又密切起来。"异牟寻比（南诏国王）年献方物，天子礼之。"南诏国曾于754年进犯骠国，此后骠国一直畏惧南诏。此番献乐，南诏国推出大唐不熟悉的骠国乐，颇显诚意。二是骠王心中有小算盘。骠国受到南诏国的军事压力，想与大唐交好以改变被动局面。歌舞团一炮而红，骠国的政治意图基本得到了实现。南诏在唐政府团结力量一致对抗吐蕃的要求下，撤离了入驻骠国的军队。

骠国献乐后，与骠国接近的弥臣、昆仑等小国也跃跃欲试，开始与唐朝发生联系。是吧，马上联想到唐朝上流社会流行的一种面具叫“昆仑奴”。骠国乐器、乐曲、音乐对中国影响深远，骠国乐器凤首箜篌、鳄首筝等都传入中国，并常现于新疆石窟与敦煌壁画。

832年，政治形势又发生改变，骠国被南诏国所灭，骠人四处逃散，逐渐与缅族融合。此时，离骠国王子献乐已过去30年，而离女蛮国《菩萨蛮》流行于大唐还有15年。

是否四散的骠人中，有部分流落到了女蛮国，将歌舞装束带了过去?

不管怎么说，唐宣宗看到的菩萨蛮，其一身珠瓔与骠国女子雷同。《菩萨蛮》曲谱流行度如此之高，与《骠国乐》的铺垫不无关系。总之，有一点可以肯定，菩萨蛮满身披挂的瓔珞，大多由今日所称“骠珠”联制而成。

0/3

金步摇

黄金白璧买歌笑

李白的诗是疏肝气的。读一篇，相当于吃一把“逍遥丸”。有一句，能抵两把“逍遥丸”。何也?

“黄金白璧买歌笑，一醉累月轻王侯”，出自其《忆旧游寄谯郡元参军》。这首诗是李白写给他好朋友元演的。其时元演在安徽亳州做参军（军事参谋）。

这个句子很容易让人联想起“新丰美酒斗十千，咸阳游侠多少年。相逢意气为君饮，系马高楼垂柳边”“五陵年少金市东，银鞍白马度春风。落花踏尽游何处，笑入胡姬酒肆中”等，一一都是少年意气。

可此时，李白已经四五十岁。这个年纪还能“黄金白璧买歌笑”，这狂，也算狂到骨子里了。反过来看，用什么才能真正衬托出李白的狂傲？非“黄金白璧”不可。

李白的诗中，可不止这一处黄金白璧：

“片辞贵白璧，一诺轻黄金。”“黄金数百镒，白璧有几双。”“请以双白璧，买君双白鹇。”“一笑双白璧，再歌千黄金。”

大凡美人、美物、美酒、美意，李白都以“黄金白璧”来衡量、赞美、衬托、讴歌。李白爱黄金白璧，真是爱了一生啊。

这是李白独有的癖好吗？不，翻开唐诗，“黄金白璧”比比皆是。高适在《古大梁行》有：“白璧黄金万户侯，宝刀骏马填山丘。”那些持有白璧黄金、食封万户的侯爵，以及手持宝刀身跨骏马的战将，早已埋葬在了山丘之中。杨炯在《刘生》有：“白璧酬知己，黄金谢主人。”有白璧黄金真好啊，对知己的相识之趣、主人的知遇之恩，都能妥妥帖帖地表达。

这种表达方式仅限唐代吗？也不。比李白早出生近三百年的鲍照，在其《代放歌行》中写道：“岂伊白璧赐，将起黄金台。”

白璧赐，谁都知道是赏赐白璧的意思。但该词还有更深一层含义：比喻礼贤爱士。怎么来的呢？《史记·平原君虞卿列传》记道：“虞卿者，游说之士也。蹑屩檐簦说赵孝成王。一见，赐黄金百镒，白璧一双；再见，为赵上卿，故号为虞卿。”虞卿，本是个善于游说的有才之士。他脚穿草鞋，肩搭雨伞，远道而来游说赵孝成王。第一次拜见赵王，赵王便赐给他黄金百镒，白璧一对；第二次拜见赵王，就当上了赵国的上卿，所以称他为虞卿。

镒是古代的重量单位，合二十两（一说二十四两）。黄金百镒，按黄金克价人民币三百元计算（黄金的克价一直在波动的），约合人民币三千万元。一双白璧，估计价值相当。

不算不知道，一算吓一跳。战国的国君们出手可真大方啊。那时的“贤士”，贤得好有价值。

且慢，一双白璧三千万，还不算贵。战国时期最贵的璧大家都知道的，可换十五个城池，叫“和氏璧”。

记得学生时代读《完璧归赵》时，被故事紧张的节奏所吸引，完全没有注意到一块玉璧怎能换上十五座城池。估计大多数人没去留意这个问题吧？

值十五座城池的“和氏璧”到底长什么样？先来看看“璧”是啥。

璧，即圆形、扁平、中间有孔的玉器。考古发现，我国在新石器时代就有玉璧。最早是在红山文化（距今约5500年）发现的，其后，良渚文化（距今5300—4500年）、龙山文化（距今约4350—3950年）中也有出土。

新石器时代的玉璧，多光素无纹饰，器形比较简单。圆弧不规整，厚薄不均匀，材质也以地方玉为主。根据出土位置，考古人员判断玉璧应是缝缀或佩戴在神服神帽上，使用者均为身份等级较高的祭师或部落首领。即玉璧是祭祀或作法时用于通神的灵物。

到了商周，玉璧的使用范围有所扩大。托名于周公旦的

龙山文化玉璧　作者摄于台北故宫博物院

《周礼》，多次提到玉璧。最广为人知的是这句：“以玉作六器，以礼天地四方：以苍璧礼天，以黄琮礼地，以青圭礼东方，以赤璋礼南方，以白琥礼西方，以玄璜礼北方。”青色的玉璧，是用来祭天的。玉璧的祭祀功能用文字固定了下来。

但通过《周礼》，我们也看到玉璧的功能在扩大。比如代表身份：“以玉作六瑞，以等邦国：王执镇圭，公执桓圭，侯执信圭，伯执躬圭，子执谷璧，男执蒲璧。”以玉制作六种瑞物，以区别诸侯国的身份等级。其中子执谷璧（玉璧上有谷子发芽的小蝌蚪纹），男执蒲璧（玉璧上有蒲席纹样）。

有人问：子执谷璧，男执蒲璧。谷璧、蒲璧等级是否很低啊？非也！“子”是指子爵国。西周的子爵国有楚国、吴国、巴国等。因此《左传》称楚国之君为楚子、吴国之君为吴子。“男”是指男爵国，如许男、骊戎男等。

关于玉璧代表身份，《周礼》进一步说道：“璧羡度尺，好三寸，以为度；圭璧五寸，以祀日月星辰；璧琮九寸，诸侯以享天子。”璧的直径一尺，中间的孔径三寸，这是标准尺度。圭璧（一说将圭叠于璧上，一说玉璧上琢出一圭）直径五寸，用以祭祀日、月、星、辰。璧琮直径九寸，是诸侯朝见天子时用以进献天子的。

好，对玉璧有个大致了解后，我们说回和氏璧。

和氏璧的故事，是韩非子首先记载下来的。

楚国的和氏在楚山中得到一块未经雕琢的璞玉，拿去献给楚国国君厉王。厉王叫玉匠鉴别。玉匠说：“这是一块普通的石头呀。”厉王认为和氏是个骗子，把他左脚砍掉了。

楚厉王死后，武王继位。和氏又捧着那块璞玉献给武王。武王又叫玉匠鉴定。玉匠又说：“这是一块普通的石头呀。”武王也认为和氏是个骗子，又把他右脚砍掉了。

武王死了以后，文王继位。和氏抱着璞玉在楚山脚下痛哭。哭了三天三夜，眼泪流干了，连血也哭出来了。文王听到这事，便派人去问和氏，说：“天下被砍掉双脚的人多得很，为什么唯独你哭得这样伤心呢？”和氏答道：“我并不是伤心自己的脚被砍掉，我悲痛的是宝玉竟被说成普通石头，忠诚的好人被当成骗子，这才是我最伤心的原因啊。”

文王便叫玉匠琢磨加工这块璞玉，果然发现是一块稀世宝玉，于是把它命名为“和氏之璧”。（原文见《韩非子·和氏》）

先来看楚人和氏是何时发现玉璞的。

楚厉王在位是在公元前758—前741年；楚武王在位是公元前740—前690年，长达50年之久；楚文王在位是公元前689—前677年。如果和氏献玉是真事，即使他10岁就去宫中献玉，那么，第三次献玉时起码已经60多岁。被砍了双脚、哭瞎了眼，还能活这么久，也真是罕事。

而记载此事的韩非子，生活年代约在公元前280—前233年。也就是说，此事离他起码400多年。

韩非子记载中，献玉人是“和氏”，没有具体说叫卞和。而后世一直说和氏叫卞和。这个说法，最初来源是哪里？查了很多资料，所见最早为西晋傅咸的《玉赋》：“当其潜光荆野，抱璞未理，众视之以为石，独见知于卞子。”

和氏，卞子，于是有了“卞和”。

如果真是卞和献的玉，那么应该叫“卞氏璧”，为何又是“和氏璧”呢？有两个原因：

原因之一，根据故事的源头，即韩非子只说“和氏”而没有说“卞和”，称“和氏璧”顺理成章。

原因之二，要认识一下“姓氏”为何。我们现在将“姓氏”理解为“姓”了，实际上把“氏”给丢了。而在古代，“姓”代表有共同血缘关系的一个种族，暗藏着母系社会的痕迹。有无血缘关系，看母亲一目了然，父亲方面就无法这么直接知晓。所以古老的姓一般都是“女”字旁，例如姬、姜、妫、嬴、姒等等。

而“氏”，代表的不是血缘，而是身份。大致有几种：

一是以祖先的封地名为氏，如齐、鲁、秦、卫等。

二是以自己的职业为氏，如索、陶、巫等。

三是以祖先的谥号为氏，如文、武、景、庄等。

四是以祖先的职位为氏，如司马、司徒、太史等。

比如楚国的国君是芈姓熊氏。最终接受和氏献玉的楚文王熊赀，实际是芈姓，熊氏，名赀。芈姓是上古五帝之一颛臾的后代，楚国贵族一直强调芈姓，是为了表明其血统的高贵。西周刚创立时，周成王感念鬻熊（他是周文王的火师，即祭祀时持火之人）侍奉周文王的功劳，封鬻熊的曾孙熊绎为子爵，楚国始建。所以，熊是芈姓的一个分支。

熊氏随着楚国的壮大，又不断派生出其他“氏”。比如屈原的“屈”。屈氏来自楚武王这个分支。就是卞和第二次献玉的那个在位50年的楚武王。楚武王有个儿子熊瑕封地在屈（今湖北秭归），后来熊瑕的子孙就以屈为氏了。屈原正是这一支的后代。

这样一梳理，如果是“卞和”献玉，而又称“和氏璧”，那只有一种解释：此人卞姓，和氏，名？名字没有留下来。

总之，通过韩非子说的这个故事，和氏璧身价倍增。它不但是块材质绝佳的玉璧，还附增了非物质价值：识宝，识贤士。

韩非子之后，接着写和氏璧的是司马迁。在《史记·廉颇蔺相如列传》中，记载了“完璧归赵”的故事。

楚国国君得到和氏璧400多年后，和氏璧不知怎么到了赵国赵惠文王手上。对了，本文开头说的那个赏赐贤士“黄金百镒，白璧一双”的赵王，是赵孝成王，即赵惠文王的儿子。

关于和氏璧怎么从楚国去到赵国，有两种说法。经我们分析，这两种说法都站不住脚。

一种说法是楚国向赵国求婚，和氏璧作为聘礼送到赵国。是吗？楚国确实经常与别国联姻。大国如齐、鲁、秦、晋，中等国如卫、越、魏、郑，小国如蔡、邓、巴、卢、江、郧。但翻遍史书，没见楚国在持有和氏璧期间，娶过赵国公主。

另一种说法是楚威王时，昭阳伐魏有功，楚威王将和氏璧赐给了他。这前提就错了，楚国将军昭阳伐魏是在楚怀王六年（前323）。昭阳伐魏有功，楚怀王赏赐的宝贝不是和氏璧，而是“错金鄂君启节”。即青铜铸造的免税符节。错金的，金碧辉映。持有此节只需向中央政府纳税，而不需向关卡交税。此节于1957年在安徽寿县出土，现藏中国国家博

战国　楚“鄂君启”错金青铜节
作者摄于中国国家博物馆

物馆。

又说是昭阳灭越有功，楚王将和氏璧赏赐给昭阳。事实上，不管是公元前333年楚越交锋还是前306年楚灭越，史书上都没提到昭阳之名，赏赐和氏璧更是子虚乌有。

没有赏赐之事，那后面的昭阳游宴宾客，席间众人赏璧，然后不见和氏璧，有人怀疑是张仪所盗，50余年后此璧出现在赵国集市、被买入宫中等等，就是后人附会了。

有人要说了，《史记·张仪列传》确实说到玉璧了啊：

> 尝从楚相饮，已而楚相亡璧，门下意张仪，曰:“仪贫无行，必此盗相君之璧。”共执张仪，掠笞数百，不服，释之。其妻曰:“嘻！子毋读书游说，安得此辱乎?”张仪谓其妻曰:“视吾舌尚在不?”其妻笑曰:“舌在也。”仪曰:“足矣。”

张仪担任秦国国相是在秦惠文君十年（前328），而在楚国受辱肯定在此之前。楚威王于公元前329年去世，在位11年。再前面是楚宣王，在位30年。所以张仪受辱应在楚威王期间或楚宣王后期。

而如前所述，昭阳伐魏有功被赏赐是在楚怀王六年（前323），这时，张仪已经代表秦国，与齐、楚、魏等国的大臣会于啮桑（魏地，今江苏沛县西南），是其大展宏图的年代了。

所以说，“楚相亡璧”可能确有其事，张仪被当作嫌疑犯而受鞭打也确有其事，这也是张仪记恨楚国的事件之一。但此璧非和氏璧也。

从中也可以看出，战国期间，玉璧是将相家中的必备之品。必备，亦非常珍贵。像张仪这样身份的，如果偷了玉璧，受到的惩罚是“掠笞数百”。

回到《史记·廉颇蔺相如列传》。“赵惠文王时，得楚和氏璧。”你看，没交代怎么得的。虽然我们不知道和氏璧如何到了赵惠文王手上，但这件事在圈子里引起的轰动不小。很快，秦昭襄王就知道了。

秦昭襄王，就是宣太后芈八子的儿子。前几年热播的古装电视剧《芈月传》(芈月的历史原型即宣太后)中，出现了和氏璧。怎么演绎的呢？说大王(秦昭襄王之父)来看望床榻上的芈月，他告诉芈月，和氏璧眼下已出现在咸阳。芈月是楚国公主，当然知道和氏璧的宝贵。因有“得玉者得天下”的传言，大人物们纷纷竞价。张仪因早年和氏璧被盗一事受过屈辱，请芈月帮忙周旋，欲买下和氏璧，借以找出当年盗玉的真凶。王后更是破釜沉舟与芈月竞价到底。双方争执不下时，大王旨意将和氏璧带回宫中，说好一日摆放在芈月处，另一日摆放在王后处。不料，众嫔妃齐赏和氏璧时，匣子却无法打开。大王提议，谁能解开匣子上的机关，和氏璧就归谁。最终，当然是聪明的芈月打开了机关。

这一打开，观众们可不干了。传说中的稀世珍宝和氏璧，怎么像加了荧光粉的大卷厕纸？像巨无霸版的薄荷糖？像砂轮？像奶油蛋糕？像双面胶？

电视只是戏说嘛，何必当真。

这个情节完全是虚构的。按照《史记·廉颇蔺相如列传》记载，和氏璧第一次出现在秦国时，秦昭襄王起码30岁啦。秦昭襄王的父亲则根本没看到过和氏璧。因为赵惠文王是公元前299年继位的，继位时才10岁。那时秦昭襄王已经25岁。赵惠文王总要过几年，才能像《史记》描述的那样与廉颇及大臣们商量事情吧。那么“完璧归赵”时，秦昭襄王起码30岁。

“完璧归赵”这个故事呢，也就当作故事听听。要是理解成有个机智的臣子就能护住稀世国宝，那就大错特错了。古今中外，谁国力强，谁自取东西。

你看，和氏璧再一次露面，已经是秦国的宝贝了。甚至无需交代怎么由赵国去了秦国的。主动送过去的？暗示索要的？作为交换条件呈送的？作为战利品收缴的？均没交代。

47年后，即秦王政十年（前237），李斯在上《谏逐客书》中提到：“今陛下致昆山之玉，有随、和之宝……”“随、和之宝”，指的就是“随侯珠”“和氏璧”，是当时闻名天下的两件宝贝。

再往后，和氏璧就不见记载了。所谓“秦始皇将和氏璧制成方四寸的玺”，不过是后人附会罢。璧是扁圆的，玺四方立体的。璧中间有孔，而玺是实心的。实在不好改造。

和氏璧消失在战国烟尘中，但玉璧作为“祭祀”“爱才”和“高贵身份标识”流传了下来。

《史记·滑稽列传》记载，齐威王八年（前349），楚国对齐国大举进攻。齐王派淳于髡到赵国去请救兵，带上赠送的礼品是黄金百斤、车马十套。淳于髡仰天大笑，笑得系在冠上的带子全都断了。

齐王问：“先生嫌它少吗？”淳于髡说：“怎么敢呢？”齐

王说："那你的笑什么意思？"淳于髡说："刚才臣子从东方来，看见大路旁有祭祈农事消灾的，拿着一只猪蹄，一盂酒，祷告说：'易旱的高地粮食装满笼，易涝的低洼田粮食装满车，五谷茂盛丰收，多得装满了家。'臣子见他所拿的祭品少而想要得到的多，所以在笑他呢。"

于是齐威王就将赠礼增加到黄金千镒，白璧十双，车马一百套。淳于髡辞别动身，到了赵国，赵王给他精兵十万，战车一千乘。楚国听到消息，连夜撤兵离去。

齐威王八年，赵国还是侯国。国君赵敬侯，即赵武灵王的曾爷爷。齐王去赵国搬救兵，原先准备的只有黄金百斤、车马十套，后来才增加至黄金千镒、白璧十双。这就对了嘛，赵家人喜欢玉璧。

《战国策》如何提到玉璧的呢？我们再围绕赵家来看。

苏秦以连横说秦："于是乃摩燕乌集阙，见说赵王于华屋之下，抵掌而谈，赵王大悦，封为武安君。受相印，革车百乘，锦绣千纯，白璧百双，黄金万溢，以随其后，约从散横以抑强秦，故苏秦相于赵而关不通。"于是，（苏秦）就登上名为"燕乌集"的宫阙，在宫殿之下谒见并游说赵王，拍着手掌侃侃而谈。赵王大喜，封苏秦为武安君。拜受相印，以兵车一百辆、锦绣一千匹、白璧一百对、黄金一万镒跟在他的后面，用来联合六国，瓦解连横，抑制强秦。所以苏秦在赵国为相，而函谷关交通断绝。

此赵王，即拥有和氏璧的赵惠文王。大手笔啊，给苏秦配备兵车、锦绣外，活动经费一拨就是“白璧百双，黄金万溢”。白璧一百对，黄金折合人民币约30亿。天哪！赵国很富啊。赵惠文王的爹是赵武灵王。赵武灵王继位时，赵国尚是侯国，赵武灵王大刀阔斧改革，“胡服骑射”名震天下，效果不凡，大大提升了国力。前323年，赵武灵王继位第三年，“五国相王”，赵侯终于称王了。

回头再对比一下赵惠文王的儿子赵孝成王，赏赐给穿草鞋戴斗笠的虞卿“黄金百镒，白璧一双”，可见赵国是衰落了。

哎，突然发现黄金与白璧不但是好搭档，配比也有定数。黄金百镒配白璧一双，黄金千镒配白璧十双，黄金万溢配白璧百双。

好，让我们再往前走。

战国群雄走马灯似的纷纷掠过，秦始皇统一中国仅历二世，历史又迎来一个伟大时代——汉。

西汉尚未登场，玉璧率先亮相。

鸿门宴想必大家都知道。刘邦赴这场凶险的鸿门宴，是提着脑袋的。惶惶然选的礼物是什么呢？“我持白璧一双，欲献项王，玉斗一双，欲与亚父。”送给项羽的是一对白玉璧，给范增的是一对玉杯。可见在秦到汉过渡时期，玉璧作为最高礼遇保留了下来。

考古证明，到了西汉，玉璧更是走上历史高峰。其选料之精美、工艺之讲究、纹饰之丰富、使用范围之广泛、数量之众多，堪称无出其右。

西汉的玉璧太多了，我们只能挑选一个角度来看。看谁呢？汉武帝吧。

元狩四年（前119），这一年，汉武帝38岁，发动对匈奴的大规模反击。可打仗打的是钱啊。自元光六年（前129）汉武帝果断任命卫青为车骑将军迎击匈奴以来，十年过去了，国库里的钱越打越少。现在全面开战，第一个要解决的就是钱。

汉武帝脑子管用，身边的人脑子肯定也够使。除了“推恩令”“盐铁官营”等从诸侯王、富商大贾们手里夺钱外，他脑子一转，又一个新鲜花样出来了：白鹿加璧。

西汉　谷纹玉璧　作者摄于中国国家博物馆

啥意思？当时王侯们到中央朝觐须进贡玉璧。于是汉武帝规定，玉璧必须放在特制的白鹿皮上上贡。这白鹿皮呢，必须一尺见方，四周装饰花纹。

白鹿是世间罕见的动物，古时以白鹿为祥瑞。但白鹿特别稀少，王侯们到哪里去弄白鹿皮子呢？这不，汉武帝在窃笑。他的皇家林园“上林苑”里有。王侯们想要白鹿皮，必须得去汉武帝那里买，一张白鹿皮四十万钱。

大司农（财政官员）颜异劝谏道：“今王侯朝贺以苍璧，直数千，而其皮荐反四十万，本末不相称。”上贡的青色玉璧，值几千，而包璧的鹿皮反而要四十万，这不是本末倒置吗？汉武帝不悦，后颜异被诛。汉武帝不是不明其理，他就是想方设法要从王侯手里抢钱而已。

就在这年冬天，有官员上言：“县官用度空虚，富商大贾钱财垒万，不助国家之急，请更改钱币，以适赡用，以摧毁兼并之徒。”这是要进行币制改革。大家都知道，凡是币制改革，都是社会财富的重新分配。

这招更狠，汉武帝干脆收缴了地方的铸币权。由中央统一铸造发行五铢钱，增加了国家财政收入，实现了经济上的大一统。

五铢钱的形制为玉璧形，外圆内方，象征着天地乾坤。五铢钱的发行无疑是成功的。从汉元狩五年（前118）开始铸造流通，至唐武德四年（621）废止，历经700多年，是中国

东汉　陶五铢钱范　作者摄于首都博物馆

钱币史上使用时间最长的金属货币。

十年后，汉武帝元封二年（前109），《资治通鉴》记载：

初，河决瓠子，后二十余岁不复塞，梁、楚之地尤被其害。是岁，上使汲仁、郭昌二卿发卒数万人塞瓠子河决。天子自泰山还，自临决河，沉白马、玉璧于河，令群臣、从官自将军以下皆负薪，卒填决河。筑宫其上，名曰宣防宫。导河北行二渠，复禹旧迹，而梁、楚之地复宁，无水灾。

起初，黄河瓠子（今濮阳西南）决口，洪水向东南冲入巨野泽，泛入泗水、淮水，淹及十六郡，灾情严重。二十多年来这一决口都没有堵上。这一年，汉武帝从泰山回长安途中，亲自到黄河决口处视察，决心解决这一问题。先是祭河，命令将白马、玉璧沉入河中。然后让随驾群臣和随从官员中，自将军以下的，一律背负柴薪，终于将决口堵住。

天子治理黄河决堤，首先祭河，用什么表达虔诚之心——请出玉璧。

当然，汉武帝也以玉璧礼人。《汉书·武帝纪》有记："遣使者安车蒲轮，束帛加璧，征鲁申公"。汉武帝"罢黜百家，独尊儒术"，封赵绾为御史大夫、王臧为郎中令。赵王二人向武帝推荐他们的老师申公，汉武帝就派出可以坐乘（西汉初期的车一般为站立着乘车）的小车，以蒲裹轮以使安稳，带上捆为一束束的丝织品（五匹一束），再加上玉璧，去请年已八旬的鲁申公。

看来汉武帝的方方面面，都与玉璧有关。

而到了西汉后期，玉璧在君臣关系中起到很重要的标识作用：

玉璧（中心孔径小于边宽），用于贵族朝聘，庙堂祭祀，丧葬礼仪等。

玉瑗（中心孔径大于边宽），主要用以召人。天子召见诸侯，诸侯召见卿大夫或士的时候，都要命人拿着玉瑗，以为信物。

玉环（中心孔径等于边宽），主要用以君免臣罪，许回复任。

玉玦（周边有一个缺口），则表示君臣关系已经断绝，返回无望。

汉武帝治理黄河决堤时投下的玉璧，至今无人发现。但有块同样用途的玉璧，成了一场展览的明星。

2018年，浙江省博物馆年度大展“越地宝藏——一百件文物讲述浙江故事”在西湖美术馆与观众见面。此次展览汇聚了全省39家文博机构的百件（组）文物，其中有件“投龙

南宋　投龙玉璧　作者摄于浙江省博物馆

玉璧”引起了大家极大的兴趣。

投龙玉璧出土于黄岩一南宋墓。墓主人赵伯澐，系宋太祖赵匡胤七世孙。北宋亡时，其父赵子英逃来南方，在台州黄岩落脚居住。赵伯澐是赵子英的第六个儿子。绍兴二十五年（1155）生，嘉定九年（1216）卒，与陆游是同时代人。

赵伯澐作为皇族后代，有着当时北宋上层社会共同的爱好：收藏古物。李清照在北宋亡后逃难时，就带了好几车的收藏品。

赵伯澐的收藏品“投龙玉璧”，材质为和田玉，外径75毫米，孔径26毫米，厚7毫米。其珍贵之处，在于上面的题字。小小玉璧上，共题有49字：

> 大唐皇帝 昪 谨于东都内庭 修金箓道场 设醮谢土上仰玄泽 修斋事毕 谨以金龙玉璧 投诣西山洞府 升元四年十月 日 告闻

大致意思是：大唐皇帝李昪，恭敬地在东都皇宫的宫禁以内，修了金箓道场（奉天帝诏书的大规模诵经礼拜仪式），设醮（设立道场祈福消灾）感谢苍天所赐之大唐国土，拜谢天帝恩泽。仪式结束，谨以金龙和玉璧，投到西山的洞府之中。升元四年（940）十月，向您祈告。

哎？有人迷糊了：大唐没有一位叫“李昪”的皇帝啊。

这玉璧是假的吧？

玉璧是真的。且听我们道来。

大唐亡，接下来是极其混乱的五代十国。五代十国中有个吴国，在南方势力较大。吴国的奠基人叫杨行密，史称“吴太祖”。杨行密攻打濠州时，发现有个小男孩勇敢聪慧，很喜欢，便将其收为养子。可能是宠爱太过，激起了杨行密亲生儿子们的反感，这养子家里留不住，杨行密只得交给部将徐温抚养，男孩便被取名叫徐知诰。

男孩一路长大，果然有出息。从升州刺史、润州团练使一直到掌控吴国朝政，封齐王。终于在937年（天祚三年）称帝，国号齐。939年（升元三年），徐知诰恢复李姓，改名为昪，自称是唐宪宗之子建王李恪的四世孙，于是又改国号为唐，史称南唐。

哦，有人恍然大悟：那就是写“春花秋月何时了”的大词人南唐李煜的祖上？对的。李昪是李煜的爷爷。

李昪应该说是南唐的好皇帝。他在位期间，勤于政事，变法更新。又与邻国吴越国和解，和吴越国国王钱镠、钱元瓘一样，奉行“保境安民，与民休息”的国策。正因为他的休养生息，国力日渐强盛，才有儿子李璟、孙子李煜的富丽绮迷生活。

投龙玉璧，其实是金龙+玉璧。玉璧上的题字亦有“谨以金龙玉璧　投诣西山洞府”之句。“金龙”和“玉璧”到底什么关系呢？

古代帝王们在举行大规模祭祀活动时，要乞求天官、地官、水官这“三官”，天官赐福，地官赦罪，水官解厄。怎么乞求呢？把写有祈愿文的简，投向三官。山简投于高山之中，土简埋于地里，水简投于潭洞水府。这三简就叫“投龙简”。

李昪的金龙玉璧，无疑是投给上天的。升元四年（940），是李昪改国号为“唐”后的第二年。他感谢上天赐予大唐国土。其简文，直接刻在玉璧上。文字分三圈，由外沿开始按顺时针竖向排列。南唐虽然偏安江南，但一直宣称自己是大唐正统，所以李昪以“大唐皇帝”自称。不过，毕竟是向上天祈祷，其“昪”字明显小一号，是自谦的一种表示吧。

而金龙可以飞天，能腾云驾雾将其“快递”到天官那里。

北宋　金龙　作者摄于浙江省博物馆

所以应该有一条金龙与其配套。可惜，那条金龙已不知所终。关于金龙，无独有偶，浙江台州的括苍山括苍洞，是全国道教第十洞天，那里曾发现过一组宋真宗所赐的金龙白璧。金龙昂首挺胸作御风前行状，至今闪闪发光。金龙的形状，可参考北宋时期杭州地方官投入西湖祈雨的金龙。

从李昪到赵伯澐，其间有200多年的时间。玉璧于何时、何处被何人发现，均已不得而知。总之，在宋代盛大的收藏热中，这块玉璧辗转到了赵家，成了赵伯澐的心头所好。赵伯澐给它配了个玉管，用青绿色丝带串起，绳端还精巧地编织成葫芦状的穗子，随身携带。可见其珍惜之意。

也难怪，这一枚玉璧，不仅仅是一块玉，它负载的信息价值远远超过其材质的价值。对于赵伯澐来说，首先，它指向南唐国主。南唐的风物繁华，李璟、李煜父子俩的诗书佳话，在北宋已经是神话一样的存在。其次，它指向投龙简。历朝历代，帝王向上天的祷告，均是国家最高礼仪。再次，它指向玉璧。玉璧是最高礼遇，是爱才招才，也是圆满、团圆、圆梦、圆通、破镜重圆、花好月圆……

可能正因这枚玉璧，让赵伯澐兴起收藏玉璧之心。与“投龙玉璧”同时出土的，还有一块水晶璧。不论大小、形制都与这块投龙玉璧相似。另外，还有一块单面刻有螭龙纹的璧，出土时受水浸润，像一团泡软的胶墨，估计是香料粉末压成的“合香璧”。

让我们回到现实生活中来。现代生活中有没有玉璧这回事呢?

有的。起码有二:

一是在我们的国徽上。1950年，以林徽因为代表的设计组，设计的中华人民共和国国徽，其主体就是一个玉璧。玉璧玉性温和，象征和平。大孔的玉璧称“瑗”。《荀子·大略》曰:“召人以瑗。”以瑗召全国人民，象征统一。

二是2008年北京奥运会的奖牌“金镶玉璧”。奖牌直径为70毫米，厚6毫米。正面是奥运会统一的图案，即插上翅膀站立的希腊胜利女神和希腊潘纳辛纳科竞技场。背面是金镶玉。玉为玉璧造型。玉料是新疆昆仑玉。金牌是白玉，银牌是青白玉，铜牌是青玉。

为何不用传统的和田玉呢?一来是因为和田玉价格太高，二来是因为每一块和田玉都不同，难以做到色泽统一、品质均匀。而昆仑玉储量丰富，正能符合要求。“金镶玉璧”奖牌极富中国特色。不仅将我国传统玉文化传递给了国际，而且也在国内大大普及了玉璧知识。

权杖的神威何在?

大凡看过金庸武侠小说的，都对一样东西印象深刻。何也？打狗棒！

打狗棒是金庸爱用的兵器名称，其质地柔韧，棒身绿莹，比单剑约长一尺，为丐帮历任帮主的信物，又名“绿玉杖”。

金庸的多部小说中，都有打狗棒的出现。在乔峰、洪七公、黄蓉等几位手中，打狗棒法出神入化，变化精微，招招奇绝。如《射雕英雄传》中出现的招数有：“棒打狗头”“反截狗臀”“獒口夺杖”“压肩狗背”“拨狗朝天”等。《神雕侠侣》又出现“棒打双犬”“天下无狗”等。丐帮每逢危难关头，帮主携打狗棒出现，无往而不胜。所以，打狗棒不是一根普通的棍子，而是丐帮帮主代代传承的器物，是江湖上一个巨大帮派的最高权力象征。

而到了另一位武侠小说作者梁羽生那里，打狗棒叫的是雅名：绿玉杖。且作者给了它出身。作者交代：相传，在中印交界的大吉岭中，有一种“绿玉竹”，产量极少，长到一定竹龄后，坚逾钢铁，可御刀剑。一个天竺僧人送给完颜长之一根绿玉竹杖，完颜长之本是天下数一数二的点穴名家，得了这根绿玉杖更是如虎添翼。从此，绿玉杖成了金国完颜长之一族的传家之宝。（见梁羽生《飞凤潜龙》）

这来历的交代，高明不高明？而且，还跟“绿玉杖”这名儿本身接上了渊源。

李白在《庐山谣寄卢侍御虚舟》中说：“我本楚狂人，凤歌笑孔丘。手持绿玉杖，朝别黄鹤楼。”对“绿玉杖”，向来的解释，是指仙人的拐杖。到了宋代，“绿玉杖”沿袭的还是这个意思。比如陆游《书怀》诗：“翠裘绿玉杖，白日凌青天。”黎廷瑞《水调歌头（寄奥屯竹庵察副留金陵约游扬州不果）》词：“紫绮冠，绿玉杖，黑貂裘。沧波万里，浩荡踪迹寄浮鸥。”甚至到清代，钱泳有名句：“携我绿玉杖，着我游春屐。”

一根仙人的拐杖，即使名字沦为“打狗棒”，亦能不失威武。江湖上各流各派一旦得见，莫不敬畏有加。这当中，必有隐含的文化因子。

是的。绿玉杖，其出身源于权杖。

权杖，很多人一拍脑门：明白了。即使现如今，全世界最高端的钻石珠宝，也大多镶嵌在欧洲各王室那些皇冠和权杖上。权杖作为君权神授的神圣器物，是向民众炫示权力的最高来源。为表述这种高贵的品质，权杖必须镶以最名贵的宝石。

权杖的种类有很多。以古埃及为例，根据其渊源大致可分为：

1. 形状如弯钩的权杖。原为牧人的工具。众生是羔羊，上帝是牧羊人。此权杖产生于游牧时代。

2. 连枷形权杖。原为农夫打谷子的工具。进入到农耕时代，谷子的收成是保障一个群落的生死存亡之关键。与前一种权杖常常一起配对出现。除了国王使用外，神祇也用。

3. 瓦斯权杖。直杆，顶部有一个出头钩，像鸟头；底端分叉，像鱼叉。这种权杖可能是将上埃及的高山雄鹰与下埃及的尼罗河平原渔业相结合。瓦斯权杖国王和神祇共用。

4. 塞克赫姆权杖，又称砖刀权杖。其来源可能与人类开始定居，建筑业成为必需品有关。

5. 权标。权标指权杖顶部有个球状物。起源于捶打武器。在浮雕、壁画中，往往出现国王使用权标打击敌人的形象。使用者不是国王就是部落首领。后来成为王权的象征和仪式性用具。

6. 花杖。花杖是女神的特殊权杖。开花结果，寓意万物丰盛、子孙绵延。

7. 德秋权杖。人体脊柱是古埃及的一个重要符号，把脊柱符号与瓦斯权杖结合，就是“德秋权杖”，代表着社会秩序和社会稳定。

总之，权杖是人类社会发展的一个缩影，是各个历史发展时期权力的高度浓缩符号。

一、夸父诞宏志，乃与日竞走

在我国，家喻户晓的上古神话故事中，有一则叫“夸父逐日”，来自《山海经·海外北经》。原文道：“夸父与日逐走，入日。渴欲得饮，饮于河渭，河渭不足，北饮大泽。未至，道渴而死。弃其杖，化为邓林。”

第一次读到，血脉偾张。37个字，写尽河山落日，后世再也出不了这样的文字。

这个故事说的是，有个叫夸父的人，与太阳赛跑。追上太阳后，口干的不得了，去找水喝，来到了黄河、渭河边。他饮干了黄河、渭河，还是不解渴，又北上去找大湖。就在奔往大湖的路上，渴死了。他的手杖，化成了邓林。

夸父是一个为了满足夸张情绪而想象出来的人物吗？非也。同是《山海经》，夸父也出现在了另外的场合。更离奇的是，同是《山海经》，明明说夸父是“渴死的”，又说夸父是“被应龙杀死的”。应龙是谁？黄帝的部下。也就是说，夸父是被黄帝所灭。

《山海经·大荒北经》说：“大荒之中，有山名曰成都载天。有人珥两黄蛇，把两黄蛇，名曰夸父。后土生信，信生夸父。夸父不量力，欲追日景，逮之于禺谷。”

夸父“珥两黄蛇，把两黄蛇”，应是部落大祭师。在黄帝时代，大祭师亦是部落首领。夸父死时“弃其杖”，这个杖，不仅是手杖，还是权杖。所以说，夸父逐日，不是他一个人，而是带领整个部落一起往西走。

夸父为何要带领部落往西走呢？

《山海经·大荒北经》记载了缘由：“蚩尤作兵伐黄帝。黄帝乃令应龙攻之冀州之野。应龙畜水。蚩尤请风伯雨师纵大风雨。黄帝乃下天女曰魃，雨止，遂杀蚩尤。”

蚩尤，是牛图腾和鸟图腾氏族的首领，势力范围在今河南、山东、河北交界处。黄帝来抢地盘，蚩尤打他，黄帝就命令部下应龙去攻占蚩尤的河北冀州。应龙采取什么法子攻冀州呢？蓄水！即截断水源。蚩尤部落缺水，请出祭师“风伯雨师”呼风唤雨。黄帝则请出天女魃，魃是旱神，所过之处“赤地千里，滴水全无”。所以雨马上停了。如此，蚩尤败，被杀。可见，蚩尤部落也是被“渴死”的。

《山海经·大荒北经》继续写道：“（夸父）将饮河而不足也，将走大泽，未至，死于此。应龙已杀蚩尤，又杀夸父，乃去南方处之，故南方多雨。”

夸父是响应蚩尤的号召前去攻打黄帝的。应龙截断水源，杀死蚩尤后，又“渴死”夸父，杀了夸父。《山海经》说的夸父的两种死法，其实是同一回事。

夸父一死，弃其杖，交出了部落统治权。他的部落就被黄帝重新安排了，变成“邓林”。这个“邓林”，后人一直解释为桃林。根据《黄帝出军决》，西王母“遣使授符”帮助黄帝打败了蚩尤。这夸父的残余部落，黄帝是否就给了西王母？王母娘娘有名的蟠桃园不就是桃林嘛。

神话讲完了，故事却未结束。5000多年后，居然有人说看到了蚩尤与黄帝这一仗的实景图。

先来看一件古埃及文物：纳尔迈调色板。又叫“蝎子王”调色板。

蝎子王，是指古埃及纳尔迈国王。希腊人叫他美尼斯。

约公元前3100年　纳尔迈调色板　埃及国家博物馆藏

蝎子王统一上下埃及，开创了古埃及的第一王朝。这件调色板是用来准备宗教仪式化妆用的，是个象征物，并不具有实际功用。

厉害的是上面的浅浮雕图案。它以生动的场景表现了国王的力量以及他征服任何对手的能力。蝎子王头戴上埃及白色高长王冠，左手狠抓着跪伏在地的敌人之头发，右手高举着权杖，砸向敌人的头颅。在蝎子王脚下，两个敌人正在拼命地慌乱逃跑。另一面，蝎子王头戴下埃及红色王冠，正在巡视两行被砍下首级的敌人尸首。

考古学家推断，这件调色板距今已有5100多年。有英国历史学家提出一个震撼世人的观点，他认为蝎子王调色板描绘的是黄帝与蚩尤的“涿鹿之战”，手举权杖在痛击敌人的正是黄帝，跪在地上的就是蚩尤。

这这这？一家之言，姑妄听之。不过，关于权杖，在上古时代的中国确实不乏其身影。

在甘肃西和县，发现了距今约5900—5500年的彩陶权杖头；甘肃火烧沟的四羊首青铜权杖头，其鉴定年代距今约3900—3400年；新疆罗布泊小河墓地则出土了距今约4000多年的权杖头；内蒙古赤峰周边是中国境内权杖头发现较多的地区之一。权杖头的形状主要有两种：一种近似球形，另一种是圆平的五角、六角、八角或更多角形。我们推断，圆形权杖头代表太阳，而圆平带角是代表太阳的光芒。

夸父的权杖是太阳权杖头吗？这与“夸父逐日”为同一文化基因密码。对此，北京大学考古文博学院教授李水城认为：距今5000年左右，权杖头由西亚传入中国，表明中国北方部分地区曾通过河西走廊与西域发生文化互动。

由此激发的思考是：东西方之间发生接触的最初时间，远在张骞凿通丝绸之路之前。正是权杖头这一特殊的“权力”实物，揭示了东西方之间在古丝绸之路上曾有过文化碰撞的史实，并将双方接触的时间上溯到新石器时代晚期。

二、蚕丛及鱼凫，开国何茫然

四川三星堆文化，是中国传统文化的一个异数。三星堆遗址的年代从新石器晚期延续到周代，距今约4800—2800年。

很早以前，读李白的《蜀道难》：“蚕丛及鱼凫，开国何茫然！尔来四万八千岁，不与秦塞通人烟……”每次读，都忍不住茫然神往一阵。

第一次看到三星堆黄金权杖的纹饰，吓了一大跳：“蚕丛及鱼凫？”

这支金杖，全长1.42米，直径2.3厘米。是用捶打好的金箔，包卷着一根木杆。金箔净重约500克。权杖的内芯已经腐烂，只剩完整的金箔，但依旧金光灿灿。

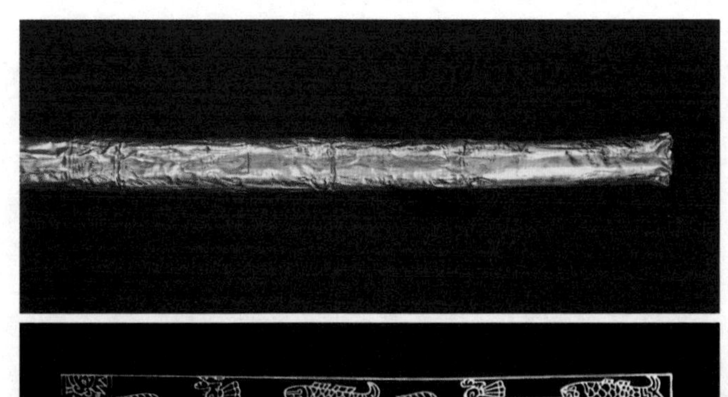

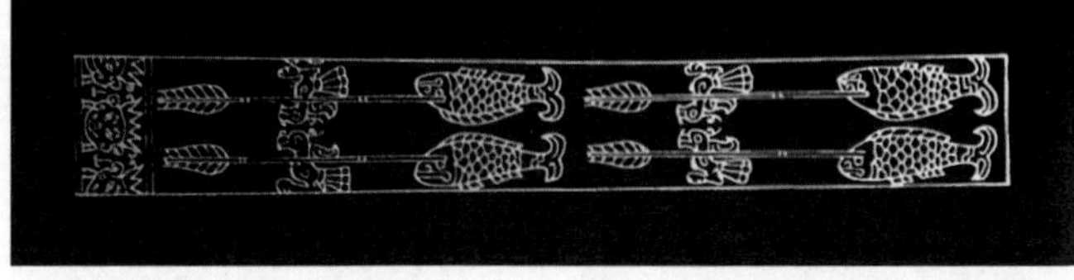

三星堆金杖　三星堆博物馆藏

如果将金箔展开，可看到一幅清晰的图案：端头是一对人头像，头戴五齿高冠，耳垂三角形耳坠，面带微笑。有意思的是，五齿高冠像极了现在的王冠。杖身是三组图案，分别为：一对鸟，嘴喙两两相对；一对鱼，腹部相对；另有两支东西，大多数人解读为“箭”，说是两根箭翎穿过鱼和鸟的颈部，象征捕获。

但是，我们对此有不同看法：这两支东西，更像稻穗。三星堆遗址中出土了大量酒器，有陶制的，也有铜质的。众所周知，酿酒业的兴盛依赖于稻作农业的丰盛。

这组图案，给人的第一直觉反应就是李白那句诗：“蚕丛及鱼凫，开国何茫然。”

鱼凫——鱼和水鸟。鱼 + 水鸟 + 稻穗，是幅什么场景呢？

有一年春夏之交，在丽水青田做项目。双休日，当地一个朋友带我们去农家乐。到时已近傍晚，老板娘在厨房里忙。老板娘听见汽车喇叭声，赶紧走出来，双手边在围裙上搓着边大声指意我们去稻田里抓鱼。我们丈二和尚摸不着头脑。朋友解释道：这里的鱼都是养在水稻田里的，为保证新鲜，让客人们随抓随烧。

这下所有人都来劲了，一个个卷起裤腿、拎起鱼篓就下田了。果真，稻田里鱼很多，草鱼约尺把长，鲫鱼半尺的样子，又肥又壮，与池塘里的鱼气质不同。天在转暗，黑下来时我们仍不肯上来。这稻田里的鱼，看似很多，要抓到却不容易。必须几个人配合，放篓子的放篓子，赶鱼的赶鱼，赶鱼还要围成一个三面包围之势，且均在一棵棵密集的稻禾里作战。一时，喊叫声、笑声回响在山坳里。

那晚吃的鱼，肉质丰腴，老板娘又加了大把的紫苏，吃起来别有风味。那也是我第一次见到这种养殖方式。在我们老家临安昌化，稻田里放养鸭子是常见，但没见养鱼的。

吃到心满意足后，便开始探究这种特殊的稻田鱼。

原来，青田县“稻鱼共生”已有1200多年历史。鱼儿以稻花、虫子为食，长得肥壮，肉质鲜嫩。稻子则吸收鱼儿排出的肥料，养分充足，可比一般的水稻增加5%—24%的产量。难怪，“稻鱼共生系统”被联合国粮农组织列入首批四个“全球重要农业文化遗产保护项目”之一。

后来某天在网站上看到一篇报道，大吃一惊。2017年10月6日，《四川日报》报道：“我省稻田养鱼面积超过460万亩，稳居全国第1位，水产品产量达到35.09万吨。”注意，不是刚刚冒尖，而是“稳居”全国第一。大凡稳居者，都有其深厚的历史积淀。

三星堆金杖，是否是这种积淀的一个脉络呢？一个政权，只要掌握了种植业，就能解决“吃”的问题。“吃”的问题解决了，政权才能稳固，才能永久。

中原文化的权力标志是“鼎”。夏代开国，“禹铸九鼎”，从此，鼎的易手成为权力转移的同义语。“问鼎中原”，就是意欲夺取天下。鼎，原意为“锅”，寓意也是吃。九鼎，意味着我要管九块土地上的人的吃饭问题。

金杖与鼎，最初的指向是如此一致。

那么反过来，同是吃的问题，为何会分别演变出一根棒子、一个锅子？

徐中舒先生在《古史传说与家族公有制的建立》中说：“经过长期发展，夏人分为两支，一支姜姓民族，这是周朝母系的祖先。一是羌族，后来变成了留居于四川、青海、甘肃一带的少数民族。”注意哦，姜，下面是“女”字，成为周朝母系的祖先。周朝是中原文化，女的掌管“吃”，当然是以“锅子”来代表。而羌，上部分与姜一样，下面是“儿”字。男人们留居于四川、青海、甘肃一带，男人掌管“吃”的问题，与野兽斗、与别的部落斗，当然是以棒子说话。

无独有偶，大英博物馆藏品号 ME 122201，亦为权杖，考古发现于乌尔（伊拉克南部）。年代约在公元前2550—前2400年，与三星堆权杖差不多同时期。该权杖长41.5厘米，外壳由黄金、青金石、贝壳、红玛瑙共同镶嵌成几何图案，极其精美。

被誉为“两河流域文明代言人”的《汉谟拉比法典》，颁布于公元前1792—前1750年间，全文刻于一座黑色玄武岩的石碑上。石碑高约2.25米，最大直径为1米。法典石碑的顶部是一幅浮雕，刻画的是太阳神沙马什把一个环和一个权杖授予汉谟拉比的情景。君权神授的意义一目了然。代表神行使权力得有信物，拥有权杖及环，即具有神赋的天性、天命，可以在人间行使生杀予夺的权力。小说及电影《指环王》亦即借此发挥。

年代再晚一点，公元前350—前320年，有一根权杖被考古发现。在意大利南部伊特鲁里亚，发现一根比三星堆晚近千年的权杖。与三星堆权杖一样，内芯已经腐朽，只留下精美的黄金套筒。黄金套筒长度超过50厘米，用黄金细线编织成网格状，上面还点缀有五彩珐琅。考古学家推测它或许属于赫拉神庙的某个女祭司。

三、秉旄仗节定辽东，俘馘变夷风

如上所说，“姜”与“羌”分野后，中原文化的最高统治象征是鼎，而后，鼎又被“印”所取代。那么，权杖就此完全退出了吗?

非也。权杖的遗留表现在旄节、尚方宝剑等上面。

旄节，是使臣的权杖，是出使国君王给予使臣权力的凭信；尚方宝剑，是代替皇帝行使权力的凭信。

关于“旄节”，其实实物也已退出我们的生活，只留一些词语还在经常使用。比如：节操，守节，失节，晚节不保等。其“节”的原意，就是节杖。

《诗经》的《二子乘舟》篇，就是讲卫国人怀念国公的两位公子。《毛诗故训传》说：“宣公为伋取于齐女而美，公夺之，生寿及朔。朔与其母诉伋于公，公令伋之齐，使贼先待于隘而杀之。寿知之，以告伋，使去之。伋曰：‘君命也，不可以逃。’寿窃其节而先往，贼杀之。伋至，曰：‘君命杀我，寿有何罪?’贼又杀之。”

毛公说的是《二子乘舟》的背景故事：卫宣公本来已立儿子伋为太子。伋娶亲时，卫宣公见儿媳很漂亮，就占为己有。后来与她生了两个儿子，大的叫寿，小的叫朔。小儿子在父母那里告两个哥哥的状。卫宣公就派太子伋出使齐国，又让人假扮成强盗伏于关隘，等伋一出现就杀他。寿知道了，赶紧去告诉同父异母的哥哥伋。不料伋死忠，说既然父亲要我死，那我就不能逃。寿没办法，偷偷拿走他的节杖，冒充伋先走了。走到关隘，被杀。后来伋赶到，见此情景痛哭道：国君要杀的是我啊，寿有何罪？于是又被杀。

你看，在古代，没有照片及图像传播系统，国君要杀人，不是吩咐这个人长相如何——这是很难准确定位的，而是要看信物。伋被派出使齐国，怎么证明你是伋呢？怎么证明你伋是真正被国君派出的呢？看节杖。正因为如此，公子寿要替代太子哥哥赴死时，取走节杖就行了。

这也间接反映出，节杖在春秋时期，因各国国事往来均需使用，地位还是相当重要的。

如果你去查资料，很多地方对节杖的解释是：节杖是古代使臣出入关门的凭证或信物，也称旄节。那么，旄是什么意思呢？

汉朝有三位著名的使臣：张骞、苏武、班超。他们出使西域或匈奴时，均持有节杖。

有人问，看古装电视剧《汉武大帝》时，汉武帝赐给张骞一条状似尾巴的东西，命其出使西域，那条东西是啥？

那就是旄节。旄，本意是用牦牛尾装饰旗杆顶的旗子。周武王向东征讨商纣时，姜太公左手持黄金为饰的大斧，右手握着白牦牛尾为饰的军旗举行誓师大会。可见，旄节脱胎于“军旗”，即对一个国家的掌控力。同时，也可见节杖的神圣意义来自西面。

关于这个“旄”，在苏武牧羊一事中有明确的提示。《汉书·李广苏建传》记载，公元前100年（汉武帝继位的第四十一年），汉武帝派遣苏武以中郎将的身份出使，持节护送扣留在汉的匈奴使者回国。不料匈奴内部发生暴乱，汉使被扣下，匈奴单于威逼苏武投降，但是苏武坚贞不屈，最后被匈奴发配北海（今贝加尔湖），只给他一小群公羊，还说什么时候他的公羊下崽了，什么时候才放他回汉朝。苏武“仗汉节牧羊，卧起操持，节旄尽落”。他拄着大汉朝廷的节杖牧羊，睡觉起来都拿着，节杖上牦牛尾作的装饰全部脱尽。如此十九年，胡须头发全都白了，才终得归汉。

四、坐看溪云忘岁月，笑扶鸠杖话桑麻

2018年6月8日—10月8日，浙江省博物馆推出展览“越地宝藏——一百件文物讲述浙江故事”。其中有件春秋时期的“青铜鸠杖”，令大家非常好奇。

鸠杖由杖首、杖身和杖镦三部分组成：

杖首长26.7厘米，銎径3.7厘米，厚0.2厘米。顶端站立一鸠，短喙，通身羽纹，昂首翘尾作振翅欲飞状。

杖身为木质，已朽。

杖墩底部有一人，跪坐，双目平视，脑后一椎髻，横穿一笄。双手交叠于膝。腰间系带。全身布满几何纹、蝉纹、卷云纹等纹饰。

该人像头顶的青铜管，与青铜鸠身下的青铜管，皆为中空，有规则地装饰着蟠虺纹、蝉纹、云雷纹。应分别套于杖身的上下两端。

此件青铜鸠杖出土于绍兴漓渚中庄村坝头山。目前我国已知的春秋青铜鸠杖有五件，分别出土于浙江湖州埭溪、绍兴漓渚、湖州德清武康龙山和江苏镇江谏壁青龙山、丹徒北山顶春秋墓。而以这件体量最大，且纹饰最为精美。

春秋　青铜鸠杖墩　作者摄于浙江省博物馆

为何已发现的五件青铜鸠杖都在江浙一带？这与一个人有关系。谁？少皞氏。

司马贞《补史记》说：太皞（即伏羲）与少皞都是华胥氏的儿子。少皞原也在黄河流域，但也许是后来伏羲的势力渐渐扩展，少皞一支就往两边散播。往西出中原就成了“戎狄”，往东出中原就成了“东夷”。少皞氏的图腾是鸟。联系到“天命玄鸟，降而生商”，也许少皞氏的政权是商，而后来周强大起来，周灭商时，商人四处逃散。

《左传·昭公十七年》记道：“少皞氏（以）鸟名官……祝鸠氏，司徒也；鴡鸠氏，司马也；鸤鸠氏，司空也；爽鸠氏，司寇也；鹘鸠氏，司事也。”而江淮、吴越一带，曾经有部族叫有巢氏族。如此推测，青铜鸠杖应是少皞氏的权杖。

到了西周，少皞氏逐渐被边缘化，其权杖也慢慢丧失了用武之地。到了《周礼》成书时，《周礼·夏官·罗氏》记载：“罗氏掌罗乌鸟，蜡则作罗襦，中春罗春鸟，献鸠以养国老。”大致意思是：周代时设有专职的捕鸟官罗氏，每年蜡祭（腊月围猎，以捕获的禽兽作牺牲祭祖宗，是年终大祭）后，制作罗网，到了农历二月十五日开始捕捉鸟类，并将捕到的斑鸠献给国君，国君再赏赐给年老的卿大夫等，以示敬养之意。

这里的“献鸠”，约等于献一部落首领的人头给父亲、给伯父、给祖父。缴获一支鸠杖，即灭掉或俘虏一个部落。从献鸠杖而到献一只实物鸠，形式上更温情脉脉了些。

具有喜剧色彩的是，此鸠后来演变为尊老的模范用具。

1959年和1981年，在甘肃省武威市磨嘴子分别出土了“王杖十简”和“王杖诏书令”册简26枚。简中记载了汉宣帝说过的话：“高皇帝（指刘邦）以来，至本始二年（前72），朕甚哀怜耆老，高年赐王杖，上有鸟，使百姓望见之，比于节，吏民有敢骂詈、殴辱者，逆不道。”这与《后汉书·礼仪志》载“年七十者授玉杖”一致。“王杖”之名更有权杖的遗风；“玉杖”，则更偏向于爱老温情。

为何玉杖上要立鸠呢？“尊老版”的解释是：鸠为不噎之鸟，欲老人不噎也。用意在让老人吃东西时不噎着。

简文还规定，如有胆敢打骂持王杖者，与大逆不道同罪。持王杖者可以随便出入官府，可以在天子道上行走，在市场上做买卖可以不收税等。并记录了5个具体案例，案中牵扯到具体官吏、平民。如此看来，对老年人赐王杖的优抚制度确实在全国认真执行过。

汉代赐老者鸠杖这一风气，没被后人忘记。追随者中最著名的莫过于清代乾隆帝。他在《清高宗御制诗文集》中说：“铸铜及削玉鸠首杖头为养老，汉朝制贡珍西域驰因他食甚譬，启我教民，思设曰资扶策，将留待异时。”

乾隆帝是汉代鸠杖的发烧友。他不仅收藏了许多汉代的或青铜或玉的鸠杖首，还不惜工本，令内务府造办处制作了大量的玉鸠杖首。他自己就有一爱物，一根长118厘米的玉鸠杖。据毛宪民在《清宫里的手杖》中介绍：杖身紫檀木质圆形，直径2.5厘米。杖首镶嵌一只乳白色玉鸠，鸟翅合拢于背，尾翅张开如扇，嘴喙紧闭，眼睛圆睁。虽雕琢纹饰不多，但形状姿态极富动感，惟妙惟肖。使用时，手心扶抓鸠背，大拇指与食指相握则恰好在鸠颈处，握感细滑无障，凉爽宜人，适宜夏日使用。

台北故宫博物院有一件收藏品，这件鸠杖首，是以《西清古鉴》卷三之“汉鸠首杖头”为蓝本，乾隆帝亲自参与设计的。玉鸠杖首分为三层：最上面是一只斑鸠，口中含珠，活灵活现，鸟羽琢碾细腻，纤毫不苟。仿佛吹一口气，这只鸟就能随时飞走。中间为一个中空的C形，便于手指钩住。下面为一羊首，头朝上，羊之大者为美。

整体一看，构思奇巧，惟妙惟肖。玉的质地更是细腻温润到无以复加。

乾隆帝自称是“十全老人”。他于鸠杖首，除了“尊老”含义外，可能还相中“鸠”谐音“九”。古时，这俩字更是通用的。九有独特的意义，它是个位数中的最高者，寓意极高、极多、极长、极大。“鸠”又与“久”同音，谁不希望富贵安乐的日子长长久久。

回到本文一开头，仙人的“绿玉杖”，更有老人鸠杖的含义。但注意哦，不是一般老人，是有法术的老者。

清乾隆　玉鸠杖首　台北故宫博物院藏

03

金步摇

无端嫁得金龟婿

有本书叫《如何钓个金龟婿》，不知奔向杭州万松书院替女儿相亲的父母们是否人手一本。金龟婿，本指身份高贵的女婿。现在词意有所变化，更多的是指有钱的女婿。

这就奇怪了。身份高贵也好，有钱也好，为何以“金龟”来形容？金，尚且好理解，龟呢？

真是说来话长。先从历史上第一个称太后的人说起吧。对，就是宣太后，芈八子。

一、窃符救赵与秦始皇有何关系？

楚国公主芈八子嫁给秦王后，生了一个儿子。因芈八子不是王后，秦王死后，王后所生之子嬴荡继位，是为秦武王。

大凡带个“武”字的，都好斗。这个秦武王呢，不但好斗还没什么脑子。医者扁鹊来见秦武王，秦武王告诉他病情，扁鹊说他能治。秦武王身边的人说："君王这病，在耳朵前面、眼睛下面这块区域，除去未必好，可能会使耳不聪、目不明。"秦武王就将这个说法告诉扁鹊，扁鹊很生气，愤怒地扔掉手里用来治病的砭石，说："大王你同懂医术的人商量治病，又同不懂医道的人一起来干扰破坏。由此可知秦国的内政，大王你随时一个举动都有可能导致亡国。"（原文见《战国策·秦策》）

国没亡，秦武王自己倒是马上亡了。秦武王四年，即公元前307年，秦武王"问鼎中原"，直接将鼎举起来掂一掂它的分量。举鼎时不幸砸断胫骨而死，年仅23岁。

秦武王突然死去，又无子，他有8个弟弟，按理应该老二继承王位，但谁让他遇到了芈八子。芈八子的政治手腕可比王后强上好几个等级。权力斗争最终结局是：芈八子的儿子继位，是为"秦昭襄王"。

这时，秦昭襄王18岁，年纪也不小了，但是母亲芈八子太厉害，芈八子此时已是宣太后，太后听政。

这一听就是41年。秦昭襄王不容易啊，五十多岁还是个傀儡。终于，到了公元前266年，他58岁这一年，夺了宣太后的权，自己主政。

秦国开始东进，东进第一个碰到的就是赵国。当时秦赵之间的实力相差无几。秦昭襄王铆足劲要拿下赵国，颁布了全国动员令，征调全国15岁以上60岁以下的全部男性，总兵力达到了60万。

次年，秦军攻占了三座城，赵太后派遣小儿子到齐国为人质，央求齐国发兵救赵，秦军才撤退。

5年后，秦昭襄王再度发起对赵战争。公元前260年攻占了上党，并用离间计抛开赵国名将廉颇，秦昭襄王起用大将白起，用50余万大军围住人数几乎相等的赵军，赵军断粮46天，大溃。继而，白起在长平活埋了赵国20余万投降的士兵，赵国全国顿陷恐惧之中。

长平一战几乎让赵国年轻男性绝了种，举国服丧。赵国也从此一蹶不振。

2200多年后，山西省晋城高平市永录村发现一处尸骨坑。坑内尸骨层层叠叠，形态各异，有的是仰面，有的是侧面，有的则是俯身，有的头与躯干分离，还有的头部有钝器、刃器、石块造成的创伤等，触目惊心。下颌骨状况显示当时大多数死者是十几岁到三十岁左右的青年。证明《史记》“长平之战”确有其事。

被打趴下的赵国，割让六座城向秦国求和。但三年后，秦昭襄王还是不罢手。他想彻底端掉赵国的老窝，灭其国，所以对赵国首都邯郸发起围攻。赵国震恐，向各国乞求援助。

楚国派大将黄歇（春申君）前去营救，魏国则派大将晋鄙前去营救。

秦昭襄王派遣使臣去魏国，威胁魏安釐王说：“胆敢有参战的，我会把兵力移过来一起打。”魏安釐王害怕了，命令晋鄙将兵力屯积在邺城（河北邯郸临漳），不敢再前进。魏安釐王的弟弟魏无忌（信陵君）得知此事后，十分焦急，于是发生了历史上有名的“窃符救赵”事件。

据《史记·魏公子列传》记载，魏国信陵君的姐姐嫁给了赵国赵惠文王的弟弟平原君，是赵国国王的弟媳。她多次向魏王和信陵君发出书信，替赵国求救。魏王派晋鄙将军带领十万部众前去援救，却害怕秦国报复而半道止步。

魏国有个看守城门的小吏向信陵君献计：我听说晋鄙的另一半虎符常放在魏王的卧室内，如今魏王最宠幸的莫过于如姬，她能进出魏王的卧室，能把那半个虎符偷出来。据说如姬的父亲被人杀害了，悬赏了三年还是没找到凶手。魏王想求人为她父亲报仇，也没有找到。而公子您听了如姬的哭诉，立即派门客斩了凶手的头来献给如姬。所以如姬为您去死都不在话下，只不过没有机会罢了。只要您开口求她，她一定会答应。如果能拿到虎符，就可以调动晋鄙的军队，向北援救赵国，向西打退秦军，这是建功立业的大好机会啊！

信陵君觉得有道理，去求如姬，如姬果然盗得晋鄙的另外半个虎符交给了他。信陵君又听从看门小吏的计策，将隐居的屠夫朱亥一起带了上路。到了邺城，信陵君拿出虎符要晋鄙开动部队。晋鄙将虎符与自己的半个一合，果然严丝合缝。但他仍怀疑这件事，问信陵君：“我现在拥有十万大军，驻扎在边境上，这是国家的重任，现在你单车前来要我发兵，怎么回事?”屠夫朱亥从袖里拎出四十斤重的铁锤，一把打死晋鄙，信陵君掌控了晋鄙的军队。然后挑得精兵八万，进兵攻击秦军。

信陵君在邯郸城下大败秦军。秦太子嬴柱的儿子嬴异人（即秦昭襄王的孙子）被送往赵国作为人质。然后，就发生了赵国商人吕不韦用钱财资助嬴异人，并与他一起逃回秦国，

汉　鎏金铜虎符　美国大都会博物馆藏

让嬴异人认华阳夫人为母而取得太子地位，改名为嬴子楚（华阳夫人为楚国人）等故事。

对了，嬴子楚就是秦始皇的父亲。

窃符救赵，也算是改变历史进程的一个关键节点吧。调兵遣将的虎符，如今在历史古装剧中也经常看到，十分有意思。

虎符，据说是姜子牙发明的。打仗是杀伐之事，根据五行，杀伐为西方，应的是白虎。虎符一般为青铜所铸，一虎对分两半，有母子口相合。一半交给将帅，另一半由皇帝保存，只有两半合并时，持符者才获得调兵遣将权。

在陕西历史博物馆，有一杜虎符。1975年出土于陕西省西安市南郊北沈家桥村。长9.5厘米，高4.4厘米，厚0.7厘米。虎作走形。正面突起如浮雕，背面有槽。虎身有错金小篆铭文9行40字："兵甲之符。右才（在）君，左在杜。凡兴士被甲，用兵五十人以上，必会君符，乃敢行之。燔燧之事，虽母（毋）会符，行殹（也）。"

大致意思：这是用兵的兵符。右半边存放在君王处，左半边存放在杜地的军事长官手中，凡要调动军队五十人以上，杜地的左符必须得到君王的右符会合，两半对合上，才能发号施令。但遇有紧急情况，可以点燃烽火，不必会君王的右符。

虽历经两千多年，杜虎符身上的错金文仍熠熠闪光。

看到这里，你疑惑了：说了这么多虎符，这与金龟婿有关系吗?

有关系的，关系马上来。

二、兵符与女人有何关系?

虎符历经春秋、战国、秦、西汉、东汉、魏晋南北朝、隋，一直沿用下来。

如《汉书·严助传》记载，建元三年(前138)，闽越出动军队围攻东瓯，东瓯向汉朝告急求救。当时武帝不到二十岁，他说，我刚继位，不想拿出虎符到郡国调兵。于是派遣严助持节杖到会稽调兵。会稽太守因未见虎符，不派兵。严助就来了个下马威，杀了一个司马，太守无奈，只得出动军队前往救援东瓯。军队还没到，闽越就引兵撤退了。

三国时，诸葛亮的计谋中，利用虎符取胜的也为数不少。诸葛亮家喻户晓，这里就不说了。

且说到了唐朝，这虎符要发生变化喽。

唐朝开国皇帝李渊出身显贵：祖父李虎，在西魏时官至太尉，是西魏八柱国之一；父亲李昞，北周时历官御史大夫、安州总管、柱国大将军，袭封唐国公；母亲是隋文帝独孤皇后的姐姐。

李渊7岁丧父，袭封为唐国公。15岁时，被隋文帝任命为千牛备身（皇帝的禁卫武官）。在隋朝血雨腥风的三十多年里，李渊戎马生涯，辗转各地一直在打仗，他对虎符再熟悉不过了。那么，当他建立唐朝后，为何将虎符改了形制？

原来，他是避讳祖父李虎之名。

不能用“虎”符，那用什么呢？李渊决定用“鱼符”。唐朝国姓李，鱼符是鲤鱼状，有以“鲤”喻“李”之意。

鱼形亦分两半，鱼肚子中有一个“同”字，有榫卯可相契合，合在一起才见完整的“同”。这就是“合同”一词的来历。

鱼符一开始只用于朝廷调兵遣将、更换地方长官。后来政局稳定了，逐渐演变为一种“身份证”。大臣们出入皇宫，要亮出鱼符。由于随身携带之需，又有了专门用来盛放鱼符的鱼袋。

根据《新唐书·车服志》，唐朝初年，内外官五品以上，皆佩鱼符、鱼袋。身份职位不同，鱼符的材质也不一样。《大唐六典》记载：太子用玉，亲王用金，一般官员用铜。而装鱼符的鱼袋也有区别：三品以上穿紫色官服者可以佩金鱼袋，即鱼袋以黄金装饰；四品、五品穿红色官服者佩银鱼袋，鱼袋以银来装饰。

为何要这样规定呢？目的是“明贵贱，应召命”。

明贵贱，即标示官阶高低。唐朝官员，你只要看衣服颜色和鱼袋，就能知道他的官职高低。三品以上官服紫色，鱼

唐　“右领军”铜鱼符　作者摄于首都博物馆

袋金色，谓之“紫金”。韩愈《示儿》诗称：“开门问谁来，无非卿大夫。不知官高卑，玉带悬金鱼。”韩愈的俩儿子，从小见到的可都是高官啊。

三品以下呢？四品、五品官，官服是绯色（朱红）的，鱼袋银色；六品、七品官服是绿色的，没鱼袋；八品、九品官服是青色的，更没鱼袋。

白居易到49岁才混上五品官，可以穿绯色官服，挂银鱼袋了。一换绯衣他高兴得不得了，马上在元稹面前显摆，作了一首《初着绯戏赠元九》。不久，他被贬为八品官，只能换回青色的官服，这就是浔阳江头“江州司马青衫湿”了。

应召命，说的是鱼袋的“身份证”作用。当朝廷召见你，出入宫门怎么证明你的身份呢？掏出鱼袋，拿出鱼符来。鱼符上刻写着官员的姓名、任职衙门及官位品级等信息。将你的这一半与宫里留的另一半合同，“同”字合上了，通过，进去吧。

唐朝历任皇帝们没想到，这鱼袋虽因实用而来，但一经流传，即受到官场的热烈追捧。这是重要身份识别标志，佩带着感觉多好啊。

唐初，鱼符的管理制度非常严格。《旧唐书·职官志》称：“刻姓名者，去官而纳焉；不刻者，传而佩之。”刻有自己姓名的鱼符，也不能终身携带，卸任后要上缴；不刻姓名的则需传给下一任官员。到了唐高宗，“带鱼之法”有了调整：“恩荣所加，本缘品命，带鱼之法，事彰要重。岂可生平在官，用为褒饰，才至亡没，便即追收。寻其始终，情不可忍。自今已后，五品已上有薨亡者，其随身鱼袋，不须追收。”虽然官员卸任需要缴回鱼符，但如果官员在为官期间不幸去世，则“其随身鱼袋，不须追收”，这也是皇帝对官员一生所做功绩的肯定吧。

流行热度太过的东西，往往就会变味。到唐中宗后，鱼符作为证件的作用逐渐减弱，演变成一种佩饰，等级较低的官员也开始佩带。以至于杜甫的诗说：“银甲弹筝用，金鱼换酒来。”金鱼袋的贵胄身份已经沦落了。

哎？你说来说去说鱼符，还是没说到“金龟婿”啊。

真来了。因为武则天来了。

武则天一肩挑着“贞观之治”的李世民，一肩挑着“开元盛世”的唐明皇，是历史上一位相当了不起的皇帝。

武则天上台，改了很多名称。毕竟，女性执政者与男性执政者还是有不同。男性较理智，而女性更感性。武则天将中书省改为凤阁，门下省改为鸾台；吏部改为天部，户部改为地部；礼部改为春部，兵部改为夏部，刑部改为秋部，工部改为冬部；等等。

对于既有实用功能又有装饰功能的鱼符鱼袋，武则天肯定要改。改成什么呢？武则天姓武，左青龙右白虎前朱雀后玄武。玄武，是由龟和蛇组合成的一种灵物，最早就是龟。如此，鱼符改龟符。

《旧唐书·舆服志》记载，武则天“天授元年（690）九月，改内外所佩鱼并作龟”。相应的鱼袋也就变成了龟袋。并规定三品以上官员佩金龟袋，四品官佩银龟袋，五品官佩铜龟袋。

可见，凡是佩戴金龟者，均是亲王或三品以上官员，身份相当高贵。如果找女婿找到一个金龟婿，那满意度还不爆棚？后世遂以金龟婿代指身份高贵的女婿。

那么，为何没有“虎符婿”“金鱼婿”，而偏偏到了龟符时，才出来“金龟婿”呢？况且，虎符流传时间有上千年，鱼符也有几百年，龟符仅仅出现在武则天掌权的几十年间。

这与武则天时代女性地位有关系。

唐朝皇室有少数民族血统，社会风气较为开放，女性地位较其他朝代要高一些。女人可以改嫁，也可以做官。女性参政无论是从深度还是广度上都较前代有所突破。宫廷后妃、宫人、女官、公主、达官显贵家的妻妾侍婢、普通官员的夫人，甚至女巫、女尼等，都有参政议政的记录。正是这样的土壤，才可能出产武则天这样的女皇帝。

武则天上台后，女性地位更是达到了前所未有的高度。韦皇后、太平公主、安乐公主，甚至上官婉儿，一个个都想当女皇帝。女人地位高，养男宠便成为一股时髦风气。在这种社会氛围下，婚姻不再是一边倒的“男挑女”，“女挑男”成为一股激进的社会潮流。

挑“金龟婿”，就是这股潮流中应运而生的口号。

三、苏东坡腰里挂的是什么鱼？

武则天晚年，朝廷发生神龙政变，逼迫女皇帝武则天退位。政权重新回归李唐皇室。相应的，被她改过名的，基本又回到原来状态。龟符换回鱼符。其实从这时起，“金龟婿”实际就已不存。但也许是这个词影响力太大，竟然流传了下来。

神龙政变五年后出生的李白，写道：“金龟换酒处，却忆泪沾巾。”惹得后世诗人纷纷响应这个“金龟换酒”。神龙政变百年后出生的李商隐，更是以两句诗将“金龟婿”推出，搞得世人皆知。这就是：“无端嫁得金龟婿，辜负香衾事早朝。”比李商隐年龄更小的韦庄，也写出“主人年少多情味，笑换金龟解珥貂”。意思是：我年轻的时候讲意趣，可以笑着解下自己佩带的金龟和貂尾管帽，去交换我喜爱的东西。

不止唐朝，金龟婿这个词，到了宋朝还是很热门。

宋朝开国皇帝宋太祖时，还没有佩鱼制度。第二任皇帝宋太宗一上位，就开始赐鱼袋了。《宋史·舆服志》记载：“太宗雍熙元年，南郊后，内出（鱼袋）以赐近臣，由是内外升朝文武官皆佩鱼。凡服紫者，饰以金；服绯者，饰以银。庭赐紫，则给金涂银者；赐绯，亦有特给者。京官、幕职州县官赐绯紫者，亦佩，亲王武官、内职将校皆不佩。”

也就是说，从公元984年起，鱼袋又开始在上流社会流行。

但此时的鱼袋与唐朝已有本质的不同。唐朝的鱼袋是为了放置鱼符，鱼符是主角，鱼袋是配角。而宋代呢，不再用鱼符，主角消失了，配角鱼袋单独存在。鱼袋或金饰或银饰，制作成鱼形，系挂在革带间，垂之于后，用以分别贵贱。苏东坡词曰：“腰跨金鱼旌旆拥。将何用，只堪妆点浮生梦。”

到此，鱼符鱼袋已经完全脱离兵符的渊源，仅作为身份标识而存在。

宋朝还有个有趣的规定：官员出京外任或作使臣时，可“借紫”“借绯”，即借用比自己官阶高的章服，抬高自己在对方眼里的分量，官大一级好办事嘛。

2015年11月—2016年4月，浙江省博物馆举办了“中兴纪胜——南宋风物观止”特展。其中展出了一弧金鱼袋饰，此袋饰弧长11厘米，宽3厘米。正面锤揲水波中同向而游的双鱼，周饰连珠纹，侧面为水波纹。为了方便观众理解金鱼袋的佩带法，博物馆还特意将宋画《春游晚归图》中骑马官员的图像做了特写，其腰间所佩即为宋代金鱼袋。

苏东坡也曾被赐“银绯”：朝廷要提拔苏轼做中书舍人（负责起草诏令的官职）。苏轼从忧患中被起用，不想骤然间登上要职，便向宰相蔡确推辞。蔡确说：“你徘徊不进已经很久了，朝廷中没有比你更合适的。”苏轼说：“从前林希和我同在馆里，而且他年纪大。”蔡确说：“林希真应当比你先起用吗？还是你吧！”元祐元年（1086），苏轼以七品官服入侍皇帝于延和殿，赐银绯，升为中书舍人。

可见，宋朝的鱼袋制度比唐朝要宽松。唐朝三品以上服“金紫”，四、五品“银绯”，五品以下就不能佩鱼袋了。

沈括《梦溪笔谈·补笔谈卷一》说了个趣事：宋朝的制度是，刚刚升任从官、给谏（官职）的官员，来向皇帝告谢时，皇帝当面赐金紫。有个叫何圣从的，任陕西待制，却仍旧穿着三品以下的绯衣。有一次上京来，正好宫里大宴群臣。衮衮紫金中，唯独何圣从穿着绯服，很是显眼。宋仁宗问明原因后，当场赐金紫。何圣从换了官服再接着宴饮。

还有一件趣事。皇帝赐衣竟然搞错了。沈括说：近年来，许冲元升知制诰，他穿着绿色的官服去皇帝那告谢，皇帝当面赐给他银绯，他也不好说什么。过了几天皇帝才发现搞错了，改赐金紫。

虽然“金紫”“银绯”在宋代红得发紫。但大家好像还是不愿忘记“金龟”，有诗词为证：

金龟朝早，香衾余暖，殢娇由自慵眠。（欧阳修）

章台游冶金龟婿。归来犹带醺醺醉。（贺铸）

金龟贵客迎将去，玉作辎軿载尘雾。（张耒）

旌以三品服，佩紫垂金龟。（颜太初）

腰佩金龟三品绶，船开书鹢一帆风。（杨亿）

定知玉凤人吹怨，还念金龟婿远游。（陈起）

……

宋以后，鱼袋之制消失，元、明、清均无佩鱼之说。但诗词里，仍不少出现“金龟”一词。

莫嫁金龟夫婿好，封侯久已误春闺。（章甫）

从前曾嫁金龟婿。齿痕恩爱红留臂。呼婢买胭脂。旋歌弃妇词。（杨玉衔）

小李漫吟牵玉虎，羊权还胜婿金龟。（曹家达）

西家女儿衣盈箱，自矜嫁得金龟郎。（王采薇）

若问稿砧今何处，是郭家、最小金龟婿。（樊增祥）

……

毕竟，金龟婿，也是男人对自己身份的一种得意吧。

0/3

金步摇

戒指上刻酒杯是何意？

冬日，梁慧刚从美国回来，带回的宝贝琳琅满目。

一眼，我就发现一枚戒指不同凡响。

戒指款式非常简单，了不起的是戒面。那戒面，硕大，饱满，淡蓝色玉髓光泽柔和、质地烂熟。雕刻着一体形优美的女神，一手拿着一束麦穗，另一只手拿的是何物？弯曲的棒子？

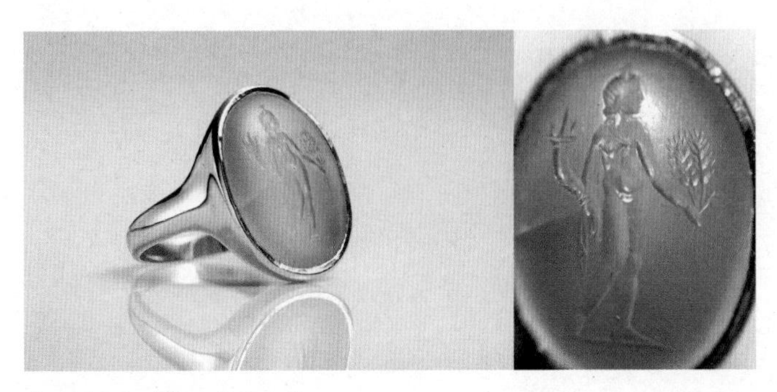

古希腊印章戒指　作者自藏

梁慧说，这是古希腊印章戒指，戒面浅色蓝玉髓质地，材质密度很高。是伦敦一位80多岁老人的旧藏。他很喜欢这枚戒指，一直戴在手上，这次终于转让给我了。

那，这个弯弯的棒子是啥?

梁慧从一堆古董戒指中抬头，说，我们查查吧，肯定有含义的。

好吧。查这方面的资料，我已经有些经验。所以并不急于动手。

有一次读《红楼梦》，正好翻到贾宝玉央求史湘云给他梳头那段。史湘云给他打好辫子，自发顶至辫梢，一路四颗珍珠，下面有金坠脚。湘云见最下面一颗珍珠不是原来的，就责问他是给人了还是丢了。哎，有趣，清代时兴辫子上点缀发饰!

辫子上缀珍珠，到底是何模样?好奇心一发，就不得不上网搜资料。这一搜，发现自己孤陋寡闻。过去，不但中国，外国女子也时兴发辫上缀珍珠。

比《红楼梦》年代早二百多年的西方文艺复兴时期，著名画家桑德罗·波提切利（Sandro Botticelli）画了有名的《西蒙内塔·韦斯普奇》(*Simonetta Vespucci*)。在这幅画里，女子编成麻花辫的发丝里，层层装饰着珍珠，大大小小的珍珠，从发髻处流泻下来，令人印象深刻。

然后，就发现了茜茜公主的星状水晶头饰。茜茜公主出生于1837年，正是我国清朝道光十七年，即鸦片战争前三年。

茜茜公主一头长发。她非常珍爱她的头发，用各种昂贵的精油来护理头发，对发饰自然是毫不马虎。星状水晶头饰是国王花重金制作的，每一颗都是纯正的奥地利水晶，价值不菲。然而她只戴了一次，觉得不好看，不喜欢，便随意送人了。以至于到现在，谁也不知道这套首饰的真正下落。

如此好看的头饰她怎会不喜欢呢？不是头饰本身不好看，而是送首饰的人不合她的意。电影《茜茜公主》曾风靡一时，那时我们正上大学，全宿舍的人都迷她，电影里的每句台词我们都能倒背如流。那时，当然不知电影与现实的差距如此之大。事实上，茜茜公主嫁给奥地利国王后没几年，夫妻俩就没了感情。

如此般配的一对，怎地就没感情了呢？替他们不甘，总是重温叙述他俩命运的那些细节，想知道问题到底出在哪儿。这一次，就看到了他们的银婚纪念币。

1879年，奥地利为庆祝皇帝皇后银婚而发行纪念币。纪念币直径36.1毫米，重24.69克，面额2盾，900‰银，发行量27.5万枚。

这枚纪念币，正面是奥匈帝国皇帝弗兰茨·约瑟夫一世（1848—1916年在位）与皇后伊丽莎白（茜茜）的头像，刊拉丁文“FRANC. IOS. I. D. G. AUSTR. IMP. ET. HUNG. REX. AP. ELISABETHA. IMP. ET. REG”（弗兰茨·约瑟夫一世，蒙神的恩典，奥地利皇帝及匈牙利使徒国王，与伊丽莎白皇后）。

背面是一手持丰饶角、一手扶船桨的幸运女神坐像，刊拉丁文“QUINTUM. MATRIMONII. LUSTRUM. CELEBRANT. XXIV. APRILIS. MDCCCLXXIX”（1879年4月24日庆祝第25个结婚纪念日）。

边铭是面额“ZWEI. GULDEN. XLV. KET. FORINT”（2盾452弗洛林）。

以前查找茜茜公主生平资料时，肯定多次见过这枚纪念币，毕竟是银婚纪念啊。但都一一忽视了。这次为何关注？你看，背面是一手持丰饶角、一手扶船桨的幸运女神坐像。

那根弯曲的棒子，原来叫“丰饶角”。

梁慧带回的那枚戒指上，女神手持的是丰饶角。

丰饶角，又名丰饶羊角。英文名“Cornucopia”。词源来自拉丁语“Copiae”，意即羊角。根据希腊神话，宙斯的父亲克洛诺斯噬子，宙斯为逃避被父亲吃掉的命运，躲藏在伊达山的山洞里。哺育之神阿玛耳忒亚用自己的乳汁将他喂养大，尚在哺乳期的宙斯就拥有非同寻常的力量。阿玛耳忒亚的形象是山羊，有一次宙斯与阿玛耳忒亚玩耍时，不慎折断了她的一只角。这只折断的羊角，日后得到神化，成为“无尽滋养”的代表。正如宙斯的养母给予宙斯的那样。

后来，凡是关乎丰收、繁荣、滋养、仁慈、幸运等，都以丰饶角来表示。其形象往往是一支长长的装满果实和鲜花的羊角。神，多是女神，手持丰饶角，水果、谷物、鲜花等溢出角外。

丰饶角具有财富源源不断的寓意，与钱币特别契合，所以在古希腊时期，丰饶角就广泛出现在各国的钱币上。有单独表现丰饶角的，也有作为装饰纹样组合部分之一的，位置往往是在钱币背面。

出现在钱币上的丰饶角，自古就有个显著特点，即经常与皇后联系起来。毕竟，从丰饶角的来源来看，它出于一位女性仁慈者。

公元前180—前116年　埃及托勒密王朝8德拉克马金币
图片来自李铁生编著《古希腊罗马币鉴赏》

比如这一枚埃及托勒密时期的金币。正面为王后像，是王后阿尔西诺伊二世披着头巾的侧面像；背面是盛装的双丰饶角，羊角之中的鲜花、水果、谷物等满溢出来，意指王后为人民带来源源不断的食物、子孙、幸福。

两千多年后的奥地利，到了茜茜公主当皇后时，钱币仍沿用这一传统。

现代钱币上已经很少见到丰饶角图案。但有些国家的国徽上仍有丰饶角，比如哥伦比亚国徽，中心图案为一面盾牌，盾牌上部有两只丰饶角。因国徽图案常用在钱币上，所以在现代钱币上仍能间接地见到丰饶角。

当然，丰饶角不仅仅出现在钱币上。很早很早以前，大约从公元前1500年（我国商代）开始，丰饶角图案就已流行开来，广泛运用于绘画、建筑、雕刻、书籍等等方面。

1959年，在我国新疆民丰尼雅遗址，出土了一块蜡染印花棉布残片。长89厘米、宽48厘米。年代为东汉。有意思的是，这块棉布右下角的方格内是一位半身女性形象，四分之三侧向左面。脸如满月，发髻堆盘。柳叶眉，杏眼向左凝视，蒜鼻，樱桃小嘴。戴着珠链、耳环。手上亦有臂环以及手镯等。袒胸露乳。画面特别突出的是她手里抱着一只大大的丰饶角，角内的宝贝多得往外溢出。

丰饶角的主题，最为流行的，莫过于用作酒杯。

在我国商朝早期，希腊的克里特岛已经相当繁荣，其壁画的饮乐场景中，就有大大的角形杯子。这种杯子，希腊语叫“rhyton”，意为流出。我们译为“来通杯”。

来通杯底部有孔，酒液可以从孔中流出，功能有点类似现在的漏斗。因为上面大底部细，酒液源源不断，似乎永不枯竭，与丰饶角寓意一致。

与一般角杯的仰饮用法不同，来通杯酒液从底部孔洞流出时，借助杯中水压，往往成一线直接注入饮者口中。在祭祀活动中，将酒一饮而尽是向神表达致敬。

来通杯传到亚洲以后，广泛流行于美索不达米亚、中亚等广大区域。

有一年春天，去了日本美秀美术馆。因是初春，隧道口的桃花尚未开放，好遗憾啊。可一进馆内，大开眼界，遗憾之情荡然无存。美秀美术馆的藏品之精之美，每一件都惊为天人。

在西亚馆，有两件来通杯。一件为山猫抓鸡来通杯。制作年代为公元前2—前1世纪。杯身简洁素雅，杯底却刻画了一个极其惊险的场景：一只大山猫，凶悍地咬住一只雄鸡。山猫的身体微微向右倾斜，脸部肌肉紧实有力；雄鸡的身体左侧，翅翼卷曲到山猫的脸上，在紧张感中达到一种动态的平衡。银白的山猫与镀金的雄鸡，颜色对比强烈，更是突出了一种跳动感。这件来通杯充分显示了公元前能工巧匠们的卓越审美。

另一件为琉璃来通杯。记得当时在西亚馆柔和静谧的光线下，一件件精品看过来，嘴巴已经惊讶得合不拢了。猛地看到这件琉璃器，惊呆了，不相信自己的眼睛。这件琉璃来通杯，制作年代为公元前5—前4世纪前半，比“山猫抓鸡来通杯”更早。要知道，在公元前，琉璃是极其稀罕的宝贝，其珍贵程度更甚于玉。越王勾践的宝剑，剑格正面就镶有星星点点的琉璃小粒。琉璃要做成如此大的一件器物，且头部还是狮子头造型，简直匪夷所思。

来通杯既然流行到西亚、中亚，那么肯定会进入我国。

我国有来通杯吗？有的，就是“觥筹交错”的“觥”。

金庸先生在《笑傲江湖》里，有一段对酒与酒杯的说法，令人大开眼界：

> 祖千秋见令狐冲递过酒碗，却不便接，说道：“令狐兄虽有好酒，却无好器皿，可惜啊可惜。”令狐冲道：“旅途之中，只有些粗碗粗盏，祖先生将就着喝些。”祖千秋摇头道：“万万不可，万万不可。”

那么得如何好酒配好器呢？按照祖千秋的说法：

1. 汾酒 + 玉杯。唐诗有云：“玉碗盛来琥珀光。”可见玉碗玉杯，能增酒色。

2. 关外白酒 + 犀角杯。关外白酒少了一股芳冽之气，犀角杯正能增酒之香。

3. 葡萄酒 + 夜光杯。“葡萄美酒作艳红之色，我辈须眉男儿饮之，未免豪气不足。葡萄美酒盛入夜光杯之后，酒色便与鲜血一般无异，饮酒有如饮血。岳武穆词云：‘壮志饥餐胡虏肉，笑谈渴饮匈奴血’，岂不壮哉！”

4. 高粱美酒 + 青铜酒爵。高粱酒“乃是最古之酒。夏禹时仪狄作酒，禹饮而甘之”，“饮这高粱酒，须用青铜酒爵，始有古意”。

5. 米酒 + 大斗。“上佳米酒，其味虽美，失之于甘，略稍淡薄，当用大斗饮之，方显气概。”

6. 百草美酒 + 古藤杯。百草美酒“酒气清香，如行春郊，令人未饮先醉”，“百年古藤雕而成杯，以饮百草酒则大增芳香之气”。

7. 绍兴状元红 + 古瓷杯。最好是北宋瓷杯。

8. 梨花酒 + 翡翠杯。“白乐天杭州春望诗云：‘红袖织绫夸柿叶，青旗沽酒趁梨花。’杭州酒家卖这梨花酒，挂的是滴翠也似的青旗，映得那梨花酒分外精神。”

9. 玉露酒 + 琉璃杯。“玉露酒中有如珠细泡，盛在透明的琉璃杯中而饮，方可见其佳处。”

讲究啊，酒的滋味，全在这讲究中。说实话，我对酒杯的关注，是在看了这一段之后。

可惜金庸写作《笑傲江湖》是在1967年，如果再过17

年来写，可能会多写一种酒杯—— 白玉觥。

1983年，位于广州市解放北路象岗山上的西汉南越王墓被发现。南越王赵眛，是西汉初年南越王国的第二代王。其随葬品丰富，品类繁多。考古出土金银器、铜器、铁器、陶器、玉器、琉璃器、漆木器、竹器等遗物1000余件。其中，有件玉杯叫“白玉觥”。

据查，秦汉出土的文物中，玉杯、玉斗等玉制的容器相当稀少，全国只有十来件。而在西汉南越王墓中就发现有五

西汉　角形玉杯（白玉觥）　西汉南越王博物馆藏

件，而且每一件风格迥异，做工精细，美轮美奂。

在五件玉容器里，白玉觥是最有特色的一件。它用一整块青白玉雕成，玉质为新疆和田玉。造型仿羊角，中间凿空，上端大，呈椭圆形；末端尖，有卷起的透雕回缠于觥下部。觥身雕刻着一条夔龙，从口部到底部回环卷缠。单线浅刻的勾连云雷纹布满全身。通体由浅浮雕逐渐转为高浮雕，及底部时成为圆雕。打磨细致，历经两千多年仍闪现着温润的光泽。

为何叫它“白玉觥”？白玉不用解释。觥，本义指古代用兽角制的酒器，又有大、丰盛的意思。如：“觥羊”指大羊；“觥饭”指丰盛的饭菜；“觥责”指大加指责。你看，与丰饶角的意思完全一致。

古代用兽角做的酒杯不少。你看，觚、觥、觯、觞等，均带个“角”字。这些酒杯有何不同？

觚（gū），长身，敞口，上部和底部都呈现为喇叭状。孔子感叹：“觚不觚，觚哉！觚哉！”就是说，后来觚变得上下都圆了，觚都不像是觚了，还能叫觚吗？还能叫觚吗？

觯（zhì）：上下差不多大，大腹，有点像现在的痰盂造型。

觞（shāng）：外形椭圆、浅腹、平底，像半只木瓜。

形容饮宴的成语，我们最熟悉的就是“觥筹交错”。意为酒杯和酒筹（用以计算饮酒杯数的筹码）交互错杂，是一幅很多人一起饮酒、酒酣耳热的热闹情景。唐代皇甫松《醉乡日月·觥录事》记道："觥筹尽有，犯者不问。"北宋欧阳修《醉翁亭记》道："射者中，弈者胜，觥筹交错，起坐而喧哗者，众宾欢也。"南宋杨万里《次日醉归》诗："我非不能饮，老病怯觥筹。"

那么，为何是"觥筹交错"而不是"觚筹交错""觯筹交错""觞筹交错"呢？

觚、觯、觞下部都非常稳，酒杯随放不倒。只有觥，下部是尖的，一放下酒就会倒出来，只能手上拿着。大家一起

商　青铜觚　作者摄于中国国家博物馆

饮酒玩乐，既然用到筹码，必定是要罚酒的。这罚酒，须得一饮而尽，那么自然是觥最合适。

因为觥的这个特性，又得一名：奈何杯。没办法，端起来就得喝光。西汉南越王的宫廷里，想必不少觥筹交错的热闹场景。

提到觥，不得不说的还有一件唐代宝物。

这件著名的觥，1970年10月出土于陕西省西安市南郊何家村的唐代窖藏坑，现收藏于陕西历史博物馆。博物馆给它的名字是“唐兽首玛瑙杯”。

很多人迷恋这件宝物，甚至有人说去陕西历史博物馆首先是奔它而去。让人奇怪的是，这件宝物，每看完一次，迷恋程度更加深一层。

此杯高6.5厘米，长15.6厘米，口径5.9厘米。形状似羊似牛。杯体为角状，角尖部雕刻成牛头。牛眼圆睁，目视前方，炯炯有神。牛耳后抿。两只牛角有力凸起，蜿蜒向后，末端紧贴角身，起到很好的平衡作用。牛角上一圈圈螺旋纹很有韵律感，颇像两只弯曲的羚羊角。到底是牛角杯？还是羊角杯？一时分不清，是个混合体。

有趣的是牛嘴，牛嘴中空，杯中酒可自嘴中流出。嘴部有塞子。塞子可考究了，不但是纯金的，还做成笼嘴状的金帽，能够自由套上摘下。

其实，不用描述，你一看到它就能脱口而出：这不就是来通杯吗？如果你是古典派，说的是：这不就是觥吗？

确实是。它更合适的名字应该是：唐缠丝玛瑙来通杯，或，唐缠丝玛瑙觥。

这件宝物，已被列入《首批禁止出国（境）展览文物目录》。理由如下：

1. 它是至今所见的唐代最美的一件俏色玉雕。材质本身是由深浅咖啡色、淡黄色、白色组成的缠丝玛瑙。缠丝玛瑙质地特别坚硬，雕刻费劲，能将其纹理利用得如此行云流水，极其罕见。

2. 它是唐代玉器里做工最精湛的一件。整个作品看上去栩栩如生，又不失安详典雅。细节部分丝丝入扣，连唇边的毛孔、胡须都刻画得细致入微，牛的眼球黑白分明，形神毕肖。加上金笼嘴一点缀，让人过目不忘。

3. 它是唐代中外文化交流的产物。缠丝玛瑙多产自西域，类似这样造型的器皿，在中亚、西亚较为常见。在中亚等地的壁画中时有出现。从我国唐代以前的图像资料来看，这种酒具常出现在胡人的宴饮场面中。《旧唐书》中有“开元十六年大康国献兽首玛瑙杯”的记载。大康国即粟特人。而此觥出土于窖藏坑，而非墓葬。由此专家们推断，这件珍贵的玛瑙觥很可能出自中亚或西亚的工匠之手，由粟特商人带来长安贸易的。

2020年，中国丝绸博物馆曾举办“一花一世界——丝绸之路上的互学互鉴”展。其中展出一件北魏时期的“花卉人物纹金盘”，盘内浮雕中就有胡人持来通杯喝酒的场景。说明我国与中亚、西亚的交流源远流长。

在唐代，也许是胡人较多，来通杯可盛行了。陶器也有做成来通杯状。来看一件1976年河南省郑州市西郊后王庄出土的三彩陶杯。该杯子长14厘米，高7.0厘米，口径7.0厘米。像一只开屏的孔雀。初一眼，这不就是一件来通杯嘛。细瞧，发现嘴巴不在下面，而是往上拗了。是一件改良过的来通杯。

唐　三彩牛角形杯　河南博物院藏

回到成语“觥筹交错”。我们现在形容酒宴的热闹仍会用觥筹交错，但谁的酒席有“觥”这种酒杯？成语“觥筹交错”早就脱离实物而作为一种意象存在了。

梁慧带来的这只丰饶女神戒指，此前一直戴在伦敦一位80多岁的老收藏家手指上。也确实，垂垂老矣还能转让一只戒指收到丰厚的报酬，戒指的丰饶之意实至名归。只是，当我如此梳理一番后，再看这枚戒指，脑子里浮现的却是中西贸易的繁荣与觥筹交错的景象。

0/3

金步摇

大唐最自信的女人

描绘唐代的古画中，有幅风光旖旎的《虢国夫人游春图》。此图描绘的是天宝十一载（752），虢国夫人及其眷属随从一行八骑九人（小女孩与保姆同乘一骑）挥鞭策马，外出踏青游春的情景。一行人前呼后拥、浩浩荡荡、花团锦簇。长安春天的气息扑面而来。

虢国夫人是谁？乃杨贵妃三姐。《旧唐书·列传第一》载：“（杨贵妃）有姊三人，皆有才貌，玄宗并封国夫人之号：长曰大姨，封韩国；三姨，封虢国；八姨，封秦国。并承恩泽，出入宫掖，势倾天下。”

那么画中谁是虢国夫人呢？起初大家都以为是画幅中央的贵妇。你看她风姿绰约，红裙、青袄、白巾、绿鞍，连骑鞍上的坐垫都是金缕银丝的绣织，显得十分富丽。

但是后来有人看出端倪，认为最右边那个“男”的才是虢国夫人。为何？

因为三花马。

所谓“三花马”，是指将马鬃精心修剪出三缕堞垛状鬃毛，也叫“三鬃马”。当然，也有剪成一花、二花的。它既是一种时尚，也是区分马匹等级和贵族身份的一个重要标志。

三花马，是从北方突厥引进的，全部是来自西域的名贵马种。三花马代表了最高贵的级别，被指定为御马。

苏东坡也曾经疑惑：“三鬃”啥意思？他说：“唐李将军思训作《明皇摘瓜图》。嘉陵山川，帝乘赤骠，起三鬃……不知三鬃谓何，后见岑嘉州（岑参）诗，有《卫节度赤骠马歌》云：‘赤髯胡雏金剪刀，平明剪出三鬃高。’乃知唐御马多剪治，而三鬃其饰也。”

有人要有不同意见了，说三花代表最高等级？那李白还五花马呢！对，李白有脍炙人口的诗句：“五花马，千金裘，呼儿将出换美酒，与尔同销万古愁。”但这里的“五花”指的是马身上的毛色，而非马鬃修剪出的形状。你看，同是岑参诗：“马毛带雪汗气蒸，五花连钱旋作冰。”指马身吧。同理，杜甫诗：“五花散作云满身，万里方看汗流血。”这五花指的也是马身上斑驳的毛色。

说来有意思，有一次刚从中国国家博物馆看展回来，朋友就推荐说，浙江大学艺术与考古博物馆有个“乐居长安——唐都长安人的生活”展不错。好，那就去呗。于是，看到了两个馆几乎一模一样的三彩釉陶马。

上：三彩釉陶马　作者摄于中国国家博物馆
下：三彩马　作者摄于浙江大学艺术与考古博物馆

两匹马的装饰极其雷同，但它们的身份可不一样。区别就在马鬃。中国国家博物馆这匹是三鬃马，是皇家御马。可能正因为这个原因，它曾长期担任“古代中国”展的宣传画“代言人”。

唐太宗李世民爱马如儿，他把最心爱的六匹战马刻为石像，安置在自己的昭陵里，号称昭陵六骏。这六匹马的鬃毛就都被剪作三花。比《虢国夫人游春图》稍后的《明皇幸蜀图》，描绘的是“安史之乱”中唐玄宗逃往四川避乱的情景。“出栈道飞仙岭下，乍见小桥，马惊不进”，画中着朱衣者即唐明皇，骑一匹黑色三花马。

回到《虢国夫人游春图》，画中一行八骑九人。八骑中有两骑为三花马。九人中哪两位有资格骑乘三花马呢？非虢国夫人和她小女儿莫属。

那么，虢国夫人为何男装出行？

首先，在盛唐，女性着男装是一种普遍流行的风尚。《旧唐书·舆服志》记载，唐代玄宗时期宫中诸妇人，“或有着丈夫衣服靴衫，而尊卑内外，斯一贯矣”。在中国国家博物馆，就有身着男装打马球的女子陶塑。女性不但着男装成风，还喜欢着胡服。

其次，这个虢国夫人可有个性了。张祜曾写《虢国夫人》诗：“虢国夫人承主恩，平明骑马入宫门。却嫌脂粉污颜色，淡扫蛾眉朝至尊。”虢国夫人受到皇上的宠恩，大清早就骑马进了宫门。她嫌脂粉会玷污她的美艳，淡描蛾眉就进去朝见至尊。虢国夫人自恃天生丽质，不化妆就进宫朝见天子。而唐玄宗很宠爱这位有个性的三姨，给她随时入宫拜见的特权。“素面朝天”这个成语因此而来。

《明皇杂录》记道：“虢国每入禁中，常乘骢马，使小黄门御。紫骢之俊健，黄门之端秀，皆冠绝一时。”虢国夫人每每进入皇宫，常骑着一匹紫骢宝马，旁边有一个小太监为她牵马。紫骢宝马的高大健美，小太监的端庄俊秀，都是当时首屈一指的。

但是，如果你凭此以为虢国夫人喜欢朴素，不爱珠宝，那就大错特错了。

同是《明皇杂录》，载：“虢国中堂既成，召匠圬镘。授二百万偿其值，而复以金盏瑟瑟三斗为赏。”虢国夫人新宅的中堂建好后，招来工匠粉刷墙壁。起初说好给工钱二百万钱。待到粉刷完毕，虢国夫人一高兴用金盏盛蓝绿色琉璃三斗，再赏给工匠们。

又载，唐玄宗要去华清宫，杨贵妃的姐妹们铺张开了。准备了一驾牛车，装饰金翠羽，又是珠子又是玉件，一辆车的软装费竟不下数十万贯。结果呢，超豪华车子太重了，牛拉不动。只能报告皇上，各人骑马去。于是又竞购名马，配上黄金的衔笼，马腹两侧遮挡尘土的也都是高级绣品。一匹匹珠光宝气的宝马齐聚杨国忠家，会齐后一同去皇宫。一路上灯火灼灼，两边观看的人将道路都堵死了。

《旧唐书》接着记道：“玄宗每年十月幸华清宫，国忠姊妹五家扈从，每家为一队，着一色衣，五家合队，照映如百花之焕发，而遗钿坠舄，瑟瑟珠翠，灿烂芳馥于路。”虢国夫人更是嚣张，“每三朝庆贺，五鼓待漏，倩妆盈巷，蜡炬如昼，从不避嫌”。

一首杜甫的《丽人行》，替我们描绘了虢国夫人盛装的样子：

三月三日天气新，长安水边多丽人。
态浓意远淑且真，肌理细腻骨肉匀。
绣罗衣裳照暮春，蹙金孔雀银麒麟。
头上何所有？翠微盍叶垂鬓唇。
背后何所见？珠压腰衱稳称身。
就中云幕椒房亲，赐名大国虢与秦。
……

虢国夫人与秦国夫人，长得“态浓意远淑且真，肌理细腻骨肉匀”。头上戴的是什么？翠鸟羽毛做的花叶垂挂在两鬓。背后看到的是什么？珠宝镶嵌的裙带压住裙子不会被春风吹起。

哎？“翠微盍叶”你说是翠鸟羽毛做的花叶，到底是啥样？“珠压腰衱稳称身”你说是珠宝镶嵌的裙带压住裙子不会被春风吹起，裙带一般是拦腰系住，何以能压住裙子不会被春风吹起呢？

好吧。我们来看看同时代一位宗室女的头饰与裙带。

李倕，唐高祖李渊的第五代后人。李渊的第十八子为舒王李元名，李元名之子为豫章郡王李亶，李亶之子为李津，李津的第二女即为李倕。

李倕生于712年，死于736年，年仅25岁。墓志中有一段哀悼之语，说“子在于襁褓”，推测李倕死于难产。

而虢国夫人生于716年，仅仅比李倕小4岁，说同时代人毫不为过。

2001年，陕西省考古研究院于在西安南郊理工大新校区发掘唐代墓葬时，发现了李倕墓。出土的服饰之美，惊讶了众人。被称为唐代珠宝首饰工艺代表之作。

头上何所有？金筐宝钿高凤冠。

此头冠通高42厘米，重806克。高吧！也重。冠饰所用的材料有绿松石、琥珀、珍珠、红宝石、玻璃、螺钿、玛瑙、金银铜铁等480余件。冠饰开满宝相花，且花朵是多重立体的。不仅有花朵，还有葡萄、石榴等果实点缀其间。金玉辉映，五光十色。上千片绿松石雕刻出叶片脉络，模仿翡翠鸟鲜艳的蓝绿色羽毛，色彩绚烂，极尽奢华。用“翠微盍叶垂鬓唇”来形容一点不过分。

唐　李倕复原冠饰　金筐宝钿凤冠
徐建东摄于首都博物馆“万年永宝——中国馆藏文物保护成果展”

来看个头冠上的细节。真是不看不知道，一看吓一跳。多么繁复的工艺啊！这个工艺有个好听的名字，叫“金筐宝钿”。大致步骤如下：

1. 先做金筐。金子锻打成扁金片，做成团花或如意头等样子，焊接在器物表面，形成立体感极强的装饰。

2. 在团花及如意云头的外缘，焊接一圈细密排列的小金珠。

3. 在金筐里填上五颜六色的各种宝石、半宝石的镶嵌物。钿，即把金属宝石等镶嵌在器物上作为装饰。

接着来看李倕的裙饰。先看腰部。这裙腰美得让人移不

唐　金筐宝钿凤冠细节图

唐　李倕复原服饰佩饰（裙腰）　徐建东摄于首都博物馆
“万年永宝——中国馆藏文物保护成果展”

开眼睛。用珍珠串编成菱形网格，网格中缀饰四瓣花钿，既繁华又有序。

再来看裙带。裙带上的花纹不是丝线绣上去的。原来也是“金筐宝钿”。金子做的筐筐里，填上绿松石、螺钿、珍珠等，焊缀金炸珠，多么完美的宝相花啊。

“背后何所见？珠压腰衱稳称身。”以前读杜甫的这句诗，总觉不好理解。“衱”一般解释为“衣后襟”，腰衱可简单理解为裙子的后片。裙后片经常随风起舞，有碍观瞻。但裙后片怎能以珠子来压呢？看了李倕的裙饰，恍然大悟！

有这样富贵沉沉的裙饰压身，自然是稳稳的称身了。

回头想想，也只有“金筐宝钿”这种工艺，才能最好地诠释大唐盛世的雍容光华啊。

金筐宝钿，是唐代特有的工艺吗？

唐　李倕复原服饰佩饰（裙身部分）　徐建东摄于首都博物馆“万年永宝——中国馆藏文物保护成果展”

不，金筐宝钿起源于公元前的西域，公元前后传入我国。

山西博物院的藏品“金筐宝钿饰片”，制作年代为北齐，工艺与唐代的金筐宝钿几近一致。金筐内镶嵌玛瑙、琉璃、孔雀石、蚌片等，颇为华美。

1997年，新疆考古工作者在昭苏县波马墓葬中，出土了镶嵌红玛瑙（有的说是红宝石）的金面具、金罐、金刀鞘、金银瓶、金饰件等多件珍贵文物。红玛瑙（或红宝石）多为椭圆形、指甲形、水滴形、弯月形，以小金珠构成的联珠、三角形、菱形作地纹。

这种金筐宝钿，单一镶嵌红玛瑙（或红宝石），而未见常用的绿松石、琉璃、珍珠、螺钿等，相当特殊。可见，每个民族都有自己的审美。而审美又与本民族的历史、宗教等密切相关。据专家推测，这批宝藏为西突厥遗存，时间大概在公元6—7世纪。

金筐宝钿虽来源于西域，却是在大唐盛放出其最璀璨的光芒。

最后说回虢国夫人。那个美丽、跋扈、奢靡的女人，后来怎么样了？

据《旧唐书》记载，《虢国夫人游春图》场景仅仅过去四年，天宝十四载（755），“安史之乱”爆发。

当虢国夫人知道在马嵬之变中，杨国忠父子被杀、杨贵妃被缢死后，她仍能镇定处事。与儿子、女儿及杨国忠之妻趁乱逃出，骑马逃奔陈仓（治所在今陕西宝鸡市东渭水北岸）。陈仓县令闻讯后，亲自率人追赶。虢国夫人仓惶中逃入竹林，在此杀死自己的儿子、女儿及杨国忠妻，然后自刎。未死，被抓获，关入狱车中。虢国夫人面无惧色，从容询问抓她的是何人，是政府军还是叛军？不久，刎伤出血凝喉窒息而死，被葬在陈仓郊外的杨树下。

三百多年后，苏轼看到《虢国夫人游春图》，感叹道："明眸皓齿谁复见，只有丹青余泪痕。"

要命的翡翠

如今，在华人圈内，翡翠爱好者比比皆是。

翡翠商家，为了将文案做得美轮美奂，总爱引用几句古诗词，显得翡翠既有文化又有意境。翡翠爱好者呢，爱到痴迷，不知怎样表达，也去古诗词里寻求说法。

以下是经常被引用的描写翡翠的诗句：

初唐齐己《翡翠》："水边飞去青难辨，竹里归来色一般。磨吻鹰鹯莫相害，白鸥鸿鹤满沙滩。"

唐代韦庄《归国遥·金翡翠》："金翡翠，为我南飞传我意：罨画桥边春水，几年花下醉？别后只知相愧，泪珠难远寄。罗幕绣帷鸳被，旧欢如梦。"

宋代王质《翡翠儿》："翡翠儿，翡翠儿，幽清净绿深依归。浮空凝风香不动，翻身一掷碎花飞。"

哎？不对啊。翡翠是宝石，怎么诗里尽是飞来飞去的？

也有朦胧的。唐李商隐《无题》："蜡照半笼金翡翠，麝熏微度绣芙蓉。刘郎已恨蓬山远，更隔蓬山一万重。”是说蜡烛照着一件黄金镶嵌的翡翠，光影迷离吗？

非也，如果你跟白居易的诗一对照，便知此“金翡翠”是指绣被。《长恨歌》写杨贵妃死后，唐明皇因思念她而辗转难眠：“夕殿萤飞思悄然，孤灯挑尽未成眠。迟迟钟鼓初长夜，耿耿星河欲曙天。鸳鸯瓦冷霜华重，翡翠衾寒谁与共。”

李商隐“蜡照半笼金翡翠，麝熏微度绣芙蓉”说的是：蜡烛的光亮透过来，朦胧照见绣着金线翡翠的被褥。一半看得见，一半看不见。麝香香薰的袅袅气息，隐隐穿过绣着芙蓉花的纱帐。时而闻见，时而闻不见。哎呀，李商隐真是写情色的高手。

这下明白了，古诗词中的“翡翠”，指的是翡翠鸟。你看，“翡”“翠”，造字本身都带羽毛，本就是指鸟。“金翡翠”说的是用金线绣的翡翠鸟，“翡翠衾”说的是绣着翡翠鸟的被褥。

还有，古诗词里“凤阙轻遮翡翠帏”，自然指绣着翡翠鸟的帐幕。“翡翠屏深月落”，指绣着翡翠鸟的屏风。

让人这么喜欢的翡翠，到底是一种什么样的鸟？

在南方，有一种会捕鱼的鸟，毛色极其艳丽夺目，全身翠蓝色，腹面黄棕色。雄鸟以红为主色调，谓之“翡”，雌鸟以绿为主色调，谓之“翠”。统称为“翡翠”。

翡翠鸟体长约15厘米，比麻雀大一点。头大，体小，尾

翡翠鸟　摄影：朱法君

羽短。多栖于水边，以小鱼、虾为食，所以又叫“打鱼郎”。唐代李绅写道：“翡翠飞飞绕莲坞，一啄嘉鱼一鸣舞。”翡翠鸟捕鱼的姿势非常有趣。平时直挺挺栖息在水边，很长时间一动不动。有时也鼓翼飞翔在水面上，好像悬在空中。一旦看到鱼虾游过，立刻直扑水中，用嘴捕取。动作异常迅猛。

翡翠鸟的羽毛颜色是从绿到蓝之间变化的。光线越强，它的颜色就越艳丽。翠羽强烈的色彩除来自羽毛本身外，还由于光线折射，它会像一个三棱镜一样将光谱分解成变换的彩虹色，从而使翠色流转欲滴、流光溢彩，极其美丽而高贵，让人过目难忘。

在很早的时候，翡翠鸟的羽毛就被利用了。如《周礼·春官·乐师》记载：宫廷大礼中，舞蹈有帗舞、羽舞、皇舞、旄舞、干舞、人舞这六种形式。《汉书·礼乐志》注文解释说："帗舞者，全羽；羽舞者，析羽；皇舞者，以羽冒覆头上，衣饰翡翠之羽；旄舞者，牦牛之尾；干舞者，兵舞；人舞者，手舞。"所谓"皇舞"，不仅头上要戴羽毛帽子，衣服上也要装饰翡翠鸟的羽毛。

同样，很早之前翡翠鸟就被用来形容女子的美丽。战国时期的宋玉，在其著名的《神女赋》中写道："夫何神女之姣丽兮，含阴阳之渥饰。披华藻之可好兮，若翡翠之奋翼。"要说神女的娇艳美丽啊，那真是得天地精华之美质。身披着水草般美丽的衣裙，就像翡翠鸟张开双翅在奋飞。

有一次跟朋友说这些时，朋友反驳道：好吧，你说的有道理，但我还有古诗词句子，说明"翠"不是指翡翠鸟儿，就是指翡翠宝石。唐代郑遨诗句："美人梳洗时，满头间珠翠。"宋代柳永："向路旁往往，遗簪堕珥，珠翠纵横。"元代朱德润："外宅妇，十人见者九人慕。绿鬓轻盈珠翠妆，金钏红裳肌体素。”怎么样？指的是首饰吧？珠翠，百度解释：“表示珍珠和翡翠”。

对。首饰没错，但“珠翠”的翠，还不是指翡翠宝石，而是指“翠羽”。

战国宋玉是个美男子，也是自恋狂。他在《登徒子好色赋》中说有美女勾引他，而他不为所动。美女美到什么程度呢？“东家之子，增之一分则太长，减之一分则太短；著粉则太白，施朱则太赤；眉如翠羽，肌如白雪；腰如束素，齿如含贝；嫣然一笑，惑阳城，迷下蔡。”

显然，这里的“翠羽”，是指翡翠鸟羽毛。历史上，翠羽的一种最奢侈的用法，是捻在丝线里作为衣裙的织料，或铺排在衣裙的绣片上。马王堆汉墓就发现一种“羽毛贴花绢”，是用铺绒和羽毛贴捻在花绢里的。

能用得起这种衣料的，天底下恐怕没几个人吧。的确，史籍上明确记载的有两位公主。

一位是我们在《古珠之美》中提到的安乐公主。

安乐公主出生在父母被贬的路上，生下来时只能以衣服裹着当襁褓，所以小名叫李裹儿。李裹儿从小聪明伶俐，能言善辩，很得父母宠爱。后来她父亲李显当了皇帝，便想百般弥补女儿所受的苦，恨不得将天下珍品全部给女儿。

《旧唐书·五行志》曾记：“中宗女安乐公主，有尚方织成毛裙，合百鸟毛，正看为一色，旁看为一色，日中为一色，影中为一色，百鸟之状，并见裙中。”安乐公主有一条百鸟裙，正看是一种颜色，侧看又是一种颜色，在阳光下看是一种颜色，在暗中看又是一种颜色，百鸟生动之态在裙上一一可见。

“自安乐公主作毛裙，百官之家多效之，江岭奇禽异兽毛羽，采之殆尽。”公主率先招摇，百官之家竞相效仿。岭南地区奇珍异兽的羽毛，被采了个精光。虽然百鸟裙没指明用的是哪些鸟的羽毛，但“江岭”一词道出此为南方。唐代的江岭指“大庾岭”，过此即是岭南地区。南方的鸟羽，以翡翠鸟最为华贵。

这场南方生态危机，直到唐玄宗上台才得以止息。“开元初姚宋执政，屡以奢靡为谏，玄宗悉命宫中出奇服，焚之于殿廷，不许士庶服锦绣珠翠之服，自是采捕渐息，风教日淳。”

另一位公主，与其父的互动迥异于安乐公主。谁也？宋代的永庆公主。

永庆公主是宋代开国皇帝赵匡胤的女儿。赵匡胤这个人，崇尚简朴是出了名的。当了皇帝还经常穿旧衣服，还将自己穿过的麻线布衣赏赐给近臣。以至于有次宫宴上，他弟弟赵光义忍不住说：“陛下的穿戴太草率了。”是嘛，有损帝王威严，皇弟的脸面也挂不住了。

永庆公主在这样的父亲的教导下，自然没有穿戴华丽的日子。但这一天，她的出嫁之日就要到了，就奢侈一回吧。她穿了一件“贴绣铺翠襦”去见父亲。贴绣铺翠襦，就是一件贴着绣片的上衣，绣片上粘着翡翠鸟的羽毛。“铺翠”，即将翡翠羽毛铺排成一个花样。

有关这个词，我们熟悉的古诗词有李清照的《永遇乐·落日熔金》:“中州盛日，闺门多暇，记得偏重三五。铺翠冠儿，捻金雪柳，簇带争济楚。如今憔悴，风鬟霜鬓，怕见夜间出去。不如向、帘儿底下，听人笑语。”你看，铺翠冠儿，李清照未出嫁时，也喜欢戴铺翠帽子。

永庆公主一身光鲜，本想讨个父亲的好。哪知，她父亲赵匡胤一看见这件衣服，脸就拉下来了:“这件衣服脱下来给我，从今天起不许用此类装饰。”公主撒娇道:“这用得了几只翠鸟啊!”赵匡胤教导她:“皇家用此饰品，宫廷里、百官人家必定效仿。京城的翠羽价格一路攀升，民众追逐高利，环环贸易连接，对生灵的伤害势必日益加剧。你生长在富贵当中，应当惜福，怎么能造此恶孽呢!”

于是，赵匡胤于开宝五年(972)六月，下诏“禁铺翠”。

也许是因为翠羽实在太好看了，一百多年后，到了宋徽宗手里，上流社会又兴起铺翠之风。宋徽宗虽说是个对美鉴赏力极高的皇帝，但在铺翠这件事情上，头脑还是相当清晰的。他说:“先王之政，仁及草木禽兽，皆在所治。今取其羽毛，用于不急，伤生害性，非先王惠养万物之意。可令有司立法闻奏。”然后，在大观元年（1107），宋徽宗重申“禁铺翠”的禁令：“今后中外并罢翡翠装饰。”

也许，宋徽宗最想做的，是将翡翠鸟活生生留在他的画卷中吧。

前面说了，李清照未出嫁前，喜欢戴“铺翠冠儿”，说明宋徽宗的禁令并未得到有效的执行。但李清照结婚后反而不戴了。是朝廷禁令更严了？非也。李清照的《金石录后序》说明了原因：“余性不耐，始谋食去重肉，衣去重采，首无明珠翡翠之饰，室无涂金刺绣之具。”为了收藏历代名家墨宝，李清照省吃俭用，头上不戴明珠、翠羽等首饰，屋内没有镀金、刺绣的装潢。

宋代的铺翠、翠羽，后来有了另外一个词：点翠。

点翠，在我国已有两三千年历史。还记得小学课本上的故事《买椟还珠》吗？

有个楚国人想把他的珠子卖给郑国人，特意制作了一只放珠子的匣子。匣子用上好的兰木做成，以桂皮花椒将它熏香，再镶嵌上各种珠玉，粘贴上翠羽。郑国人一看，哇，盒子这么漂亮，买走了匣子而将其中的珠子还给楚国人。（原文见《韩非子·外储说左上》）“买椟还珠”是讥讽人没有眼光，取舍不当。

但是，以珠子爱好者的眼光看，或许也有另外的可能。比如，翠羽在楚国稀松平常，楚国在南边，翡翠鸟就是南方的鸟嘛。而郑国却在北方，北方见不到这种美丽的鸟，翠羽在郑国，可能就是宝贝。

点翠在制作时，先将金、银敲打成薄片，盘成花鸟鱼虫等各种形状，焊接到一个托底上。在所盘的空间里，涂上适量的胶水，用小剪子剪下翠鸟的羽毛，轻轻地用镊子把羽毛排列粘贴其上。阴干即可。

点翠的制作步骤并不复杂，只需钉翠、铡翠、裱翠、点翠、阴干五个步骤。但因羽毛极其轻柔，有正反面，且色泽与纹路有差异，要将翠羽一点点慢慢地点到小小的金属片胎体中去，保证纹路清晰、色泽统一、方向秩序排列一致、胎与翠咬合致密，非常考验功夫。稍有偏差，哪怕轻微的手抖都有可能对最终的视觉效果造成影响。这对匠人的耐心、毅力与经验都是严峻的考验。

而一旦高质量的点翠工艺完成，金银玉石的刚硬与单一，就被翠羽的鲜艳、灵动、柔软所打破，两者结合，刚柔并济，达到一种奇妙的平衡。在所有的首饰工艺中，显得别具一格。更因古人认为鸟类具有与神灵沟通的特性，预示着生命的生长与升天的力量，更是给予饰品一种特有的高贵气质。

在翠羽上，往往还会镶嵌进珍珠、玉、琥珀、红珊瑚、玛瑙等宝玉石、半宝石。翠羽的流光溢彩，配上金光闪闪的凸边，再点缀以五颜六色的珠宝，越发显得富丽堂皇、高贵典雅。

别看点翠用到的羽毛不多。但不多的羽毛往往取自多只翡翠鸟。因为，一只翡翠鸟能用到的羽毛只有28根。分别是左右翅膀上各10根，尾部羽毛8根，这叫“硬翠”。其他比较细小的羽毛，叫“软翠”。制作一支小小的点翠金簪，要用到数只乃至数十只翠鸟的羽毛。宫廷饰品则更为讲究，每百只翡翠鸟中只能选取几只为上品，材料的淘汰率高达95%。

所以上面提到的唐代郑邀诗句：“美人梳洗时，满头间珠翠。”后面还跟两句：“岂知两片云，戴却数乡税。”两片翠羽，要用去好几个乡的税赋。难怪宋代胡仲弓为翡翠鸟叹道：“毛羽生来便属人，悔将体段斗精神。寄言翡翠休惊讶，但是文章尽累身。”

翠羽自公元前开始流行，一直畅行不衰。到唐代更是光鲜夺目，世人共逐。到了唐中宗安乐公主这里，因百鸟裙导致岭南翡翠鸟几乎绝种。宋代，经皇帝们一脉相承延续“禁翠令”，总算没有兴起用翠的高潮。但明里暗里的铺翠之风，仍屡禁不止。明代时，我国的翡翠鸟已经少见，点翠，得依靠从东南亚进口翡翠鸟。邢宥《吟翡翠》道：“文彩彬彬翠黛鲜，品流未让百禽先。休言筋骨非为贵，且道皮毛也值钱。”

翡翠鸟的皮毛到底怎么个值钱法？《东西洋考》记载，万历四十三年（1615）的“翠鸟皮四十税银五分”。换算下来，一张翠鸟皮可顶2.4张獭皮，0.37张虎豹皮。

从出土文物来看，明代整个社会风靡的是宝石，而非点翠。而一到清代，点翠之风再度盛行，如野火般燎原。清代点翠的使用达到了前所未有的程度。清宫中内务府专门设立“皮库”负责管理和收集翠羽，而“银库”专门设有“点翠匠”，承造“翠活计”。

清宫的点翠，点遍了宫廷生活的方方面面。

首先当然是首饰。主要有钿子、头花、头簪、耳环、戏冠等。清代统治者发祥地在东北，东北松花江、黑龙江、乌

清　银镀金点翠嵌珠宝花卉纹簪　作者摄于故宫博物院

苏里江、鸭绿江等流域所产的珍珠，质地圆润硕大，色泽晶莹剔透，备受清代宫廷珍爱。“结珠铺翠”这项工艺，就成了清宫首饰的重要特色。花丝点翠，镶嵌宝石、玉石、红珊瑚、琥珀等，再配以结串珍珠或垂坠的珍珠穗，繁华丰盛，贵气逼人。

点翠头饰中经常出现的图案有四类：一是凤鸟、蝙蝠、蜂蝶，象征女性地位和富贵福气；二是牡丹、荷花、菊花、梅花等四季花卉，象征着四季平安喜乐；三是石榴、葫芦、佛手等纹样，代表着多子、多福、多寿；四是做成福、禄、寿、喜、卍等字样，寓意吉祥如意。每种纹样都有大致固定的形状，又有细微的区别以示小小创新。

如，在喜庆吉日、盛典时，清宫后妃的头饰往往是圆形点翠头饰。用金银丝编织成有纹样底托，以福、禄、寿、喜字为中心，周围装饰点翠如意、蝙蝠、飘带、吉磬纹，寓意万代福寿、吉庆如意等，圆花上多镶嵌红宝石、碧玺、石料、珍珠等。不说工艺纷繁复杂，就是戴的人，这一天下来，头部也不堪其重啊。

其次是家具陈设。清宫的屏风、挂屏、家具等，材质以木器、漆器为主。雕刻时往往与翠羽相结合，显得华丽异常。如清代中期广东的贡品“紫檀嵌牙点翠海屋添筹插屏”，屏心镶嵌的是神话故事“海屋添筹”。神话中有间屋子里堆放着记录沧桑变化的筹码，用于祝人长寿。画面中以象牙镶嵌

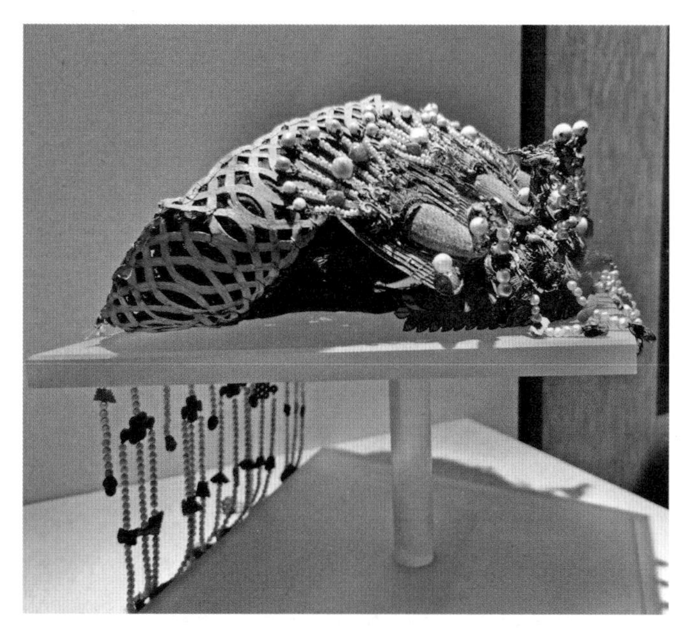

清　金累丝嵌珍珠宝石五凤钿　作者摄于故宫博物院

楼阁房舍，以翠鸟羽毛贴嵌山石树木。仙屋巍立于空中，仙人或驾云奔往，或仰首遥望屋子，飞翔的仙鹤欲往屋中再添筹码。试想，此插屏若少了翠羽，便无法如此强烈地表现仙气缭绕的悠扬意境。

再次是配件装饰。如点翠经常出现在朝珠、流苏、坠角、纽扣、香囊等饰物上，大大提升了器物的精致感和趣味感。不经意的一抹蓝绿，随着人的举手投足，泛起点点流光，极为吸人眼球。

清代的点翠，一直是宫廷独享。但到了清末民初，朝廷的控制力弱了，点翠便在民间流行开来。富庶人家都会在女儿出嫁时，置办一套点翠首饰作为嫁妆，为女儿平添尊贵。而且，点翠也开始出口，外国在华的商人大量收购点翠物品，广东是最有名的点翠的境内外中转站。为此，广东一带点翠工场林立。

清　碧玺桃树盆景　作者摄于故宫博物院

如此泛滥，终于，到1933年，翠羽资源枯竭，中国最后一家点翠工场关闭。

按说最后一家点翠工场关闭到如今还不足百年，但前些年，香港拍《宫心计》时，点翠道具闹了个大笑话。道具师望文生义，将点翠变成了一只五颜六色的鸡毛掸子。安乐公主要出来大大嘲笑一番了。

点翠工艺现在仍有。不过，将翠羽换成了染色鹅毛、蓝色缎面等替代品。

那么，回到本文主题，翡翠真的与翡翠玉石没关系吗？非也，还是有点关系的。

翡翠玉石，因产于缅甸，以前叫“缅甸玉”。缅甸与我国云南省德宏、保山毗邻。明朝时，北越南和缅甸北部均隶属于云南永昌府。所以又有缅甸玉产于“云南永昌府”之说。

缅甸玉色彩丰富，有绿、红、黄、紫、白、蓝、黑七种颜色，以翠绿色为上。缅甸玉的绿，阳、浓、艳、灵，像极了当地产的一种小鸟的羽毛，对了，就是翡翠鸟。于是当地人便叫这种玉石为“翡翠”。

产于云南永昌府的翡翠，传到中原，又叫“云南翠玉”。

纪晓岚在其《阅微草堂笔记》中记道：“记余幼时……云南翠玉，当时不以玉视之，不过如蓝田乾黄，强名以玉耳。今则以为珍玩，价远出真玉上矣……盖相距五六十年，物价不同已如此，况隔越数百年乎。”

纪晓岚出生于1724年。其幼时，翡翠还很不值钱，当时的人，并不真正把它当作玉来看待，不过是勉强叫作玉罢了。这话并没有夸大，是有佐证的。你看成书于乾隆前期的《红楼梦》，约为纪晓岚30岁之前吧，写到贾母带刘姥姥游大观园那天清晨。贾母一进大观园，孙媳妇李纨就迎了上去，“笑道：‘老太太高兴，倒进来了。我只当还没梳头呢，才撷了菊花要送去。’一面说，一面碧月早捧过一个大荷叶式的翡翠盘子来，里面养着各色的折枝菊花。贾母便拣了一朵大红的簪于鬓上。因回头看见了刘姥姥，忙笑道：‘过来带花儿。’一语未完，凤姐便拉过刘姥姥来，笑道：‘让我打扮你。’说着，将一盘子花横三竖四的插了一头。”

一个大荷叶式翡翠盘子。有多大呢？新鲜折来的菊花，横三竖四的插了刘姥姥一头，贾母还戴了一朵，起码有脸盆大吧。可谓器形硕大。这么大的翡翠盘子，李纨并不当一回事，仅仅让丫头日常用来盛放折枝菊花，这在今天是不可想象的。可见，到纪晓岚近30岁时，时人仍不把翡翠当回事。

但纪晓岚接着说，现在，大家都把翡翠当作珍玩，价格远远高出真玉之上了。相差不过五六十年，物价变化已如此之大，何况数百年之物价。

此话，亦有佐证。据历史所载，云南商旅是在1788年开始玉石贸易的。1788年，即乾隆五十三年，纪晓岚65岁。

专门为一件东西开辟一条贸易通道，说明此物已在社会上流行，商人们有利可图。

翡翠的兴起，与一个人有很大的关系。谁？乾隆帝！上有所好，下必甚焉。也只有乾隆帝这个级别的人，能将翡翠之风骤然掀起，几十年间，全社会对翡翠的认识观全面刷新。翡翠价格扶摇直上。

古代帝王偏爱玉器的很多，但像乾隆帝这么痴迷的也是少数。这造就了乾隆时期的治玉高峰。市场上玉料源源不断，玉雕手艺人层出不穷，料佳工好的玉器比比皆是。如今故宫博物院三万多件藏玉，约有一半是乾隆年间制造的。玉器收藏者都知道，只要说这是乾隆工，对方就会眼睛一亮。这起步价，肯定不低。

乾隆帝也是会玩花样的，他专门开设了两处制玉中心，玉器图案的设计亲自过目，不但玉雕题材不断创新，还兴起一股复古风。乾隆年间仿夏、商、周的玉器，几可乱真。

各地官员深知乾隆酷爱玉石，每年都会进贡不少美玉。这当中，云南进贡的翡翠，以其颜色鲜艳、质地灵透入了乾隆的法眼。哎，越看越爱，喜欢上了。

所以，翡翠是先在皇宫中抬高身价，然后带动民间价格的。

不过，虽然乾隆帝喜欢翡翠，但在他眼里，首推的玉还是和田玉。有人说乾隆帝咏诵翡翠的就有五十多首，难道还不是极爱吗？要知道乾隆一生作诗四万首呢。

真正让翡翠独居鳌头成为“帝王玉”的，乃是慈禧太后。

慈禧对翡翠的热爱近乎痴狂，在她所居住的长春宫里，喝茶用翡翠盖碗，用膳用翡翠玉筷，梳妆用翡翠簪子，挂翡翠耳坠，戴翡翠戒指和手镯，摆设用翡翠如意等等。但凡是翡翠能做的，全部用翡翠制作。

由于慈禧的推崇，全国上下，翡翠风愈刮愈烈。翡翠从勉强被称作玉，到被乾隆首肯，再到慈禧痴爱，就登上了首饰材质的顶峰。

左：清　翠碧玺嵌宝簪　作者摄于故宫博物院
中：清　翠十八子手串　作者摄于故宫博物院
右：清　翠瓶　作者摄于故宫博物院

白居易的“瑟瑟”体

以前，西湖边六公园有座外文书店，书店边上有个茶楼。一个黄昏，伙伴们约喝茶，大家都到了，唯有一小伙左等右等就是不到。待得他来，大伙七嘴八舌声讨，没想到，小伙子眉飞色舞向我们描述一路的西湖光景：夕阳西下，开始是金光照耀湖面，后来晚霞渐浓渐艳，那真是“半江瑟瑟半江红”啊。

据说，白居易的《暮江吟》就写于来杭州的路上。“一道残阳铺水中，半江瑟瑟半江红。可怜九月初三夜，露似珍珠月似弓。”

我们当然知道西湖“半江瑟瑟半江红”的样子。夕阳西下，湖面上受光多的部分呈现一片“红”色，受光少的部分，则是一种绿蓝色调。白居易在《忆江南》中写道：“江南好，风景旧曾谙。日出江花红胜火，春来江水绿如蓝。能不忆江南?”红与绿蓝，是白居易常用的色调搭配。

可为何不直白地说“半江绿蓝半江红”呢？以“瑟瑟”代替绿蓝，原因何在？

有人比我还关心这个问题。说遍寻《全唐诗》，“瑟瑟”这个词，就白居易喜欢用。李白、王维、李商隐、杜牧他们一次没用。杜甫用过一次，“君不见益州城西门……雨多往往得瑟瑟”。而白居易，用了15次。所以，戏称是“白氏瑟瑟体”。

白居易的瑟瑟，有些是我们很好理解的。如“浔阳江头夜送客，枫叶荻花秋瑟瑟”，这是指秋天的夜晚，风大，枫叶和荻花在寒风中飘荡，发出簌簌之声，令人感到无比萧瑟。

“瑟瑟”为何用来形容声音呢？瑟，是古代一种弦乐。成语“琴瑟和鸣”，比喻夫妇情笃和好。“琴”与“瑟”，本是两种乐器。一般来说，琴体积小，在台前，面对宾客；瑟体积大，被置于屏风后面，离客人远，用于背景音乐。琴与瑟一起弹拨时，如果声音和谐，则两种调子融为一体，听起来就非常舒服。

琴，我们较为熟悉，古琴嘛。瑟呢？根据刘永济先生解释：“瑟有柱以定声之高下，瑟弦二十五，柱亦如之，斜列如雁行，故以雁声形容之。结言独处，所谓怨也。”白居易《听弹湘妃怨》：“玉轸朱弦瑟瑟徽，吴娃徽调奏湘妃。”瑟发出的音确实有些萧索哀怨。

“瑟”后来又用来比喻风声。汉有无名氏《陌上桑》：“风

西汉　马王堆瑟　作者摄于中国国家博物馆

瑟瑟，木搜搜，思念公子徒以忧。”汉末刘桢有诗：“亭亭山上松，瑟瑟谷中风。”

再后来，瑟瑟又引申为人体颤抖。唐代雍陶《和河南白尹西池北新葺水斋招赏十二韵》：“坐中寒瑟瑟，床下细泠泠。”清代龚自珍《虞美人》：“春寒瑟瑟晚来添，玉钏微闻应是换吴棉。”

但是，白居易却总是用“瑟瑟”来形容水的颜色。除前面“半江瑟瑟半江红”外，还有《重修香山寺毕题二十二韵以纪之》的“两面苍苍岸，中心瑟瑟流”，等等。

被誉为“诗译英法唯一人”的北京大学许渊冲教授，将“半江瑟瑟半江红”翻译为“Half of its waves turn red and the other half shiver（颤抖）”，回译成中文就是“半江红来半江抖”，这个读着就让人不明白了。

要解开这个谜题，先得看白居易的出身。

根据陈寅恪学生姚薇元先生的考证，白居易的祖先为西域胡人，是西域龟兹国的王族。因龟兹国境内有地名 Kutsi，意思是“白、光明”，故汉朝赠其王姓“白”。

龟兹是丝绸之路上的重要驿站，东西文明在此交汇。波斯的珠宝、织锦、银盘、金银币等源源不断从这里流向中原。白居易对波斯珠宝，就像对故乡土特产一样熟悉。对水色的描述，随手以波斯珠宝颜色来比喻，再自然不过。

美国汉学家薛爱华（Edward H. Schafer）在《撒马尔罕的金桃》中，明确写道：“唐朝人用来指深蓝色宝石的‘瑟瑟’这个词，通常就是指‘天青石’。”

天青石，就是现在我们说的青金石。

古代波斯，称青金石为 azur，音译为枝斯石。世界上最优质的青金石原料产地，在如今的阿富汗巴达赫尚。该地处于连接欧亚非的关键节点。由此，阿富汗所产的青金石，向西输往中亚、西亚、埃及以至非洲，甚至到达了欧洲，向东输入中国、日本。在“丝绸之路”形成之前，早有一条“青金石之路”闻名遐迩。

青金石之宝贵难道堪比丝绸吗？

回答是肯定的。使用青金石的历史已经超过6000年。青金石“色相如天，或复金屑散乱，光辉灿灿，若众星之丽于天也”。从考古发现看，古老的苏美尔文明中，青金石是祭祀及日常装饰必不可少的材料。神话史诗《吉尔伽美什》

公元前2600—前2500年
乌尔王陵首饰
朱欣怡摄于德国佩加蒙博物馆

歌颂道：“在黎明之光里，神殿的供桌上，供上镶嵌红玉髓和青金石的容器。”史诗与考古发现可以彼此印证，在乌尔王陵出土的王后首饰中，从项链到手链，均由红玉髓 + 青金石 + 黄金串成。

古埃及法老也最爱青金石。“以其色青，此以达升天之路 。”青金石不仅是装饰，还有升天的宗教意味。

我国使用青金石的历史也很悠久。青金石因色相如天，按典制规定，常被皇帝用来装饰天坛和祭祀上天。《清会典图考》称：“皇帝朝珠杂饰，唯天坛用青金石，地坛用琥珀，日

古埃及饰物　美国大都会博物馆藏

清 金镶青金石领约 作者摄于故宫博物院

坛用珊瑚，月坛用绿松石。皇帝朝带，其饰天坛用青金石，地坛用黄玉，日坛用珊瑚，月坛用白玉。”

回到白居易时代。

白居易出生前22年，天宝九载（750），朝廷兴兵讨伐石国，大胜，俘获其国王。主帅高仙芝英俊异常，却生性贪婪，掠夺了石国的大块瑟瑟十余石以及黄金、名马、宝玉等。

唐代的十余石，相当于现在多少斤呢？一石约等于现在的120斤，十余石就是1200多斤。一下子占据1200多斤大块青金石，说高仙芝性贪毫不为过。

在日本正仓院藏品中，有一条朝臣使用的腰带，是用深蓝色青金石装饰的。在唐朝，腰带是很重要的身份标识。这条腰带不知跟高仙芝搬回的青金石有没有关联。

白居易9岁时，唐德宗继位。《新唐书》记载，唐德宗派遣宫廷内管朱如玉前往于阗求购玉器。这位使臣不仅带回了

清乾隆　青金石松泉人物图山子　作者摄于故宫博物院

青金石腰带　日本正仓院藏

玉圭、带胯、枕、簪、奁、钏等玉制品，还带回瑟瑟百斤及其他珠宝。这下大功告成了吧。不料，画风突变。朱如玉因为抵御不了宝物的诱惑，假称宝物被回鹘人所夺，而将宝物据为己有。后事情败露，被流放。

据唐代记载，瑟瑟产于石国（今乌兹别克斯坦塔什干）的东南方，即今天的阿富汗巴达赫尚。阿富汗的青金石往西销往地中海沿岸，往东经石国、于阗销往中原。于阗，自古以来就是闻名遐迩的宝石集散地。

《新唐书》还记载了一件事。唐敬宗时期（那时白居易50多岁了），有个贪官叫卢昂，他的床是金床，枕头是瑟瑟枕。唐敬宗一看就火了：皇宫中都没这些，此人品行可见一二。

阿富汗巴达赫尚，矿床较多，最著名的萨雷散格矿床，位于科克奇河支流——萨雷散格河谷中。所产青金石块体的平均重量为2—7公斤，部分可达100—150公斤。做个枕头自然没问题。问题是，一个矿区几千年来供应八方客，其珍惜程度可想而知。能得到其中之一的，绝非等闲之辈。

唐代的青金石，不仅是最贵重的异域风格装饰品，也是一种昂贵的颜料。该颜料多用于古代佛教寺庙，所以又叫“佛青”。唐代的敦煌曾有一个名为“瑟瑟监”的机构。莫高窟藏经洞中曾有一篇名为《敦煌二十咏》的组诗，此组诗的第九首就为《瑟瑟监咏》。

但是，问题来了：大凡接触过青金石的，都知道青金石是不透明的，而白居易的“瑟瑟体”中，他形容的江水、河水等，分明是半透明的。

对了，这就引出瑟瑟的第二个指向：琉璃。

第二个指向脱胎于第一个指向。此琉璃是仿青金石的蓝色琉璃。确切一点说，应该叫“人造瑟瑟”。

人造瑟瑟，口语也叫瑟瑟。就像人造水晶，我们也叫水晶一个道理。今日大家口中的“水晶”，水晶杯、水晶灯、水晶手串等等，其实材质是玻璃 +24% 的氧化铅，也即高铅玻璃。而真正的水晶是一种石英结晶。

距今5000年前，美索不达米亚平原烧制出第一块琉璃。距今3000多年前，古埃及出现了琉璃珠子。在气候炎热的古埃及，青金石、绿松石这类有色宝石长期佩戴后，由于汗水等物质侵入，会发生褪色现象。为此古人花大量时间研究并最终烧制出仿宝石的琉璃制品。蓝色琉璃珠，不但像极了青金石，不褪色，而且它的晶莹剔透和流光溢彩常能达到变幻莫测、出人意料的效果，美感甚至超过瑟瑟本身。所以人造瑟瑟带给人类的喜悦是难以形容的。

瑟瑟传入中原的同时，人造瑟瑟亦在中原流行。唐代诗人韦应物的《咏琉璃》道：“有色同寒冰，无物隔纤玉。象筵看不见，堪将对玉人。”

前面说到过，杜甫用过一次“瑟瑟”，是指他的《石笋行》：“君不见益州城西门，陌上石笋双高蹲。古来相传是海眼，苔藓蚀尽波涛痕。雨多往往得瑟瑟，此事恍惚难明论。恐是昔时卿相墓，立石为表今仍存。”他的猜想应该不错，此地为古墓，雨水一大，墓中的琉璃珠被冲刷出来了。

陆龟蒙写过一首《汤泉》可以与史载相互对照着看。诗曰：“暖殿流汤数十间，玉渠香细浪回环。上皇初解云衣浴，珠棹时敲瑟瑟山。”写的是啥呢？《明皇杂录》有记载：“（唐明皇）又尝于宫中置长汤屋数十间，环回甃以文石，为银镂

距今2000多年的西亚琉璃珠　作者自藏

漆船及白香木船置于其中，至于楫橹，皆饰以珠玉。又于汤中垒瑟瑟及丁香为山，以状瀛洲方丈。”宫中的温泉中，漂着银饰的木漆小船，船桨以珠玉制成，又用瑟瑟和丁香叠成假山，供杨贵妃享用。试想，用以珠子装饰的船桨去敲琉璃瑟瑟时，其音色何其动听。

温庭筠为一支琉璃瑟瑟的发钗写过一首诗，即《瑟瑟钗》：“翠染冰轻透露光，堕云孙寿有余香。只因七夕回天浪，添作湘妃泪两行。”诗中突出表现了琉璃的半透明特质。

正是这种半透明的蓝色，被白居易拿来比喻碧水。也许这个意境实在太美，后世一直沿用，并且为“瑟瑟波”配了个色彩对子叫“猩猩色”。如比白居易小六十多岁的韦庄，在《乞彩笺歌》中有：“留得溪头瑟瑟波，泼成纸上猩猩色。”宋代陆游的《携一尊寻春湖上》有：“花梢已点猩猩血，水面初生瑟瑟纹。”

话说回来，瑟瑟还有第三个指向：蓝宝石。

我国地质学开山祖之一的章鸿钊先生，认为瑟瑟就是蓝宝石。他认为瑟瑟是外来音对应的中国字。瑟瑟古汉语音“sat－sat”，现代宝石中只有蓝宝石的发音是“sapphiros”和“sapphire”。而青金石的发音是“lazurite”和“lapis”，所以瑟瑟是蓝宝石而非青金石。

我们认为这种可能性极小。唐朝出土文物中极少见到蓝宝石。蓝宝石大到可以做枕头，不现实。一次战争掠夺千斤以上，也不可能。蓝宝石用来叠假山，更是无稽之谈。也许，瑟瑟偶尔会指向蓝宝石。在唐代，蓝色的珠宝较为稀少，大凡蓝色的均冠以“瑟瑟”之名，也是有可能的。但在古诗词中，我们没有找到例证。

倒是西方学者梅利尔让问题有了转折。他认为，《圣经》中的“sappir”（即 sapphire），原来是指青金石。过了很长时间以后，这个词又被转用来指刚玉类中的蓝宝石了。

最后，最让人陷入迷思的“瑟瑟”来了。

《新五代史》记载：“吐蕃妇人辫发，戴瑟瑟珠，云珠之好者，一珠而易良马。”西藏那边的妇女梳发辫，戴瑟瑟珠。品相好的瑟瑟珠，一颗可以换一匹良马。

不解了吧。无论是青金石、蓝琉璃，还是蓝宝石，放进去都说不通啊。

瑟瑟的第四个指向来了：天珠。

天珠是泛喜马拉雅地区特有的珠子。天珠的材质是玛瑙，在玛瑙上以古老配方制成液汁，人工画出特殊含义的图案，再进行烧制，最终形成黑白或棕白相间的珠体。天珠因其巨大的宗教能量，在泛喜马拉雅地区各民族中拥有崇高的地位。

有人认为天珠被称为瑟瑟，皆因天珠在藏区的发音为“瑟（dzi）”。我们认为，瑟瑟与天珠的关联，非因发音，而因工艺与宗教。

天珠项链　作者自藏

天珠的加工与琉璃的加工有异曲同工之处，均需烧制，从火中取得。天珠起源于苯教，却被后人赋予佛教的能量。而琉璃亦为佛教“七宝”之一，被修行之人认为是药师佛的化身，为消病避邪之灵物。

兜兜转转，我们查资料查累了。你读得也累了吗？好吧，去西湖边找间茶室，我们喝茶去。

朝廷大臣的腰带

从小看戏剧，总见大官们腰里围个“呼啦圈”，唱激动时，双手抓起圈子抖一抖。所以一直以来，以为古代的官服就是长袍+呼啦圈。

读李白的诗，忽然不解。你看他写道：“风流少年时，京洛事游遨。腰间延陵剑，玉带明珠袍。”玉带，一条玉制的呼啦圈，那得多大的一块玉呀？再读韩愈的《示儿》：“开门问谁来，无非卿大夫。不知官高卑，玉带悬金鱼。”朝廷大官，腰里一个玉制的呼啦圈，圈上还挂个小金鱼？

古人的腰带，一关注吓一跳。谁说男人不臭美，一根腰带，玩出多少种花样啊。

根据考古发现，春秋战国时期，流行的腰带款式是“一带一钩”，即一根绦带（丝线编成的扁平带子）围在腰间，头里用个钩子钩住。

由于视角重点在钩子，于是，最奢华的用料、最先进的工艺、最时髦的设计，都用在了带钩的制作上。从材质上分，有青铜的、玉的、琉璃的等；从工艺上分，有错金银的、青铜嵌玉的、青铜嵌琉璃的、玉嵌琉璃的、杂宝嵌的等；从设计上分，有兽形、几何形、人物形、花草形等。可谓争奇斗艳。“诸子百家”的光芒，映射到小小带钩上，竟也如此炫目。

以致到了西汉，淮南王刘安在《淮南子》中记道：“满堂之座，视钩各异，于环、带一也。”宾客满座，放眼望去，每个人腰间的带钩都不一样。

玉制的带钩就是李白说的“玉带”吗？不！

由带钩到玉带，其间的重要转变发生在魏晋南北朝时期。对了，就是马上民族与农耕民族在腰带上发生了大碰撞、

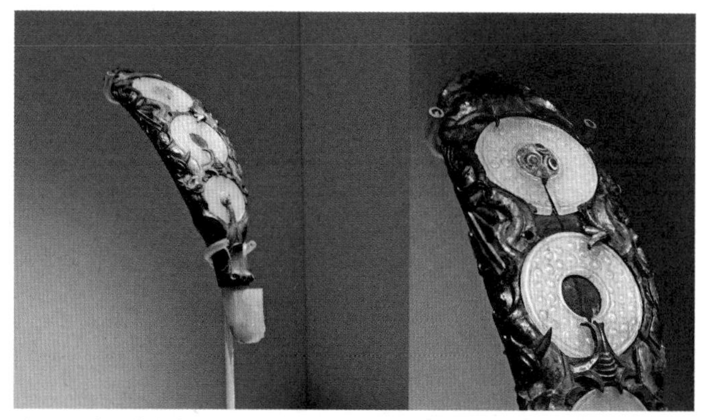

战国　魏　鎏金嵌玉镶琉璃银带钩　作者摄于中国国家博物馆

左：辽　金带𬭚　作者摄于吉林省博物院
右:《明宪宗调禽图》局部　作者摄于中国国家博物馆

大融合。

魏晋南北朝，许多政权都是北方游猎民族建立的。游猎民族在马背上行走，生活日用品必须随身携带。他们的办法是在腰带上钉环，再将日用品系在环上。那些有舌的环就叫“𬭚”。𬭚为金字旁，一开始是金属做的。

𬭚带传到中原，被叫作“蹀躞带”。蹀躞，两个字都是足字旁，原意是小步走路的样子，不知为何被用到了𬭚带上。据说蹀躞带公元前就传到中原了，但大规模流行要到公元3—5世纪（即两晋时期）。

北周宣政元年（578）的若干云墓、隋大业六年（610）的姬威墓皆发现蹀躞带。

2013年，考古工作者在扬州市曹庄发现了隋炀帝的陵墓。墓中出土了一套完整的十三环金镶玉蹀躞带。

根据《隋书·李穆传》记载，北周末年，老臣李穆的儿子劝李穆谋反，但是“穆深拒之，乃奉十三环金带于高祖（即隋文帝），盖天子之服也”。说明当时的规制非常明确，“十三环金带”属天子之腰带，非常人所能使用。隋炀帝杨广墓出土的这件十三环金镶玉蹀躞带，正是一个证据。

而真正将蹀躞带作为国家官服制度规定下来的，是在唐高祖李渊时期。

《唐实录》记载：“高祖始定腰带之制，自天子以至诸侯，王、公、卿、相，三品以上许用玉带。”你看，李白所称“玉带”来了。

既然上升到国家制度层面，玉带的使用就规定得非常严格了。上元元年（674）颁布的《车服志》规定：文武三品以上服紫（穿紫色衣服），金玉带，共十三环；四品服深绯，五品服浅绯，并金带，各十一、十环；六品服深绿，七品服浅绿，并银带，九环；八品服深青，九品服浅青，并鍮石带，八环；流外官及庶民用铜铁銙，不得超过七环。

《新唐书》记载一次皇帝的赏赐：“靖破萧铣时，所赐于阗玉带十三銙，七方六刓，銙各附环，以金固之。所以佩物者，又有火鉴、大觿、算囊等物，常佩戴者。”靖，即唐初大将李靖。曾经南平江南、岭南，北灭突厥，西定吐谷浑，功勋卓著。李靖灭了江南割据势力萧铣后，高祖李渊大大松了一口气。奖励李靖和田玉白玉带一条，上面有十三块玉，七个方的，六个圆的。玉块下有环，用金线绑定。环上所佩之物，有取火工具、解绳工具、杂物小包包等。唐高祖李渊对大将李靖的赏赐，已是最高规格。

关于玉带环上所挂的东西，也是有讲究的。李渊的部队中，有一支极其强悍的“拓羯精骑”，他们是粟特精锐骑兵，人人腰挂“七事”。七事即七件东西，分别是：算袋（杂物袋）、刀子、砺石（磨刀石）、契苾真（用于雕凿的楔子）、哕厥（觿，解绳工具）、针筒（竹筒，用于放纸张、帛书之类）、火石袋（点火工具）。

“拓羯精骑”骁勇善战，在军中格外引人注目。渐渐地，他们的装束也开始在军中流行，包括腰挂“七事”。这也许就是唐朝官方服饰制度的伏笔。

玉带因是官方服饰的组成部分，所以起到身份标识的作用。“玉带明珠袍”，不用介绍，是朝廷三品以上官员。“玉带悬金鱼”，金鱼，类似现在的身份证，放在“金鱼袋”里面。三品以上官员，穿紫袍，系玉带，玉带上挂金鱼袋。

唐朝享国289年，三品以上官员说多不多，说少也不少。1970年，西安市何家村窖藏遗址发现一批唐代窖藏金银器，其中有10副白玉蹀躞带。近年有学者考证，除无墨书题记的九环金玉蹀躞带为传世品外，其余带墨书题记的9副蹀躞玉带都是唐代之物。

在这9副唐代蹀躞玉带中，有一副白玛瑙蹀躞带非常特别。其出土时银盒子上写有墨书，称其为“铰具”，同时记录其有“一十五事”。这组带具由圆首矩形銙和圆首矩形铊尾各一枚、半圆形銙九枚、方形銙四枚组成，共计一十五件，与墨书相符合。但这些带銙都没有钻孔，不能悬挂小件器物，因此推测有可能是一件半成品。何家村出土的文物中有部分的半成品，这条玉带应该是其中的一件。

唐代玉带中，多有圆形与半圆的玉饰板。古书上称其为“刓”。“刓”有削刻成圆钝无棱角的意思，一般理解为半圆状。这件白玛瑙蹀躞带中间有9枚半圆形銙即九刓。上面提到的唐高祖李渊奖励李靖的那条玉带，是“七方六刓”。其实，这个“刓”是可深究的，它暗含蹀躞带的出生密码。

贞观六年（632），于阗王曾向唐太宗献玉带，玉带由24块玉饰板组成，表现了圆月与新月的形态。这种设计是受古巴比伦月亮崇拜的影响。刓，其实是由“新月”而来。

在青海省博物馆，有一条唐代的“鎏金西方神祇人物连珠饰银腰带”。腰带用银丝编织而成，上面缝制了七块圆形包银牌饰，牌饰上铸压出的是西方神祇图案。神祇外一圈为典型的波斯联珠纹。很多人一见这条腰带，马上联想到另一条腰带。近年来“阿富汗国宝”展非常火爆，展览中有一条“金腰带”很是吸引眼球。金腰带的制作年代为公元25—50

年。腰带由8条黄金索带连接9个造型相似的圆圈徽章金饰组成。一般认为徽章上的人物形象为希腊神话中的酒神狄奥尼索斯。酒神佩戴项链，头扎高发，手端双耳酒杯，骑在一头雄狮之上。腰带及徽章背面焊缀一圈小金珠。

两条腰带无论形制还是图案，都有异曲同工之妙。前面我们也说了，“拓羯精骑”是粟特精锐骑兵，所以蹀躞带真正渊源在西亚和中亚。

唐代的玉带如果带图案，那还是比较好辨认的。从出土实物来看，其图案艺术特色十分鲜明，多为伎乐人物、花卉、动物，许多纹饰具有浓厚的西域特色。其工艺亦不同于中原。往往是先在正面碾琢出主体图案的轮廓，再从四边向内斜刻至主体图案。在边缘和图案之间形成凹池，形成“浮雕感”，来突出主题纹饰。这种技法被后人称为“池面隐起”。

腰带一般是皮制，玉饰板要固定在腰带上，无非两种方式：一是玉饰板上穿孔，用金银线绑定在腰带上。如上海博物馆收藏的宋代“白玉龙纹鲜卑头”，即正面四边打若干穿孔，用金、银线等固定在腰带上。但这种方式影响美观。所以后来大都用另一种方式，即在玉饰板背面打多对象鼻孔，线从象鼻孔处与腰带缝合，如此一来图案得以整体化。

最后，问题来了，超级豪华的玉带怎么系呢？

蹀躞带的皮带很长，使用时带尾需要绕到背后，带尾有个部件叫“铊尾”，铊尾包住皮带尾端，可防止皮带滑脱。

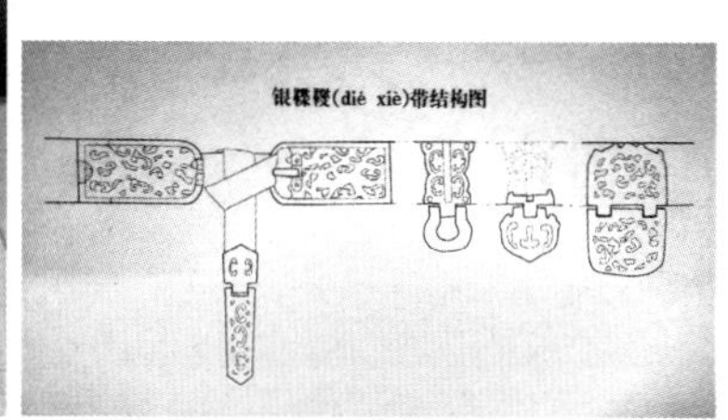

唐　胡旋舞纹铊尾　作者摄于浙江大学艺术与考古博物馆

正规的系法，正面扣好，带尾拉到背后，扭一下，向上塞进皮带与衣服之间再拉出来，铊尾自动下垂。

铊尾怎么塞，是很有讲究的，不能随随便便、歪歪扭扭乱塞。《新唐书》记载："腰带者，搢垂头以下，名曰铊尾，取顺下之义。"皮带从上往下塞，铊尾要垂直指向地面，意思是顺天忠君。

所以说，历史沉淀在每一个细节里。

朝廷大臣的腰带，并非止于唐代，后世流行的热度丝毫不亚于唐代。要说不同，自然是有的。比如：

辽时期，游牧民族非常喜爱"胡人驯狮"题材。其制作的水晶嵌金舞狮纹带板美轮美奂。立体雕刻的黄金舞狮纹，嵌入极其坚硬的水晶，其运用材质的巧思、纹样设计的灵动、工艺制作的精湛，无不使后人一叹再叹。

辽　水晶嵌金舞狮纹带板　作者摄于首都博物馆

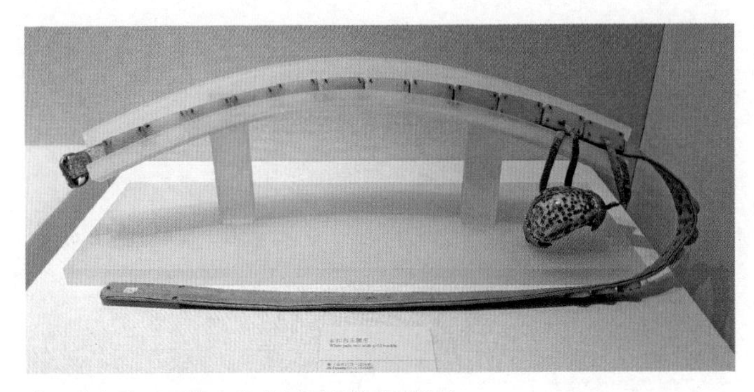

金　金扣白玉腰带　作者摄于吉林省博物院

金，虽也是游牧民族为主导，但令人意外的是，有一次在吉林省博物院看到一条素雅得有些文人气的玉带。

一条腰带，极好地反映了历史上游牧与农耕文化的相互影响、相互借鉴、相互融合。中西审美亦浓缩在一条腰带里。

0/3

金步摇

玫瑰是一种神秘宝石

玫瑰，大家再熟悉不过了。如今玫瑰已成爱情的代名词。情人节要送玫瑰，5月20日要送玫瑰，生日要送玫瑰，求婚要送玫瑰，等等。送1朵表示“我的心中只有你”，2朵表示“这世界只有我和你”，3朵表示“我爱你”，11朵表示“一心一意”，9999朵表示“天长地久”。

但是，有个问题一直困扰着我们：玫瑰明明是植物啊，为何不是“木”字旁？

玫瑰不但现实中是植物，古诗词中也同样是。唐白居易《草词毕遇芍药初开因咏小谢红药当阶翻诗》：“菡萏泥连萼，玫瑰刺绕枝。”北宋孔平仲《剪玫瑰寄晦之仍书此为戏》：“去年君尝寄蔷薇，今年我亦寄玫瑰。蔷薇赭赤未足爱，玫瑰莹白花草魁。”南宋杨万里《红玫瑰》：“非关月季姓名同，不与蔷薇谱牒通。接叶连枝千万绿，一花两色浅深红。”《红楼梦》里的探春，因又红又香又扎手，被称为玫瑰花。

植物，大都为“木”字旁。这是常识。如樱桃、榴、橘、木棉、李、栀、柚、柑等。但玫瑰，两个字都是“玉”字旁。“玉”字旁意味着是玉一类的东西。

难道玫瑰也是“石之美者”?

“玫瑰”一词较早的出处，来自韩非子的《买椟还珠》。故事中的木匣子“饰以玫瑰”。难道是雕刻出玫瑰花纹?或粘上玫瑰花花瓣?

非也。这里的玫瑰是指其本意。“玉”字旁，至少是指“石之美者”。

关于“玉”字旁的字，或许是如今我们最陌生的一个群体。琼、琳、瑾、瑛、琪、琦、珑、珈、珲、琏、璃、玖、瑶、珏、琅、玮、珐、琬、琚、珙、玎、瑭等，字典中的解释统统都是“一种美玉”。但同是一种美玉，总有区别吧，不然何以用不同的字来表示?

根据古人造字的规律，“玫”＝玉＋文，意思应该是指玉的光彩焕然。而“瑰”，即玉＋鬼，鬼谁都没见到，说的应该是奇特，不平常。可以指造型鬼斧神工，或指颜色格外漂亮，或指这种玉质非同寻常。那么，玫瑰，就应该是指一种非比寻常、焕发光彩的美丽石头。

到这里，你也知道了，我们必定要去追寻：玫瑰到底是哪种玉?或，哪种宝石?

西汉司马相如《子虚赋》中，子虚先生向齐王形容楚国云梦泽的各类风物，提到“其石则赤玉玫瑰”。赤玉，就是红玛瑙。可见，品质好的红玛瑙虽然也是一种焕发光彩的美丽石头，但肯定不叫“玫瑰”。司马相如另一篇《上林赋》，极力渲染上林苑仙境般的景致，提到苑中“玫瑰碧琳，珊瑚丛生”。玫瑰一会儿跟红色相提并论，一会儿跟绿色相提并论，奇怪。

同是西汉的《西京杂记》提到，汉武帝得天马，“常以玫瑰石为鞍，镂以金银鍮石，以绿地五色锦为蔽泥”。汉武帝的马鞍上镶嵌以玫瑰石，或铺以玫瑰石珠子串成的垫片。

南朝任昉写了部《述异记》。南朝，汉唐之间，苏小小生活的年代。那时南北混战，经常换皇帝，小道消息、奇闻逸事格外多。任昉将这些坊间流传故事收集起来，编成了书，不知苏小小有无看过。《述异记》记道：“南海俗云，蛇珠千枚，不及一玫瑰，言蛇珠贱也，玫瑰亦珠名。”可见玫瑰在时人看来是南海地区的一种宝珠。

《魏书》“大秦国”条提到：“（当地盛产宝石，种类有）明月珠、夜光珠、真白珠、虎珀、珊瑚、流离、璆琳、琅玕、水精、玫瑰、雄黄、雌黄、碧、五色玉”。大秦国，我们在《古珠之美》中曾提到，就是指古罗马。此条，将玫瑰跟其他宝物并列，是另一种宝物，且产于西域。

北魏关于“大秦国”的记录可能并非道听途说。当时有个人叫宋云，出使西方数十国，他见到了嚈哒王妃。嚈哒，白匈奴，史称“滑国”。（曾经风靡一时的古装电视剧《琅琊榜》中出现的滑国，其灵感可能来自历史上真实的滑国。）宋云看到的滑国王妃，“著锦衣，长八尺奇，垂地三尺，使人擎之。头带一角，长三尺，以玫瑰五色珠装饰其上”。装饰王妃帽子的玫瑰，必然是珍贵宝石。这里还给出一个信息，玫瑰五色珠，说明玫瑰本身没有特定的颜色。

《魏书》还记道，北魏和平二年（461），为庆祝国家拓土定疆的伟业，文成帝特命制作十二只巨型“黄金合盘”。工艺烦琐精细，“鍜以紫金，镂以白银，钿以玫瑰”。在黄金盘子上刻上白银线条，再镶嵌上玫瑰珠。

黄金盘子上镶嵌珠宝，并不是文成帝异想天开，而是古已有之，后有来者。如清代乾隆帝的金瓯永固杯。此杯外壁满錾宝相花，花蕊以珍珠及红、蓝宝石为主。两侧各有一变形龙耳，龙头上有珠。三足皆为象首式，象耳略小，长牙卷鼻，额顶及双目间亦嵌珠宝。

综上，我们得到的玫瑰信息有这样几点：

1. 是一种名贵的宝石，见于王妃帽子、汉武帝马鞍、国家大事纪念物上；

2. 可以有各种颜色；

3. 产于南海或西域；

4. 不是明月珠、夜光珠、真白珠、虎珀、珊瑚、流离、璆琳、琅玕、水精、碧、五色玉。

但我们还是不知玫瑰为何物。

《说文解字》怎么注释“玫”的呢？“玫，火齐，玫瑰也，一曰石之美者。”玫瑰，在古代又称“火齐”。《昭明文选》李善注：“火齐，玫瑰珠也。”

那么，火齐又是什么样的？

南朝的《梁书·诸夷传·中天竺国》记道：“火齐状如云母，色如紫金，有光耀。别之，则薄如蝉翼；积之，则如纱縠之重沓也。”

咦？有没有觉得答案呼之欲出？有一种宝石，如果质地一般，确实“状如云母”，而又符合玫瑰的4点特征。啥？红、蓝宝石！

在震惊中外文物界的西安何家村窖藏中，出土了两个高65厘米、腹径60厘米的巨大陶瓮，以及一个高30厘米、腹径25厘米的大银瓶。这位遇到战乱的唐朝高官或巨商，特意将仿胡风（突厥、粟特、东罗马等风格）艺术品与纯进口货分开存放。

两个巨瓮中，贮藏了金银器、玉器、银饼和药材等千余件，有明显的异域风格。如鎏金仕女狩猎纹八瓣银杯，形制上仍保留有粟特带把杯的风格，但其上的仕女形象已完全中国化了。推测是外国工匠来大唐所制，或大唐工匠的仿胡作品。

而真正的进口货，全部放在一只莲瓣纹提梁银罐里。其

金累丝龙纹嵌珍珠宝石帽顶 作者摄于故宫博物院

中有七颗蓝宝石、两颗红宝石、一颗黄晶、六颗玛瑙。罐盖内墨书："琉璃杯碗各一、珊瑚三段、玛瑙杯三、玉杯一、玉臂环四、颇黎等十六段。"细检罐中所藏，一一符合。

注意，我们一直认为古代的"琉璃"与"颇黎"是同一回事，但这里，文字与实物可对照，证明它们是不同的东西。琉璃杯碗，确实是指今天说的琉璃；而所谓"颇黎等十六段"，经检测，实际是随形宝石十六颗，其中有红宝石、蓝宝石等。原来唐人所说的"颇黎"(今写作"玻璃")，指的却是天然宝石。

《新唐书·罽宾传》："武德三年，遣使贡宝带、金锁、水精盏，颇黎状若酸枣。"罽宾国，在今克什米尔西部一带，那里至今还产品质优良的红、蓝宝石。而红、蓝宝石，确实状若酸枣。

我们认为，此处的颇黎，也即红宝石、蓝宝石。

总结起来，红、蓝宝石是一种宫廷常用的名贵宝石；多产于缅甸、斯里兰卡或克什米尔；不同于"明月珠、夜光珠、真白珠、虎珀、珊瑚、流离、璆琳、琅玕、水精、碧、五色玉"；质量一般的看上去"状如云母"。状如云母，用专业术语说，就是颜色不均者，可见深浅不同的平直色带和生长纹。聚片双晶发育，常见百叶窗式双晶纹。

说到蓝宝石的颜色，非常特别。我第一次听梁慧说黄色蓝宝石时，还以为她说错了，就如同将"红墨水"叫成"红色蓝墨水”。其实，红、蓝宝石并非说该宝石只有两种颜色，而是说，除了红色，其他颜色的都叫蓝宝石。所以蓝宝石可以有粉红、黄、绿、白等颜色，甚至同一颗宝石上可以有多种颜色。

一一都跟玫瑰对上了号。

有人马上起疑：前面说过那个《买椟还珠》的故事，要是装珠子的木盒子真的用红、蓝宝石来装饰，那岂不比珠子还贵吗？这是违背这个故事本意的。

梁慧曾在印度商人那里买过一种原矿的红、蓝宝石米珠。所谓米珠，就是像米粒大小甚至比米粒还小的珠子。一串项链也就几百到一两千元不等，可以装饰好多个木盒子。

大颗的红、蓝宝石，如果质地较次，也不是太贵。当然，上等的、进入宫廷的红、蓝宝石，价格是相当昂贵的。

在唐诗中，有一联备受赞赏的对子，跟我们的主题有关。

在中国最鼎盛的唐代，有人因咏一颗珠子，夺得“全国联考”冠军。

开元二十六年（738），崔曙在科举考试中获得进士第一名。殿试时，他作了一首《奉试明堂火珠》诗，唐明皇看后大为赞赏，取为状元。

要入唐明皇的法眼，很难啊。崔曙到底写了什么：

正位开重屋，凌空出火珠。

夜来双月满，曙后一星孤。
天净光难灭，云生望欲无。
遥知太平代，国宝在名都。

明堂，最初是周天子为了交通天地、错综阴阳、顺天地、理万物而举行大典的殿堂。武则天国号“周”，她为复兴周朝，在东都洛阳重建了明堂。该明堂后毁于大火，又复建。到唐明皇手里，先改名为乾元殿，后又叫回明堂。明堂的顶上安置了一颗金火珠，凌空出外，望之赫然。

“夜来双月满，曙后一星孤。”夜里看上去，仿佛天空上有两个月亮，天亮时，又恍如一颗孤星在闪耀。这个对子画面感极强，几乎让人过目难忘。难怪后人赞叹“其言深为工，文士推服”。

问题是，明堂顶上那颗火珠，被崔曙誉为“国宝”的火珠，到底是啥?

火珠，即火齐珠。火齐，前面说过就是玫瑰。《隋书·礼仪志六》记道:“(皇太子)带鹿卢剑，火珠首、素革带、玉钩燮、兽头鞶囊。”皇太子之剑，剑首是用红、蓝宝石镶嵌的。

那么，明堂上的火珠，也是一枚宝石。从崔曙的形容来看，有两种可能：其一，是一颗无色蓝宝石，或淡色的红、蓝宝石；其二，是一颗无色或淡色的钻石。

钻石的亮度、光泽都比红、蓝宝石强烈。尤其，钻石的

无色蓝宝石　作者自藏

闪烁光非常耀眼，且能通过折射、反射和全反射将进入晶体内部的白光分解成红、橙、黄、绿、蓝、靛、紫等色光。业内把这个现象称为“火彩”。仔细对照崔曙的诗，并无强调火彩的意思。所以，我们更倾向于前一种，即无色蓝宝石，或淡色的红、蓝宝石。

不得不说，到了唐代，“玫瑰”一词已经开始脱离本意。一小股往笼统的“美玉”上奔。如温庭筠《织锦词》：“此意欲传传不得，玫瑰作柱朱弦琴。”说实话，这也是沿用了南北朝沈约的“宝瑟玫瑰柱，金羁玳 瑁鞍”之句，不见得温庭筠真正将玫瑰理解为一种美玉。一大股则往植物上奔。如徐夤《司直巡官无诸移到玫瑰花》:“芳菲移自越王台，最似蔷薇好并栽。秾艳尽怜胜彩绘，嘉名谁赠作玫瑰。”李建勋《春词》:“折得玫瑰花一朵，凭君簪向凤凰钗。”同是温庭筠，在《屈柘词》中有:“杨柳萦桥绿，玫瑰拂地红。”

到了宋代，虽也偶然有王安石的“手得封题手自开，一篇美玉缀玫瑰”，以玫瑰形容文辞优美。但绝大部分，玫瑰都是植物了。如项安世的《郢州道中见刺玫瑰花》:“一种繁香伴行客，只应多谢刺玫花。”

有趣的是火齐珠。分明是五色宝石，到了宋代，却成了“红珠子”的代名词。往往以它来形容荔枝、杨梅、樱桃、橘子等红色的果子。

如汪藻《附舶船送荔子》:“千里云飘破浪开，使君知道荔枝来。未尝玉井醍醐味，先看金盘火齐堆”；曾几《食杨梅三首》:“年年梅里见诸杨，火齐堆盘更有香”；范成大《题蜀果图四首(樱桃)》:“火齐宝璎珞，垂于绿茧丝。幽禽都未觉，和露折新枝”；舒邦佐《初夏二首》:“卢橘金珠似，梅梅火齐如”。

写到这里，耳畔响起熟悉的曲子:“你送我一枝玫瑰花，我要诚恳地谢谢你，哪怕你自己长得不那么美丽，我还是能够看得上你……”确实，不管你是宝石还是花儿，我们都真心喜欢你。

沧海月明珠有泪

说珠子，无法避开的话题是珍珠。

事实上，很多古书上说的珠、真珠、明珠，就是指珍珠。如《说文》曰:“珠，蚌之阴精也。”《礼斗威仪》曰:“王者政平，德至渊泉，则江海出明珠。”

珠子最初的功能，是用来驱鬼避邪的，后来才发展成为装饰品。那么珍珠有何驱鬼避邪的本领呢?

珍珠能自行发光啊！“光”这个词，在古代的意义远非今人所能想象。如今依靠电源，光源充足，“黑暗”成了陌生的字眼。但在远古，黑暗始终是巨大的谜团与恐惧。而光，是对抗黑暗的神奇、神圣力量。历史上延续几千年、上万年的拜火教、太阳崇拜，就是最好的说明。

我国采珠的起始年代目前仍无从确考。根据《尚书·禹贡》记载，四千多年前，珍珠已确定为贡品。

周天子中，有个特立独行的旅行家。对了，就是周穆王。

令人思绪飞扬的《穆天子传》，与其说是一部君王传记，不如说是一部周穆王的旅行日记。《穆天子传》多次提到珍珠，有地名“珠泽”“珠余氏”等。周穆王每到一地，皆以赏赐之名与当地以物易物。他“赐”出一些什么呢？“黄金之环三五，朱带、贝饰三十，工布之四；其墨乘四，黄金四十镒，贝带五十，珠三百裹；黄金之罂二九，贝带三十，朱三百裹，桂姜百”等。赏赐物有黄金、马匹、宝剑、贝饰、香料，当然，还有珍珠。

在周穆王之父周昭王之时，国力强盛，大举兵力向南开拓发展。周昭王第三次亲征荆楚，薨于汉水。所以，至周穆王，东面之大海、南面之大湖大河，均是其所辖范围。咸水珍珠、淡水珍珠时有进贡。而对于当时的西域来说，珍珠这种散发莹润光泽的东西，乃稀罕宝贝。其受欢迎的程度可想而知。

汉武帝平定南越国后，于元封元年（前110）设立珠崖郡（辖今海南岛东北部）、合浦郡（辖今广西南宁、玉林以南、钦州、北海，以及广东湛江、茂名等地）。珠崖郡因“在大海中崖岸之边，出真珠”而得名。合浦郡“不产谷实，而海出珠宝，与交趾比境，常通商贩，贸籴粮食”。合浦郡不种粮食，靠大海出产的珍珠宝贝与越南贸易，换取粮食。

在广州西汉南越王博物馆，有件稀奇宝贝，无论是保定的满城汉墓（中山靖王刘胜）还是徐州的狮子山汉墓（楚王刘戊）都没有。啥？一个珍珠枕头！珍珠枕出土于墓主南越王头部之下，重470多克。珍珠并非正圆，是没有加工的天然珍珠，直径在0.1—0.3厘米左右。在头箱的一个大漆盒中还出土了一颗4117克的珍珠，珠粒较前者为大。

南海珍珠，在西汉仍是一方霸主的珍宝。

在珍珠这件事上，到底是“上有所好，下必甚焉”，还是“下有所好，上必甚焉”，真难说。反正，从南越王赵眜到东汉桓帝，短短不到三百年时间，合浦郡的珍珠竟然被开采完毕，资源彻底枯竭。

《后汉书·孟尝传》记载了这一事件。

当时，有个青年才俊叫孟尝，为官名声好，由州郡长官举荐，调任合浦郡当太守。合浦郡，汉武帝所设，海里出宝，那是富得流油的地方。想必孟尝也是一路兴奋。可一到合浦，傻眼了。由于历任官员贪得无厌，不择手段采求珍珠，不知限度，以至于珍珠资源枯竭。采珠人无法生存，都迁徙到越南谋求生计。

失了珍珠，合浦郡顿失光彩。于是，“行旅不至，人物无资，贫者饿死于道”。好凄惨。孟尝马上着手整顿，革除前弊，还利于民。毕竟合浦郡基础丰厚，不到一年时间，去珠复还，珠民们纷纷迁回，珍珠贸易重新兴旺，市场繁荣。

用现在的话来说，孟尝肯定是对官员们作了“关于珍珠产业可持续发展的动员令”。“为官一任”这四个字，真的是力压千钧啊。

大凡崇拜的东西，人们都会附会上一些美丽缥缈的传说，日积月累，成为文化因子。关于珍珠的传说，很早以前我在笔记本上摘抄过美妙的句子：

> 鲛人曾飘渺，
> 鲛人织素巧。
> 滴滴鲛人泪，
> 使君颜不老。
> 珍珠何其少，
> 珍珠连城宝。
> 揖手问东君，
> 东君遥指水渺渺。

西晋张华写的《博物志》，记录了美丽传说：“南海外有鲛人，水居如鱼，不废绩织，其眼泣则能出珠。”南海之外有一种鲛人，生活在大海的水里，外形和人一样。鲛人善于纺织一种极薄的丝绸，叫作鲛绡，是一种宝贝。海上偶然出现的“海市蜃楼”，就是鲛人们贸易鲛绡的集市。更为奇特的是，鲛人在悲伤哭泣时，滚落的眼泪就是珍珠。月圆之夜鲛人哭泣时，滚落的珍珠是圆的。月缺时，珍珠就不圆了。

鲛人的泪珠儿，到唐代已是炙手可热的外贸产品。唐玄宗开元时期在广州设置“市舶司”，海内外的珍宝齐聚广州，贸易兴旺。天宝七载（748），鉴真，对，就是东渡日本的僧人鉴真，他记道：“江中有婆罗门、波斯、昆仑等舶，不知其数，并载有香药、珍宝，积载如山。”唐代诗人李群玉《石门戍》写道：“到此空思吴隐之，潮痕草蔓上幽碑。人来皆望珠玑去，谁咏贪泉四句诗。”吴隐之，东晋人，在广州为官多年，是历史上著名廉吏。“人来皆望珠玑去”，可见当时珍珠贸易的繁华。

同是唐代李姓才子，李朝威，则写了小说《柳毅传》。秀才柳毅赴京应试归来，途经泾河畔，见一牧羊女悲啼，询知为洞庭龙女三娘。三娘嫁与泾河小龙，遭受虐待，不堪其辱。柳毅乃仗义为三娘传送家书，入海会见洞庭龙王。三娘得救后，深感柳毅传书之义，要嫁给柳毅。柳毅为避施恩图报之嫌，拒婚而归。

根据《柳毅传》改编的越剧《柳毅传书》，一直是我们的心头好。其中“湖滨惜别”一段，唱腔婉转优美，清思无限，百听不厌：

龙女：又只见鲛人珠泪纷纷落。

柳毅：那鲛人织就了如花如雾好鲛绡，但不知缘何盈盈泪满目。

龙女：鲛人都是女儿身，但为天下女儿哭。女儿心意比天高，女儿命比秋云薄。泪滴湖心化明珠，可怜珠泪长相续。女儿泪，女儿珠……

柳毅：赠我一颗女儿珠？

龙女：愿借明珠表心曲。当初泾河受奇辱，而今深宫守寂寞。未知何年花重开，未知何日草重绿。

……

这满腹情绪，没有比鲛人泪珠更黯然美丽的表达了。

干脆，再来位唐代李姓才子吧。不过这一位尽人皆知。谁？李商隐。

李商隐在《锦瑟》中，说了段不知所以的感情："锦瑟无端五十弦，一弦一柱思华年。庄生晓梦迷蝴蝶，望帝春心托杜鹃。沧海月明珠有泪，蓝田日暖玉生烟。此情可待成追忆？只是当时已惘然。"

"沧海月明珠有泪"一句，将鲛人这个意象表述得十分传神。虽然不知道他说的到底是啥，但所有人都感叹：说的真好啊。把我们想表达又表达不出的，都说出来了。

唉，这就是李商隐的莫名魅力。

唐代可能太喜欢珍珠了，将一种工艺起名叫"珍珠地"。即在器物胎体上刻画动植物花纹时，于空隙处填刻细密饱满的小点点，状若细小珍珠，分布均匀密聚。该工艺唐代主要用于金银器上，至宋元时期，则广泛运用于瓷枕。

北宋　登封窑瓷枕　作者摄于杭州博物馆

珍珠的发“光”，自有其能量。远古时期，人们只是感应到这种能量。后来的医书，则将这种能量记录了下来。如：珍珠可镇心安神，养阴熄风，清热坠痰，去翳明目，解毒生肌。治惊悸，怔忡，癫痫，惊风搐搦，烦热消渴，喉痹口疳，目生翳障，疮疡久不收口，等等。

《世说新语》中，记录了西晋的一件趣事。王敦刚和公主结婚时，上厕所，看见漆箱里装着干枣，这本来是用来堵鼻子的，他以为厕所里也摆设果品，便吃起来，竟然吃光了。出来时，见侍女端着装水的金澡盘和装澡豆的琉璃碗，王敦以为澡豆是干粮，便倒入水盆里吃了。侍女们都捂着嘴笑话他没见过世面。

澡豆相当于现在的肥皂，是将豆面与珍贵香料混合揉制而成。其中就用到珍珠粉。你看，西晋时人们就开发了珍珠的美颜功能。

珍珠还有更高大上的价值。《旧唐书·列传第三十九》，写阎立本评价狄仁杰时说："足下可谓海曲之明珠，东南之遗宝。"先生你可谓是海曲之明珠、东南之遗宝啊。随着狄仁杰名扬四海，"沧海遗珠"便成了"尚未被发现的杰出人才或珍贵宝贝"的代名词。

唐代牟融《寄永平友人二首》道："青蝇点玉原非病，沧海遗珠世所嗟。"杜甫《暮秋遣兴寄递呈苏涣侍御》诗："盈把那须沧海珠，入怀本倚昆山玉。"金代元好问《寄答飞卿》："一首新诗一线书，喜于沧海得遗珠。"

五代十国时期，一听这个词就头皮发麻了吧。五代十国，乱世啊，分封割据，统治者走马灯似的更换。每更换一次，生灵涂炭。珍珠亦像乱世的美人，沦落风尘。

南汉是"十国"之一，疆域约为今广东、广西、海南及云南的一部分。南汉的开国皇帝姓刘，他很喜欢给自己改名字，曾用名刘岩、刘陟、刘龚，最后确定为刘䶮。"䶮"，这是凭空造出来的一个字，上龙下天，表明自己是真龙天子。

刘䶮本是后梁海南王刘隐之弟，珍珠是他家特产。他当上皇帝后，变本加厉，"又好奢侈，悉聚南海珍宝，以为玉堂珠殿"，"又性好夸大，岭北商贾至南海者，多召之，使升宫殿，示以珠玉之富”。怎么个富法呢？“以金为仰阳，银为地面，檐楹榱桷，亦皆饰之以银。下设水渠，浸以真珠；琢水晶、琥珀为日月，分列东西楼上。”

玉堂珠殿，珍珠渠。呵呵，珍珠再多，也经不起这样折腾啊。

果然，到了他孙子手里，珍珠资源日趋紧张。他孙子刘鋹于海门镇（今广东汕头市一带）置兵八千人，专以采珠为事，号为“媚川都”。其采珠方法是“以索系石被于体而没焉，深者至五百尺，溺死者甚众”。

宋人方信孺《媚川都》诗曰：“漭漭愁云吊媚川，蚌胎光彩夜连天。幽魂水底犹相泣，恨不生逢开宝年。”让珠民潜水到五百尺以下去采珍珠，这哪是采珠，是换命啊。

这个残酷的采珠方式，在宋代政府成立不久后就被弃之不用。当然，到了宋代，珍珠需求量还是很大，怎么解决呢？毕竟是宋代，想出的办法是人工培育珍珠。

宋代庞元英所著《文昌杂录》，详细记载了人工育珠的始创者和方法：“礼部侍郎谢公言有一养珠法……取稍大蚌蛤，以清水浸之，伺其开口，急以珠投之，频换清水……经两秋，即成真珠矣”。简言之，就是将珠核插入母贝中，让其形成珍珠。

与袁隆平成功研发杂交水稻，解决了13亿中国人吃饭问题一样，宋代的谢公言可谓“中国人工育珠之父”，从此解决了中国人的用珠问题。

历史上，珍珠的产地主要在东方。大约在宋代，人工育珠开始的时候，正赶上西方十字军东征，欧洲人从东方带回大量珍珠，在西方掀起了珍珠热潮，以至于西方历史上有一个时期被称为“珍珠时代”。

1487年，意大利画家桑德罗·波提切利创作了名画《维纳斯的诞生》，生动地将珍珠的诞生与美神维纳斯联系在一起。美之女神随着一扇徐徐张开的巨贝慢慢浮出海面，浑身上下犹如一颗洁白的珍珠。整个画面充满着一种神秘的美感。

如果让中国人为它取名，可叫作《鲛人出海》。

波提切利另一幅名作叫《西蒙内塔·韦斯普奇》。他用优美的线条勾勒出了西蒙内塔惊艳的侧脸，轮廓清晰，目光明媚而忧伤。她头上曲曲绕绕戴着很多珍珠，深V领上也缀满珍珠。

波提切利的画作进一步推动了“珍珠热潮”。珍珠刚流行到欧洲时，价格昂贵，只有权贵与富豪们有能力购买。因此，珍珠很快成为社会地位的标识。1530年之后，欧洲许多国家开始为珍珠立法，规定人们必须按社会地位和身份登记佩戴珍珠。如今在许多欧洲名画中，依然可以看到当时欧洲王室贵族的经典造型，一身缀满珍珠的长袍或长裙，帽饰上最重要的部分也都是珍珠。

随后，西方加快工业化进程，涌现出一大批中产阶级。

桑德罗·波提切利《西蒙内塔·韦斯普奇》

中产阶级由于是新贵，对身份标识尤为敏感，莫不对珍珠趋之若鹜。珍珠这种美丽的首饰，对于他们来说，是物质与精神的双重慰藉。以至于需求量太大，后来出现了香奈儿“假珍珠”时装。

珍珠最光辉的岁月，都是由东、西方两位声名显赫的女性引领的。东方的无疑是慈禧太后。

清朝将产自于东北地区的珍珠称为东珠（或北珠），用于区别产自南方的南珠。由于东珠产于清王朝的“龙兴之地”，地位变得更为突出。清廷将东珠作为皇室、王公、勋贵的专用饰品，“以多少分等秩”。

东珠也确实是好东西。它们硕大饱满、圆润晶莹，且能散发五彩光泽。用它制成的首饰光彩熠熠，尽显高贵奢华。因此在皇帝和后妃的首饰及器物装饰中普遍使用。其中，朝珠是清朝皇帝和官员着礼服、常服时佩戴的一种装饰物，挂在颈项垂于胸前。东珠朝珠是所有材质的朝珠中等级最高者，只有皇帝、皇太后和皇后才能佩戴，即使贵为皇子、亲王，也不得使用。

珍珠对于慈禧太后来说，不仅可内服，如喝含有珍珠粉的茶、粥等；还可外敷，睡前、醒后用官粉（含珍珠粉成分）涂抹全身皮肤，用珍珠粉混合蛋清来敷脸；等等。更离奇的说法是，每遇重大事件时，慈禧都会手握一粒大珍珠，以帮助她镇心定神做决策。

西方的则是维多利亚女王。在很多女王的肖像画及照片中，均可见她的衣着和头饰常饰有珍珠。维多利亚米珠款式，是指身着华美束腰蓬裙的少女，佩戴着精致小巧的珍珠米珠款式首饰，相当具有浪漫气息。由于维多利亚女王喜爱珍珠，皇室成员、王公贵妇等上流社会人士莫不用珍珠作为装饰品以彰显自己的身份，以至于当时珍珠价格暴涨。

有句西方谚语很好地标示且稳固了珍珠的地位：王权、冠冕还有缀满珍珠的长袍，使您的能力广为人知。

真水晶的穿透力

水晶是古珠材质的一大门类。

经常有人问：水晶不值钱吧，为何你们这么宝贵？

水晶值不值钱，要看是怎么样的水晶。从材质的形成来看，人们口中所说的“水晶”大致可分四种：

1. 原矿水晶。原矿水晶多在地底下、岩洞中，通常都要经历火山或地震等剧烈的地壳运动才能形成。起码要有这样几个条件：一是有丰富的地下水；二是地下水含有饱和的二氧化硅；三是小环境的大气压力约需正常的二倍至三倍；四是温度需在550℃—600℃间。

看过《地球脉动》《地球的力量》等纪录片的，肯定对自然界的变幻莫测深有所感。形成水晶所需的水源、水质、温度、压力等等条件一直在变化当中，很难同时达到理想状况，这也意味着水晶的形成需要相当长的时间。要经过数百万年，甚至千万年的时间，二氧化硅才能结成水晶。

所以原矿水晶属于矿产资源，非常稀有和珍贵，是宝石之一。原矿水晶的价值，除美丽之外，主要在于其矿石蕴藏着的巨大能量波。换句话说，其磁场较大。用明代医学家李时珍在《本草纲目》中的说法，水晶“辛寒无毒”，主治“惊悸心热”，还能治疗“肺痈吐脓，咳逆上气”，并能“安心明目，去赤眼，熨热肿，益毛发，悦颜色”。

2. 养殖水晶。也叫人造水晶、合成水晶、再生水晶、压电水晶等。是指人工模拟水晶的生长环境，在物理、化学条件都符合的状况下，把天然硅矿石和一些化学物质放在高压釜内，经过几个月时间（对不同晶体而言），逐渐培养而成。

这种水晶，成分（分子式）与原矿水晶是一模一样的。甚至在透明度、色泽等方面远优于原矿水晶。唯一差别是磁场没有原矿水晶强，李时珍说的那些功效也较少。就像大棚蔬菜，菜还是那个菜，长得更漂亮，但味道上总没那个真味。

3. 熔炼水晶。是指将一些水晶废料（甚至石英粉、玻璃碴）等作为原料，在高温高压下熔炼出来的水晶。这种“水晶”不是结晶而成，不具备水晶的晶体特性。熔炼水晶的摩氏硬度一般在5.5—6之间，而原矿水晶硬度为7。

熔炼水晶耐高温，可以做成水晶杯、烤盘、茶具等实用品，既美观又耐用。二十世纪，一代伟人毛泽东的水晶棺就是选用东海优质水晶熔炼而成的。

4. 玻璃水晶。实际上，“玻璃水晶”这个词并不严谨，只是通俗容易记。严谨的叫法是“K9玻璃”。K9玻璃是用二氧化硅为主要原料熔炼而成的，更不是结晶了。在熔炼过程中，加进了3%~4%的铅。为什么要加铅呢？一般玻璃发蓝或者发绿，看起来不像水晶，但是加铅之后玻璃的白透度很高，看起来非常像水晶。

前些年市面上流行的某大牌“奥地利水晶”，材质便是玻璃，是加了铅的铅化玻璃。玻璃里添加进铅，玻璃的折射率会变高，色散也会增强，但硬度会降低，铅含量越高，硬度越低。不信，你用原矿水晶与“奥地利水晶”去磨，看哪个较易磨损。

明白了这些基础概念，我们就可以来谈古珠中的水晶了。

我们所见制作年代最早的水晶，是《古珠之美》中提到的水晶片，制作年份距今超过6000年。有一次，一朋友从德国佩加蒙博物馆发来图片，掩饰不住的激动，说看到这种水晶片片了，年份果然了得。私下揣测，她原先极度不相信我们说的年份，才有如此惊讶。

说到古代水晶，第一个跳出脑海的就是杭州博物馆镇馆之宝，同时也是镇馆之谜——战国水晶杯。

这件宝贝，如果扔在路边，相信很多人不会多瞧一眼。因为，它跟我们日常家里喝水用的玻璃杯一模一样。

但是它来头很大哦。让我们来瞧瞧它的身份：国家一级文物，被列入《首批禁止出国（境）展览文物目录》。它不但

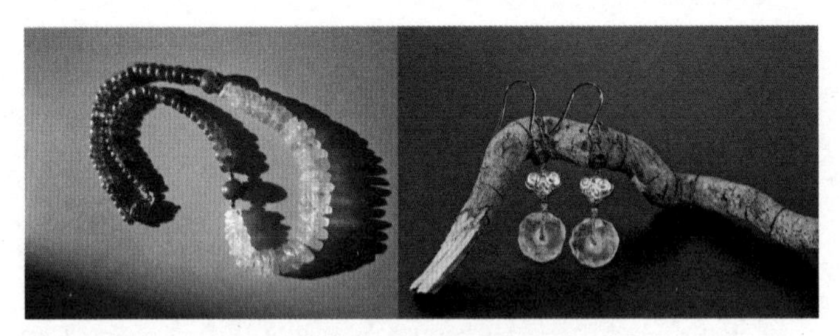

距今6000年以上的砍凿水晶片　作者自藏

是杭州博物馆的镇馆之宝，也是国家顶级文物。被参观者笑称为我国古代最逆天的顶级国宝。

为何一只我们看来普通得不能再普通的杯子，实力如此吓人？

1990年10月，在杭州半山镇石塘村工农砖瓦厂旁边，发现了一座战国土墩墓。出土了一批玉器、原始瓷乐器、玛瑙环、琉璃等文物，包括这只水晶杯。

水晶杯高15.4厘米，口径7.8厘米，底径5.4厘米。敞口平唇，杯壁斜直呈喇叭状，底圆，圈足外撇。杯身通体平素简洁，透明无纹饰。整器略带淡琥珀色，中部和底部有海绵状自然结晶。杯内杯外抛光技艺相当精湛。

如果是非考古人员，往往第一个感觉就是这是盗墓贼留下的。因为器型与现代杯子实在太像了。然而真的不是。经专家对水晶杯中的泥土做孢粉分析，确定年代基本在距今2500年左右，即战国时期。

战国 水晶杯 作者摄于杭州博物馆

无独有偶，此杯发现16年后的2006年，在甘肃马家源一处战国晚期墓地，考古人员又发现一只蓝釉陶杯。这只蓝釉陶杯虽然材质是陶，但其形状与战国水晶杯高度相似，只是尺寸小一点。说明在战国时期，杯子的造型已经和今天差不多了。

震惊考古界的战国水晶杯，被送到北京进行鉴定。不鉴定还好，一鉴定，鉴定出三个谜题：

一、杯子采用整块天然优质水晶制成，水晶材质来源成谜。地矿专家认为，国内现在找不出这样的高纯度水晶。这么高的纯度，这么好的水晶，国内是没有的。即使到了现在，光是这样的水晶价值就非常高了。

二、水晶的摩氏硬度高达7（不锈钢5.5），如何掏膛取芯成谜。水晶由于硬度极高，加工难度很大。且杯子是斜壁，上宽下窄，要不偏不倚保持角度的准确，更是难上加难。

三、水晶杯内外壁均光洁平整，如何抛光成谜。今人洗杯子很有感触，这种杯子手伸不进去，内壁上残留的牛奶渍、水果渍等很难清洗。为此还专门发明了洗杯刷子。2500年前，要将这么大面积的内壁和底部打磨得跟外面一样，如何做到确实令人百思不得其解。

四、这是个孤品。到目前为止，我国考古发现仅此一例。

然而，从古珠爱好者的角度出发，谜团好解。所有谜点均指向：它是个进口奢侈品。

从哪进口？很可能是中亚、西亚。

战国贵族使用水晶配饰和水晶日用品，源于“春秋五霸”之首霸——齐国。当时，西周王室衰微，对各地诸侯的控制力日渐减弱。诸侯中，首先富起来的是齐国。《汉书·地理志》介绍齐国，说“其俗弥侈，织作冰纨绮绣纯丽之物，号为冠带衣履天下”。齐国从王公贵戚到一般士大夫都喜欢一身名牌，讲排场，好铺张，以奢侈为荣。他们看不起西周老贵族玛瑙＋玉＋琉璃珠的标志性配饰，标新立异，开风气之先，确立了以水晶作为组佩主要饰件的新“豪富”标杆。

齐国为何选择了水晶？原因有三：一是水晶冷峻、深邃、坚硬，有一股冲破陈旧奢靡而出的新锐之气势，令人耳目一新，精神为之一振；二是齐国有丰富的水晶资源，盛产水晶的江苏省东海县的水晶矿脉与齐国南部地区接壤并继续延伸；三是水晶摩氏硬度达7，加工更有难度，更能彰显实力。中原工匠，善于治玉，对水晶的制作较为陌生。齐国凭借自身的富庶，吸引着中亚、西亚的工匠源源不断前来，也可能正是这些擅长制作水晶的工匠，带来了数量可观的水晶制品，同时将齐国的水晶资源开发利用，达到历史高度。据山东考古研究所编著的《临淄齐墓》，在所发掘的十九座战国齐墓中，出土的水晶器多达1435件。其中有水晶羽觞、水晶环、水晶席镇、水晶小动物、勾玉以及各种管珠等，正是齐国王侯贵族们当时的审美与奢华生活的映射。

首富的示范，影响面巨大。水晶制品风靡一时，成为各国贵族的“标配”。战国显贵们拥有的水晶制品，有些是直接从西亚、古罗马、古埃及进口的，有些是外国工匠来中原后利用当地原材料制作的。当然，后期也有中原工匠利用本土原材料制作的。

杭州半山战国墓出土水晶杯的同时，还出土了玉器、蜻蜓眼、玛瑙环等。这与同为战国时期的湖北曾侯乙墓高度相似。而曾侯乙墓出土的173颗蜻蜓眼，已被上海科学家利用高科技考古设备确定为来自古埃及或东地中海地区，是不折

古代水晶、玛瑙等珠子　作者自藏

不扣的进口货。

古代商贸往来之频繁超出我们的认知。

也许你要问了，难道在公元前，中亚、西亚的水晶制品就已如此辉煌？对的。2017年3—6月，故宫博物院举办了一场名为“浴火重光——来自阿富汗国家博物馆的宝藏”的展览，向观众展示公元前3世纪至公元1世纪阿富汗的历史风貌。其中有件公元1世纪制作的杯子，对称双耳，圈足，杯口外沿阴刻连弧纹。杯身晶莹剔透，轻薄的杯体上刻有葡萄叶片、疏朗的树叶花纹，且贴有金箔。造型极具美感，精美程度不亚于任何现代工艺品。这种器形的酒杯起源于希腊，被称为“康塔罗斯”（Kantharos），常被描绘在酒神狄奥尼索斯的手中。展品介绍说其“以透明玻璃制成”，但我们从折射、工艺、包裹体、抛光等因素，判断其材质应该为水晶。

该杯子又是一件不可思议的水晶制品，被观众戏评为“全世界最古老的5大逆天文物”之一。

虽然战国贵族已经使用精美的水晶制品了，但一直到汉代，水晶仍是稀罕之物。2009年底，南京博物院考古研究所

公元1世纪　透明杯　阿富汗国家博物馆藏

发现了大云山汉墓，出土一枚水晶带钩。该带钩造型简洁，线条有力，水晶材质剔透，与西汉玉带钩风格一致。西汉时期的水晶带钩极其罕见，仅在诸如满城中山王墓等高等级墓葬中出土过，所以该水晶带钩极其宝贵。

根据文献记载推定，汉武帝皇宫里的宫女是不认识水晶的。

《汉书》记载，汉武帝时，宫中特置一个“清凉殿”，以供夏天使用。“清室则中夏含霜”，又叫“延清室”。延清室里，用画石做床。这种石头体大而轻，花纹像画。床上有紫色的琉璃帐幔，有用宝石镶嵌的透明屏风，还有用紫玉做的盘子，四周用各种宝物装饰起来。

好，要说到水晶了。此时，汉武帝宠爱一个美少年董偃。董偃何人也？汉武帝能当上皇帝，他亲姑姑馆陶公主出力不少。当上皇帝后，自然得娶馆陶公主的女儿阿娇做皇后。馆陶公主是珠子发烧友，有一个珠宝商是公主府的常客。珠宝商来时，经常带着13岁的儿子，此儿即董偃。馆陶公主十分喜欢这个小男孩，就留下来养在公主府。馆陶公主五十多岁时，丈夫去世。而此时董偃也18岁了。于是，董偃就成了馆陶公主的男宠。

汉武帝听说此事，去公主府时特意召见董偃。一见也很喜欢，就常常和董偃一起玩。《太平广记》曰：夏天，董偃经常睡在延清室。“偃又以玉精为盘，贮冰于膝前。玉精与冰同洁彻，侍者言以冰无盘，必融湿席，乃和玉盘拂之。落阶下，冰玉俱碎。偃更以为乐。此玉精千涂国所贡也，武帝以此赐偃。”

太可惜了，被皇帝与公主宠爱的人，不知惜物啊。这种水晶是千涂国进贡的。千涂国，古之犍陀罗国，即今天的阿富汗东部和巴基斯坦东北部。

与“浴火重光——来自阿富汗国家博物馆的宝藏”对上号了。或许，美男子董偃膝头的水晶盘，材质、花纹就是那个水晶杯的样子。

我国古代，对水晶的叫法，除以上说的“玉精”外，还称水精、水玉、玉晶、水碧石等。有趣的是，古人以为水晶是冰埋在地下无数年后而变成的，所以又叫“千年冰”。

一直到唐代，水晶才逐渐被认识。到底是唐代，强盛开放，疆域辽阔，中亚诸国一度在其管辖范围之内。三教九流人来人往，各种珠宝琳琅满目悉数登场。

但人们对水晶还是颇感新奇的。唐代流行一种水晶念珠，是印度僧人常用的。那时，印度的佛学被看成是“真经”，这才有唐僧赴印度取经之事。人们关注印度僧人的同时，也注意到了他们随身的水晶念珠。

唐代佚名《天竺国胡僧水晶念珠》，这样形容印度僧人的水晶念珠：“天竺胡僧踏云立，红精素贯鲛人泣。细影疑随焰火销，圆光恐滴袈裟湿。夜梵西天千佛声，指轮次第驱寒星。若非叶下滴秋露，则是井底圆春冰。凄清妙丽应难并，眼界真如意珠静。碧莲花下独提携，坚洁何如幻泡影。”

僧皎然也有《水精数珠歌》：“西方真人为行密，臂上记珠皎如日。佛名无著心亦空，珠去珠来体常一。谁道佛身千万身，重重只向心中出。”

曹松的《水精念珠》道：“等量红缕贯晶荧，尽道匀圆别未胜。凿断玉潭盈尺水，琢成金地两条冰。轮时只恐星侵佛，挂处常疑露滴僧。几度夜深寻不着，琉璃为殿月为灯。”哈哈，“几度夜深寻不着”，我们经常有这样的时刻。

水晶念珠在唐代流行不衰，“安史之乱”后的中唐，仍有欧阳詹咏《智达上人水精念珠歌》。

距今千年以上的各色水晶珠　作者自藏

为何有这么多水晶念珠？因为水晶是佛教七宝之一。

出身高贵的韦应物，也对水晶感兴趣，吟道："映物随颜色，含空无表里。持来向明月，的皪愁成水。"王建写的更有趣："映水色不别，向月光还度。倾在荷叶中，有时看是露。"

唐代笔记小说《酉阳杂组》中，说到一只水晶碗，让读者一惊一乍。故事说："马侍中尝宝一玉精碗，夏蝇不近，盛水经月，不腐不耗。或目痛，含之立愈。尝匣于卧内，有小奴七八岁，偷弄坠破焉。时马出未归，左右惊惧，忽失小奴。马知之大怒，鞭左右数百，将杀小奴。三日寻之，不获。有婢晨治地，见紫衣带垂于寝床下，视之乃小奴蹶张其床而负焉，不食三日而力不衰。马睹之大骇，曰：'破吾碗乃细过也。'即令左右杀之。"

小孩出于好奇，偷偷去看主人的宝贝，不小心将水晶碗摔碎了。这孩子吓成什么样子呢？躲到主人的床底下，用手脚背负着床，三天三夜而力不衰。可最后还是被摔死了。要是《红楼梦》中贾母看到这个场景，肯定说：怪可怜见的，他老子娘岂不疼的慌？

从另一个侧面，也看出水晶碗在唐代是多么名贵。一个唐代高官，什么宝贝没有啊，竟也心疼到如此地步。书中形容该水晶碗"夏蝇不近，盛水经月，不腐不耗。或目痛，含之立愈"，这也不是太过夸大，明代李时珍《本草纲目》说水晶"辛寒无毒，主治熨目，除热泪"。

唐代水晶到底什么样子？哎，来了。

2015年，西安市考古研究院在西安南郊一座未遭盗扰的唐墓中，出土了34件（组）陪葬器物，另有铜钱9枚，墓志1合。其中有一条水晶项链，佩戴在墓主人颈部，应该是生前极爱之物。

水晶项链出土时，丝线已经腐朽（部分水晶珠中留有些许残余），水晶珠散落在颈部周围。经过整理，项链由92颗水晶珠+3颗蓝色琉璃珠组成，前端点缀以2颗金托绿松石和2颗金托紫水晶。水晶珠均呈扁球形，材质剔透均匀，大小虽略有差别但整体形制规整，给人以雍容华贵的感觉。

第一次看到这条水晶项链的图片时，确实震撼到了，又是一件极具穿越感的水晶宝物。要不是考古发现，简直不敢相信这是唐代之物。

2020年冬，浙江大学艺术与考古博物馆举办“乐居长安——唐都长安人的生活”展览。由于疫情影响，展厅内人较少。一件件展品看过来，突然眼前一亮，这串水晶项链就那么安安静静在那里，心里好一阵激动。

看实物与看图片到底不一样。图片上水晶非常匀称，大小、形状几乎一致。但看实物，以我们几十年挑珠子训练出来的眼光和感觉，能一下子看出每颗水晶之间细微的差别。有的大有的小，有的扁一些有的更圆一些。下面的四颗坠子，中间两颗有可能是天河石。根据墓志，墓主为唐代辅君夫人米氏。米氏云安郡人，19岁嫁给一个叫辅公的人，育有三个儿子仙进、仙达、仙玉。天宝十四载（755）去世，享年60岁。

云安郡，即现在的重庆东北部。这里本来叫夔州，唐天宝元年到至德二载（742—757），改名云安郡。杜甫有诗云："闻道云安曲米春，才饮一盏即醉人。"

"米"这个姓氏，来源于中亚"米国"。米国又称弥末、弭秣贺，昭武九姓国之一。我国著名历史学家章巽先生认定，"米国都城故址在今撒马尔罕东南约60哩之麻坚（Maghian）"。

唐　水晶项链　作者摄于浙江大学艺术与考古博物馆"乐居长安——唐都长安人的生活"展览

米国地当丝路要冲，东西贸易活跃。曾先后臣属于白匈奴、突厥等。隋大业年间（605—618），遣使向中原朝贡。唐高宗永徽年间（650—655），为阿拉伯所破。显庆二年（657），唐朝平定西突厥，三年（658），唐以其地为南谧州，授其王昭武开拙为刺史，米国成为唐朝附属国。

联想到米氏夫人的祖父为正三品武官，父亲为正五品武官，有可能这个家族是在与阿拉伯人的抗争中，撤退到中原，并成为唐皇室军队的一员。或许更早。还记得吗？此前提到过李渊的部队中，有一支极其强悍的“拓羯精骑”，他们是粟特精锐骑兵。

唐代，相当多的西域胡人来到中原后，先后在四川（包括现在的重庆）落户。如诗仙李白，出生于吉尔吉斯斯坦，少年时期却在四川江油度过。唐初著名工艺大师何稠，西域胡人，少年时期在四川成都郫县度过。

米氏19岁嫁给辅公，便来到首都长安。墓志称赞她“坤与柔德，天资敏慧，处事周旋，性多闲雅”。从其对水晶念珠的珍爱程度来看，或许这是她的陪嫁之物，是家族传家宝。如果真是这样，这串水晶项链便是中亚之宝，与阿富汗水晶杯是“同乡”。

瞬间明白唐代印度僧人的水精念珠的模样。长叹一口气。

水晶可真是精灵一般的存在。

辑四

钗头凤

钗头凤

宋词，哪怕读再多，有一首在心里的位置始终无法取代。它就是陆游的《钗头凤·红酥手》：

红酥手，黄縢酒，满城春色宫墙柳。东风恶，欢情薄。一怀愁绪，几年离索。错，错，错！

春如旧，人空瘦，泪痕红浥鲛绡透。桃花落，闲池阁。山盟虽在，锦书难托。莫，莫，莫！

据说，这是陆游31岁游沈园时，偶遇前妻唐婉所作。陆游与唐婉伉俪情深，迫于外力不得不分手。而唐婉之答词，更是凄怨动人：

世情薄，人情恶，雨送黄昏花易落。晓风干，泪痕残，欲笺心事，独语斜阑。难，难，难！

人成各，今非昨，病魂常似秋千索。角声寒，夜阑珊，怕人寻问，咽泪装欢。瞒，瞒，瞒！

两阕词，真挚之情溢于纸外，历朝历代，总有人为这个故事黯然神伤，考证、研究背后故事的人比比皆是，甚至谱成歌，改编成戏曲、电视剧、电影等。

故事大家演绎得多了，我们不再重复。来说说这个词牌名《钗头凤》吧。

“钗头凤”的调子早在唐代就有了，但改名叫“钗头凤”确实是从陆游开始的。

唐代，有《摘红英》词。作者已经无处考证。词曰：

风摇荡，雨蒙茸，翠条柔弱花头重。春衫窄，香肌湿，记得年时，共伊曾摘。

都如梦，何曾共，可怜孤似钗头凤。关山隔，晚云碧，燕儿来也，又无消息。

估计这个词的调子非常动听，所以一直流传到宋代。这个曲调在当时北宋皇宫里颇为流行，因皇宫里有个“撷芳园”，有雅人就将其改称《撷芳词》。《古今词话》记道：“政和间，京师妓之姥曾嫁伶官，常入内教舞，传禁中《撷芳词》以教其妓。人皆爱其声，又爱其词，类唐人所作。”看，又从皇宫流传到民间。

北宋末年，吏部尚书张焘出任成都地方官。张焘是流行音乐发烧友，《撷芳词》便由京城传入四川。“时人竞歌之”，风靡一时。唱多了，就有人别出心裁，在上片结句处添“忆忆忆”三字，下片末句处添“得得得”三字。从此，后人作《撷芳词》时，都成了60字体。改编后的《撷芳词》，又有了很多别名，如《折红英》《惜分钗》《玉珑璁》《清商怨》等。

既然已有这么多词牌名，陆游随手用一个便是，为何要新取一个《钗头凤》?

暗自揣测，或许是“红酥手”捧上“黄縢酒”后，离去时的背影留给陆游很深的印象。女子头上一支凤钗，孤独地摇晃，晃得陆游久久不能忘怀。正是这个景象，使陆游想起《摘红英》，因《摘红英》有一句为“可怜孤似钗头凤”。

而钗头凤，又是一种信物。女子将头上的凤钗一分为二，一半赠给对方，一半自留，待到他日重见再合在一起。白居易《长恨歌》有:“钗留一股合一扇，钗擘黄金合分钿。但教心似金钿坚，天上人间会相见。”辛弃疾《祝英台近·晚春》有:“宝钗分，桃叶渡，烟柳暗南浦。”

曾经有朋友问:“钗留一股合一扇，钗擘黄金合分钿”，到底是何意？来看实物：

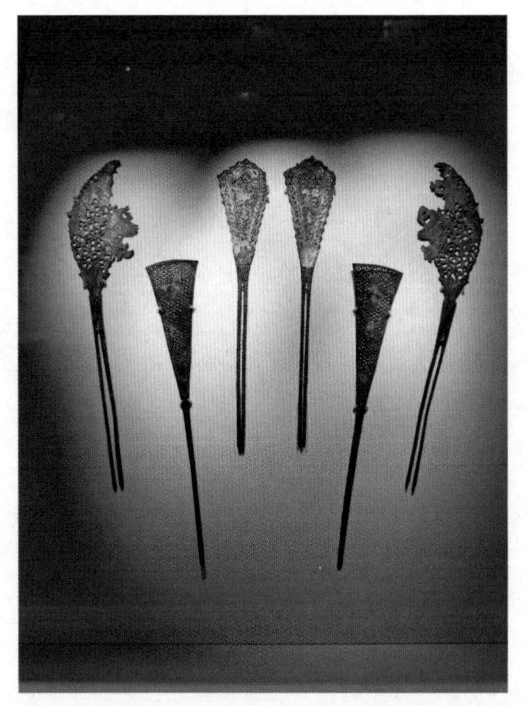

唐　鎏金银簪、钗　作者摄于中国国家博物馆

上图中，偏下的两支是簪，一股的，其余四支是钗，两股的。钗的头部做成凤鸟状（见最外面两支），就叫凤钗。

“钗留一股”是指将钗的两股分开，一人留一股。图片上的钗是银的，只在外面鎏了一层金。而“钗擘黄金”，是指钗的材质就是黄金。

唐　鸳鸯纹方形玉粉盒
作者摄于浙江大学艺术与考古博物馆
“乐居长安——唐都长安人的生活”展览

那么，“合一扇”与“合分钿”又是什么意思呢？上图这样的盒子，诗中也可能是化妆用的粉盒，上面镶嵌有宝石和螺钿，也拆成两半，盒底与盒面分开，一人拿一样。

陆游此时的情绪，是跟此女子山盟虽在，但锦书难托。那头上的凤钗，到底是希望她拆还是不拆？

钗头凤三字，牢牢占据陆游的思绪，笔下出来便是它们了。

问题来了，陆游看到的，或是他写的钗头凤，实物到底是怎样的?

世界上所有的宗教里都有着对太阳的崇拜。古人认为鸟类离太阳最近，所以有神鸟、金乌鸟、九头鸟、不死鸟等传说。距今五六千年的红山文化，就有较多鸟形玉器。三星堆文明里有典型的鸟崇拜。而成都金沙遗址出土的商周太阳神鸟金饰，整体为圆形薄片，十二条旋转的齿状光芒极其灵动，齿状光芒外面，四只飞鸟逆时针飞行，充满动感。商周太阳神鸟金饰已被国家文物局定为中国文化遗产标志，亦被列入《第三批禁止出国（境）展览文物目录》。

也许最初，部落里的大巫，要以鸟与天沟通。鸟也因此被赋予了神力。《山海经》云:“（丹穴之山）有鸟焉，其状如鸡，五采而文，名曰凤皇。”这种鸟，雄的叫“凤”，雌的叫“凰”，总称为凤凰。后来，凤凰被神化，誉为百鸟之王。凤凰齐飞，常用来象征祥瑞。

《后汉书·舆服志下》记载，皇后的发饰为:“步摇以黄金为山题，贯白珠为桂枝相缪，一爵九华，熊、虎、赤罴、天鹿、辟邪、南山丰大特六兽，《诗》所谓‘副笄六珈’者。”皇后头上戴什么呢?以黄金做步摇的底架，置一短而宽的树干，树干上再分出枝丫，树干枝丫用珍珠来装饰。这些树干枝丫间，再布置一雀九花，以及熊、虎、棕熊、天鹿、辟邪、南山大牛六兽，以应《诗经》中的“副笄六珈”之说。所谓“副笄六珈”，是指国君夫人戴假发髻，假发髻以横簪固定在头上，发髻上必须有玉制的六种动物，以象征国君的统治范畴以及国君夫人能带来丰饶富裕。

自汉以后，龙逐渐成为帝王的象征，帝后开始称凤。凤凰的形象逐渐雌雄不分，整体被“雌”化。相应的，皇后及妃嫔们头上，六兽逐渐退去，一爵（雀）演变为凤凰形状，地位得以提升并最终成为主角。带底架的步摇也蜕变为凤钗，仅在凤嘴里衔珠串，起到一步三摇的效果。

魏晋南北朝，天下大乱，礼崩乐坏，凤钗或雀钗也可以“飞”到平民女子头上。如曹植《美女篇》：“头上金爵钗，腰佩翠琅玕。”陆机《日出东南隅行》：“暮春春服成，粲粲绮与纨。金雀垂藻翘，琼佩结瑶璠。”吴均《行路难》：“何言岁月忽若驰。君之情意与我离。还君玳瑁金雀钗。不忍见此使心危。”

到了唐代，上至杨贵妃下至坊间歌姬，几乎人人头上一支金雀钗。白居易《长恨歌》：“花钿委地无人收，翠翘金雀玉搔头。”温庭筠《更漏子 · 金雀钗》：“金雀钗，红粉面，花里暂时相见。”牛峤《菩萨蛮 · 绿云鬓上飞金雀》：“绿云鬓上飞金雀，愁眉敛翠春烟薄。香阁掩芙蓉，画屏山几重。”韦庄《思帝乡 · 云髻坠》：“云髻坠，凤钗垂，髻坠钗垂无力，枕函欹。”

前面提到过的唐曲《摘红英》，其词中就有一句“ 都如梦，何曾共，可怜孤似钗头凤”。

唐至宋，凤钗亦如那支《摘红英》，流传了下来。五代李璟《应天长 · 一钩初月临妆镜》：“一钩初月临妆镜，蝉鬓凤钗慵不整。”李清照《菩萨蛮·归鸿声断残云碧》：“归鸿声断残云碧。背窗雪落炉烟直。烛底凤钗明。钗头人胜轻。”周邦彦《忆旧游·记愁横浅黛》：“凤钗半脱云鬓，窗影烛光摇。”

好了，终于到南宋，我们要看陆游时代的钗头凤了。

2018年6月8日—10月8日，浙江省博物馆推出展览“越地宝藏——一百件文物讲述浙江故事”。展览汇聚浙江省39家文博机构百件（组）文物，从史前到明清，为观众呈现浙江大地上精彩的历史印迹与独特的地域文化。

在第五单元“武林旧事”中，呈现南宋时期的皇族风雅生活与江南人精致的生活品位。其中有两对凤钗：

南宋　银鎏金凤凰纹花头簪　作者摄于浙江省博物馆“越地宝藏——一百件文物讲述浙江故事”展

其一：南宋银鎏金凤凰纹花头簪。通长17厘米，凤长10厘米，凤宽6厘米。浦江县白马镇高爿窖藏出土，浦江博物馆藏。均为长脚簪。簪首分别为飞舞的雌雄双凤，凤头高昂，凤翅全张。

其二：南宋银脚金凤钗一对。长12.1厘米。1987年6月百江镇出土，国家三级文物，桐庐博物馆藏。凤嘴衔金环，金环上挂有金花坠子。钗在发间，随步摇晃，极具步摇魅力。

真美啊。南宋的美人儿，在诗雨画风熏陶下，美得灵动、典雅、隽永，每一个细节都令人心醉。

不禁遥想当年，在绍兴沈园，唐婉递上一杯酒后，黯然离去。陆游看她渐行渐远，头上的凤钗，摇晃得那么孤独……

南宋的钗头凤，不仅陆游印象深刻，也深深打动过其他人的心。康与之《荷叶铺水面·春光艳冶》："娇红间绿白，只怕迅速春回。误落在尘埃。折向鬓云间、金凤钗。"陈允平《有所思·忆昔美人初别时》："剪断金凤钗，断钗如断肠。"

历史不断前进，钗头凤却牢牢占据人心，未曾改变。

一直到清代，不说其他的，《红楼梦》中王熙凤一出场，头上是啥？"头上戴着金丝八宝攒珠髻，绾着朝阳五凤挂珠钗。"五只钗头凤！有增无减。

让我们以一件清代的"貂皮金凤嵌珠宝皇后朝冠"来结束"钗头凤"的话题。

对了，还有一点忘记交代了：唐曲《摘红英》，的确是因陆游改成《钗头凤》而名噪后世。如今，调已不传，词牌却因《钗头凤·红酥手》而成为永久的经典。

清 貂皮金凤嵌珠宝皇后朝冠 作者摄于故宫博物院

李清照的香香世界

读李清照的词，有障碍。

比如读这首《醉花阴》。“东篱把酒黄昏后，有暗香盈袖。莫道不消魂，帘卷西风，人比黄花瘦。”熟悉吧！但前面几句呢？“薄雾浓云愁永昼，瑞脑消金兽。”瑞脑消金兽？在整首词中，这一句像是一个盔甲将军站在娉婷美人之中，好突兀啊。尽管看过无数遍解释，当时似乎明白了，过后又忘了。

直到在梁慧那里接触到沉香珠子，这个障碍才得消除。

珠子中有一大门类是香珠。别以为我们要开始介绍香珠，那是不能够的，“一入侯门深似海”，太丰富庞杂了。但确实，由香珠开始认识这世上形形色色的宝贵香料，可以知道大致的门类。

我们是这样划分的：

来自动物的有：龙涎香、麝香、甲香等。

来自树木的有：沉香、檀香、乳香、安息香、龙脑香、降真香、苏合香等。

来自花草的有：鸡舌香、郁金香、迷迭香、白芷、芸香、藿香、茅香、豆蔻等。

李清照提到的瑞脑是何物？

瑞脑，就是来自树木类的龙脑香，我们俗称“冰片”。

《红楼梦》里的贾芸，为了到荣国府谋个好差事，甘愿给小他四五岁的宝玉当干儿子。当干儿子也不管用，贾宝玉压根不把这事儿放心上。贾芸又去求贾琏，亦无果。贾芸脑子管用，碰了几鼻子灰后马上找到了事情的关键点，得求王熙凤！这才想方设法去贿赂王熙凤。贿赂王熙凤可不容易，她眼界多高啊！贾芸递上去的是何物？冰片、麝香。贾芸编了个由头，说是他一个朋友，开香料铺的，要去云南当官了，铺子关门，东西就送给亲朋好友了，送他的是一些冰片、麝香。他就跟他母亲商量，说这些东西送人呢，也没个人配用，想来想去只拿来孝顺婶子（王熙凤）一个人，才算不糟蹋东西。

不瞒你说，我第一次读《红楼梦》时，以为冰片就是冰糖。心里还想，原来清代时冰糖这么金贵，只有王熙凤配用。

冰片可不是冰糖。它是龙脑香树的树脂凝结而成的一种近于白色的结晶体，多形成于树干的裂缝中，大的多为薄片状，小的为细碎颗粒。龙脑香树产于东南亚，中原人难以看到，因而古人谓之“龙脑”以示其珍贵。

《本草图经》说，唐天宝年间，越南上贡龙脑，皆如蝉蚕之形。越南使者说，老根节方有之，极难得。当时皇宫里叫这宝贝为“瑞龙脑”，意为祥瑞的宝贝龙脑。把它系在衣带上，香闻十余步外。瑞龙脑，简称“瑞脑”，即李清照词“瑞脑消金兽”的“瑞脑”。

在《酉阳杂俎》中，记载了一则与瑞龙脑有关的故事。但这不是一个有关奢侈生活的故事，而是一个伤感的情感故事：

越南上贡的瑞龙脑，唐明皇赏赐给杨贵妃十枚，香气十步外就能闻到。有一次，唐明皇与一亲王下棋，让贺怀智在一旁弹琵琶，杨贵妃立在边上观棋。下着下着，眼看唐明皇要输，杨贵妃就将抱在怀里的西域哈巴狗松开，哈巴狗窜上棋盘，将棋局搞得乱七八糟。这下唐明皇乐坏了。正好一阵风吹来，将杨贵妃的披巾飘到了贺怀智的头巾上，好久才落下。贺怀智回家，觉得满身香气，就取下头巾珍藏在一锦盒里。等到“安史之乱”后，唐明皇从四川避难回来，追思杨贵妃不已（杨贵妃已在马嵬坡被缢死），贺怀智就将头巾献上，并说起当日之事，老太上皇黯然神伤，泣道：“这是瑞龙脑香啊。”

瑞脑不仅香，还对身体有好处。《本草经疏》记载：“冰片，其香为百药之冠。气芳烈，味大辛，阳中之阳，升也散也，性善走窜开窍，无往不达。芳香之气，能辟一切邪恶。

辛热之性，能散一切风湿。故主心腹邪气及风湿积聚也。耳聋者窍闭也，开窍则耳自聪；目赤肤翳，火热甚也，辛温主散，能引火热之气自外而出，则目自明，赤痛肤翳自去，此从治之法也。”

用今天的话来说，龙脑是避开一切邪恶、阴气、湿浊的防护墙。室内若是焚上，不仅香，还消菌杀毒，去阴气，防霉变，洁净环境。难怪李清照喜欢，要有条件，谁不喜欢？

瑞脑消金兽！瑞脑弄明白了，但这么宝贵的东西，是喂给金兽的？

“消”，有些版本写作“销”。总之是消融、销蚀不见的意思。金兽，不是怪兽哦，这里是指香炉，一种兽形铜制香炉。

铜制的叫“金兽”，玉制的叫“玉兽”。瓷的，因釉色如玉，也叫“玉兽”。

北宋的洪刍写了本《香谱》。洪刍是黄庭坚的外甥。黄庭坚，品香高手，洪刍从小耳闻目染，作《香谱》不是没有来由的。洪刍记道：“香兽，以涂金为狻猊、麒麟、凫鸭之状，空中以燃香，使烟自口出，以为玩好。”

铜制的香炉，外面鎏金，做成狻猊、麒麟、凫鸭的形状，腹内中空，燃香后香烟自口中吐出，宋人觉得好玩。

狻猊，是“龙生九子”的九子之一。形如狮子，又叫青狮子。喜烟好坐，被收作文殊菩萨的坐骑。其形象经常出

明 狮形铜熏 作者摄于中国国家博物馆

现在香炉上，安静地坐着吞烟吐雾。李清照《凤凰台上忆吹箫》，有“香冷金猊”之句。周紫芝《鹧鸪天》有“调宝瑟，拨金猊，那时同唱鹧鸪词”。

当然，在造型上，不一定整个香炉做成兽状。比如金鸭，可以是一只铜制的鸭子造型香炉，鸭背上有孔以冒烟，也可以是铜炉的炉盖上立有一只鸭子，香烟从鸭嘴飘出。李清照《浣溪沙》有句“玉鸭熏炉闲瑞脑”。这里的玉鸭，指的就是瓷制的鸭形香炉。瓷器釉色肥厚类玉，故称“玉鸭”。

明　掐丝珐琅凫式炉　台北故宫博物院藏

玉鸭也有姐妹花，叫“玉鸳鸯”。有一件玉鸳鸯，曾经来南宋官窑博物馆展览过。记得当时我仅看了一眼就走过了，一件残破的瓷鸳鸯，有什么好看的。经馆长邓禾颖女士提示，才知其身份相当金贵。原来这是在北宋御用汝瓷遗址发现的，从大名鼎鼎的河南宝丰县清凉寺窑址挖掘出来的。

洪刍是黄庭坚的外甥，那舅舅黄庭坚写过品香的佳句吗？当然有的。同是写香炉，黄庭坚有一首《谢曹子方惠二物二首之博山炉》。曹子方即曹辅，是苏东坡、黄庭坚他们的老朋友。老朋友送来一个博山炉，黄庭坚很喜欢，吟道：“飞来海上峰，琢出华阴碧。炷香上袅袅，映我鼻端白。听公谈昨梦，沙暗雨矢石。今此非梦耶，烟寒已无迹。”

可见，品香高手黄庭坚喜欢的香炉除金兽、玉兽外，还有一种叫博山炉。

事实上，要推我国传统文化中的香炉，当首推西汉博山炉。顾名思义，博山炉的形状像一座山。底座上凌空生出一凹台，上有盖，盖高圆而尖，镂空，呈山形。一个个山谷、山尖褶皱重叠，其间雕有飞禽走兽。当炉腹内燃烧香料时，烟气从镂空的山形中散出。博山炉炉盖经过特殊设计，出烟孔多开在曲折隐蔽之处，平视时不见其孔隙，熏烟之时香烟出来并非直接向上，而是利用山势的层层交叠，环绕在香炉盖的周围，形成仙气缭绕之势，给人以置身仙境的感觉。

西汉初期以黄老思想治国，崇尚道家的神仙之思，博山炉要体现的正是海上仙山的境界。

目前考古发现颇为仙气缭绕的博山炉，当数西汉中山靖王刘胜（汉武帝同父异母兄）墓中出土的。

中山靖王刘胜，汉景帝之子，汉武帝之兄。对，就是刘备借以认祖归宗那位。

刘胜的博山炉，那可不一般。此炉高26厘米，足径9.7厘米。炉身分为炉座、炉盘、炉盖三部分。炉座透雕成三龙出水状。炉盘上部和炉盖铸出高低起伏的山峦。炉盖上因山势镂空，雕塑出生动的山间景色，神兽出没，虎豹奔走，小猴嬉戏，猎人巡猎山间。而且，通体用金丝和金片错出舒展的云气纹，更是加强了仙雾缭绕的气氛。

同样了不起的还有刘胜之妻窦绾的博山炉。

窦绾的博山炉，初看比刘胜的要朴素。但仔细一瞧，也不得了。博山炉盘底座的盘心有一力士骑兽造型，力士单手托起炉身，十分威猛。炉盖为镂雕博山造型，分上下两层：下层有龙、虎、朱雀、骆驼、草木、云气等；上层为云气环绕的山峦造型，山间有虎熊出没、人兽搏斗、驾牛车人物等场景。野趣与仙气均刻画得淋漓尽致。

在陕西历史博物馆，藏有一件西汉皇宫的博山炉。这件博山炉较为特殊，属立式，是放置在地上的。长长的躯干制成竹节形状，通体鎏金，极具美感。此炉原在未央宫，建元五年（前136），汉武帝将其赏赐给姐姐阳信长公主。哎，大汉公主就应该配这样的香炉啊。

如此美妙的博山炉，西汉后却日渐稀少，即便有，也是简易缩略版。博山炉为何没流传下来？

原因与香料有关。西汉汉武帝之前，普遍使用的香料是植物，将薰香草或蕙草放置在香炉中直接点燃，所以烟气很大。这也是博山炉能成山岚之状，有仙雾缭绕效果的原因。汉武帝之后，龙脑香、苏合香等树脂类的香料传入我国，兴起了将香料制成香球或香饼，下置炭火，利用炭火徐徐燃香的品香方式。树脂类的香料燃烧时，香气浓郁，但烟气不大，博山炉最明显的优势发挥不出来了，各种小巧简洁的香炉则应运而生。当然，另一个原因可能与制作工艺有关。北宋考古学者吕大临《考古图》记载："香炉像海中博山，下盘贮汤使润气蒸香，以像海之四环。"区区一个博山炉，里面却是机巧层层，所以《两京杂记》记道，长安巧工丁缓善做博山炉，能够重叠雕刻奇禽怪兽以做香炉的表面装饰，博山炉工艺之繁，远远超过后来出现的五足或三足香炉。

唐代对汉代是非常推崇的。西汉的博山炉，自然引起他们的好奇与关注，但唐代的博山炉，与西晋东晋的一样，只保留了一个简单的外形。

出个问答题：唐代最有名的香炉是什么？

几乎众口一词：香囊。

众口一词是因为背后有故事。话说"安史之乱"后，唐

唐　镂空黑石香薰　作者摄于南宋官窑博物馆
“长安春——走进‘一带一路’中的大唐盛世”展览

明皇自蜀地重返长安，心心念念的还是已被处死的杨贵妃，遂命改葬。《旧唐书》记下了那凄惶的一幕："初瘗时以紫褥裹之，肌肤已坏，而香囊仍在。内官以献，上皇视之凄婉，乃令图其形于别殿，朝夕视之。"

杨贵妃随身带的香囊，应该就是下面图片中呈现的这种。圆形的，也叫"熏球"。

别看小小一个熏球，它中间放着点燃的香料，却可以放在被褥中，挂在帷帐上，还可以随身携带，不用担心香灰洒出。其设计原理，近代才被欧美广泛应用于航空、航海领域。

里面到底有什么机关呢？香囊外壁用银制，呈圆球形，

唐　鎏金银香囊　作者摄于中国国家博物馆

通体镂空以散发香气。球一分为二，两个半球以子母扣套合。以中部水平线为界平均分割成形，上下球体之间，内设两层双轴相连的同心圆机环，内环内是一个半圆形的放香料的盂，外环、内环、盂之间以铆钉铆接，可自由转动，无论外壁球体怎样转动，盂因重力之故总能保持平衡，使里面的香料不致洒出。

如此巧妙的设计，毫不亚于西汉的博山炉。

虽然博山炉不再独霸天下，但博山炉带来的意境，历代文人们怎可能忘记！即使烟少了，博山炉也不舍得弃用啊。

来看唐代李白的《杨叛儿》："君歌杨叛儿，妾劝新丰酒。何许最关人，乌啼白门柳。乌啼隐杨花，君醉留妾家。博山炉中沉香火，双烟一气凌紫霞。"乌鸟的啼叫声湮没在杨树的花絮里，你喝醉了留宿在我的家里。博山炉中燃着沉香，两道烟并作一气，如同凌驾仙境一般。

更有李商隐，在其《烧香曲》中，有"漳宫旧样博山炉"之句。"漳宫"指三国时魏国的宫殿，因魏都濒临漳水，故称漳宫。李商隐写的博山炉，直接就是魏国宫殿里的式样。

宋代虽然流行金兽、玉兽，但博山炉在香炉中还是占得一席之地。除黄庭坚外，词人晏殊也有佳句："新曲调丝管，新声更飐霓裳。博山炉暖泛浓香。泛浓香，为寿百千长。"

一直到清代的乾隆帝，还在怀念博山炉。当然，即便以乾隆帝之力，制作出来的博山炉也无法与西汉的媲美了。

说回宋代香炉。

宋代香炉有很多种，比如兽形炉、鬲式炉、琴炉、鼎式炉等。总的来说向简约、单纯、素色、强调质感方面发展，这与宋代审美是一致的。

上：南宋　修内司官窑鼎式炉　作者摄于杭州博物馆
下左：南宋　龙泉窑粉青釉鬲式炉　作者摄于浙江省博物馆
下右：南宋　龙泉窑粉青釉琴炉　作者摄于浙江省博物馆

来看古画中的香炉：

南宋　马远《竹涧焚香图》　故宫博物院藏

当然，宋代也有类似香囊的随身迷你版香炉。下面砖雕画面中的小香炉是不是跟日本东京国立博物馆所藏“玄奘三藏像”中的很像？

左：北宋　繁塔砖　作者摄于中国国家博物馆
右：镰仓时代　玄奘三藏像　日本东京国立博物馆藏

宋代最让我们惊艳的香炉是这样的：

北宋　银鎏金莲花宝子香炉　作者摄于中国丝绸博物馆“一花一世界：丝绸之路上的互学互鉴”展

宋代金兽、玉兽及各种几何款式的香炉，燃香方式自然与博山炉不同。李清照并不是直接将龙脑香放进金兽的肚子里焚烧的。其焚香方式更精致化了：

首先，用于室内焚烧的香一般是合成香料。即先将香料研磨成细末，再掺和淀粉和其他有关药物，以炼蜜抟成弹丸或饼子，或用模子脱成花样。用于合香的瑞脑，是那些细细碎碎的末子，大片的谁舍得啊。

合香的许多配方源自佛经，后根据我国传统中药炮制经验，加以改良和丰富。合香所用原料有三：一是构成主体香韵的基本香料，如沉香、檀香、降真香等；二是用作调和与修饰的香料，如甘松、丁香、藿香、零陵香等；三是用作发香和聚香的香料，如甲香、龙脑、乳香、安息香、麝香、龙涎香等。所谓发香，就是通过调节温度让各种香料成分得以挥发。聚香，则是使香气尽可能留长。

宋时用模子脱成的花样中，有一种“篆香”颇为流行。即将合成香料做成篆文形状，一端点燃后，依香上的字体印记，烧尽计时。李清照有句：“小阁藏春，闲窗锁昼，画堂无限深幽。篆香烧尽，日影下帘钩。”黄庭坚有句：“世间好事，恰恁厮当对。乍夜永，凉天气。雨稀帘外滴，香篆盘中字。”

其次，焚香的方式是“一灰一炭一叶”。炉内先放用茄子秸烧成的灰，灰中浅埋香炭，香炭上放一叶银或玉（或云母或瓷片等）做成的隔火，再将香饼或香丸放叶上。如此，叶下微微的热量，使香味舒缓地散发。不仅无烟气，还留香长久。

香炭，不是香料烧完后所剩的炭，而是一种合成物。常用原料有降香、蜀葵、茄腿、淀粉、大枣、枣木炭、梨木炭等。各人造香炭配方不同。如洪刍《香谱》的方法是：软灰三斤，蜀葵叶或花一斤半（贵其粘），同捣令匀细如末可丸，更入薄糊少许，逐旋烧用；而《陈氏香谱》配方为：木炭一斤，黄丹、淀粉、针砂各三两，枣半升，前四种成粉，加入蒸枣肉杵成饼，晒干即可。

最后，一个人喜欢什么香料，与她的身体有关。香料那么多，为何喜欢这一款而非那一款，一定有身体的原因。有的侧重安神，有的侧重行气，有的暖胃，有的去浊，等等。每个人都有自己的专属。

一个焚香，其中的道道说也说不完。打住吧。